古典文獻研究輯刊

十一編

曾永義 主編

第22冊

明清目連戲初探（上）

廖藤葉 著

國家圖書館出版品預行編目資料

明清目連戲初探（上）／廖藤葉 著 -- 初版 -- 新北市：花木蘭
文化出版社，2015〔民 104〕
目 4+170 面；19×26 公分
（古典文學研究輯刊 十一編：第 22 冊）
ISBN 978-986-404-130-5（精裝）
1. 明清戲曲 2.戲曲評論
820.8   103027557

ISBN-978-986-404-130-5

9 789864 041305

古典文學研究輯刊
十一編　第二二冊
ISBN：978-986-404-130-5

明清目連戲初探（上）

作　　者　廖藤葉
主　　編　曾永義
總 編 輯　杜潔祥
副總編輯　楊嘉樂
編　　輯　許郁翎
出　　版　花木蘭文化出版社
社　　長　高小娟
聯絡地址　235 新北市中和區中安街七二號十三樓
　　　　　電話：02-2923-1455／傳眞：02-2923-1452
網　　址　http://www.huamulan.tw 信箱 hml810518@gmail.com
印　　刷　普羅文化出版廣告事業
初　　版　2015 年 3 月
定　　價　十一編 29 冊（精裝）台幣 52,000 元

明清目連戲初探（上）

廖藤葉　著

作者簡介

廖藤葉，臺灣臺中人，獲國立臺灣師範大學國文學系碩士與中興大學中國文學系博士學位，現任教於臺中科技大學。

著有《中國傳統戲曲旦腳演化之考述》、《中國夢戲研究》等書，以及發表〈明代劇論中的當行本色論〉、〈北曲在傳奇中的應用〉、〈《鐵旗陣》「把子記載」研究〉戲劇相關論文二十多篇。近幾年結合青少年以來的興趣，投注心力解讀中國文學中所描述的天文現象，並發表相關科普文章。

提　　要

論文探討明清兩代的目連戲，除了緒論、結論之外，共分五大章。

第一章為明清時期目連戲流播演出概況。分地區整理探討，內容有演出班社，聲腔特色，活動演出範圍，留存的臺本、齣目。在目連戲研究形成熱潮之後，進行挖掘、採集而得的大批資料，呈現以江西、湖南、四川、安徽、浙江等地為最豐富，見證目連戲的演出，至少延及清末民初，以華中地區最為興盛。

第二章論及題材內容、情節線、關目以及民間、宮廷不同的思想旨趣。目連戲的題材內容相當龐雜，原因在於容納許多與目連本傳不相關的內容，有縱向向前延伸至羅卜父祖故事，向後演至轉世之後。有橫向取材當時各種受歡迎的小戲，藉一點因緣納入演出。另一種是因應七七四十九天羅天大醮的祭祀法會，將各種神怪、歷史演義加於目連戲前後。目連戲只需具備救母的「主情節線」即能成戲，鄭之珍本另有張佑大、曹賽英兩條「次情節線」，莆仙、豫劇、宮廷本另行發展了「反面情節線」，使情節更豐富。關目指「關鍵、節目」，目連戲關目再以目連戲特有，和與明傳奇類同的關目兩項進行分析，民間目連戲所獨有與宮廷所獨有，恰好是官民對比下不同的審美趣味所在。因此進而討論官民思想旨趣，由編纂理念，劇情內容安排等方面進行討論。

第三章為目連戲文學性。依曲詞、對白兩項分別進行歸納整理之後，以見目連戲含括的民間文學類型及修辭寫作特色，再探討宮廷對民間文學的刪修變化方式。不同的民間文學安插進劇本之中，有簡單隨時可插入的俗曲、俗諺，具評點效果而與劇本內容相關性比較不密切。如將民間喜歡的如歇後語、對聯等較具寫作技巧的文藝放置劇情之中，無不密切貼合。進而論述民間目連戲文學特色有四：一是鄉土庶民語言，二為想像力靈活奔放，三是質勝於文，四是內容、思想龐雜。質樸語言文字的目連戲進入宮廷之後，刪修不合宮廷思想、情境和審美價值的部分，留存大多數民間語言文字。留存的部分又稍微加以修潤，不論曲詞或對白，轉換成較具宮廷富貴、氣派的風格。

第四章探討民俗性和祭祀性。民俗含括範圍廣闊，祭祀性亦屬民俗一部分。首先就目連戲演出動機而論，一村鄉固定時節演出，邀演的動機，顯示目連戲在民俗中有驅邪、驅煞功能的認知，擴大至神明壽誕演出，或是個人許願還願，以及新戲臺落成演目連以除煞，進而衍生平安、祈吉目的。祭祀性論述演出前神臺、戲臺的搭建，無論擇日或擇方位落基，選用材質，

以及布置等項，都是民俗信仰。演出前相關的祭祀活動有請神巡遊村莊，戲臺上下的跑馬活動，開演前戲臺上演出「鎮臺」戲齣，宣告開臺演出。演出之後，相對應送神儀式。目連戲因長期演出而衍生相關民俗活動，如演出期間因地而異的相關祭儀，有祭叉、送子、聞太師驅鬼等項。演出之後，使原本吃烏飯的古老民俗得到加強，產生不少目連相關俗諺，四川甚至出現目連故里的青堤鎮。目連戲與儺原為兩項不相關的活動，現今目連戲被視為儺戲，因此由迎請神明、演出功能、巫術三方面論目連戲的儺化。

第五章為目連戲藝術性。先分析各地目連戲的腳色行當種類，以及各門腳色於唱念做打上的不同要求，探討目連戲於唱唸做上的藝術要求，以及大量而精彩的「做打」技能，討論容納的雜技和劇情的密切性。宮廷戲臺與禮教規範，和民間臨時搭臺於廣場，使目連戲演出具有不同風貌，民間有時泯沒臺上、臺下界限演出，形成熱鬧澎湃氣氛的情形不可能出現於宮廷。紙紮、煙火等工藝，運用於裝飾舞臺或者渲染戲劇氣氛，配合舞臺調度，民間廣場演出、戲園和宮廷各有特色。

目次

緒　論

　　源起於佛經的目連救母故事，早於西晉透過翻譯佛經傳入中國。唐代僧侶講唱佛經故事，是「變文」最初的內容，其中最為流行是目連救母，敦煌變文中相關有《目連緣起》、《大目乾連冥間救母變文》、《目連變文》和《盂蘭盆經講經文》等。〔註1〕宋朝孟元老《東京夢華錄》載自七夕過後即搬演，且逐日觀者倍增的《目連（經）救母》雜劇，金院本名目載《打青提》。〔註2〕明初無名氏《錄鬼簿續編》「諸公傳奇，失載名氏」著錄《目連救母》，題目正名為「發慈悲觀音度生，行孝道目連救母」，〔註3〕劇今佚，作者年代依內容考核，當生於元代至元（1335～1340）、至正（1341～1368）時，明永樂年間（1403～1424）還在世的戲曲作家。〔註4〕萬曆二年抄錄《迎神賽社禮節傳簿四十曲宮調》，裡面有《目蓮救母》和啞隊戲《青提劉氏遊地獄》劇目，萬曆十年刊行鄭之珍（1518～1595）著手整理的《目連救母勸善戲文》，確定三

〔註1〕 鄭振鐸《中國文學史・變文的出現》（臺北：宏業書局，民國76），頁450～456；徐宏圖〈經文・變文・戲文──論目連戲的產生及其歷演不衰的原因〉《浙江省目連戲資料匯編》（臺北：施合鄭民俗文化基金會《民俗曲藝叢書》，1994年11月），頁428～434；劉禎〈目連救母故事緣起與衍化〉《中國民間目連文化》（成都：巴蜀書社，1997），頁1～16；俞曉紅〈敦煌藏卷目連題材作品論疏〉《雲南藝術學院學報》2004年第3期，頁92～96；于向東〈榆林窟第19窟目連變相與《目連變文》〉《敦煌學輯刊》2005年第1期，頁90～96。

〔註2〕 陶宗儀（元）《輟耕錄》卷二十五〈院本名目〉（臺北：商務印書館，民國55年），頁379。

〔註3〕 佚名（明）《錄鬼簿續編》（北京：中國戲劇出版社《中國古典戲曲論著集成》第二冊，1959），頁295。

〔註4〕 〈錄鬼簿續編提要〉《中國古典戲曲論著集成》第二冊，頁277。

天演完的一百零四齣，〔註5〕可見目連故事一直是戲劇中的題材之一。

片段資料，無法得出目連戲在民間受歡迎程度，直到明末張岱（1597～1679）記錄由旌陽戲子演三日三夜目連戲，萬餘人齊聲吶喊的盛況被鮮明描繪而出。〔註6〕這種庶民喜聞樂見、積極參與的戲劇，被祁彪佳（1602～1645）視之為不知音調的「雜調」，〔註7〕學者專家的評語，官府屢次以迷信、男女混雜等理由嚴禁迎神賽會和演目連戲，卻不能完全禁止的事實，反襯民眾情感趨向，以及目連戲對民間影響層面十分廣大。民間各地有四十八本目連戲，如四川共計一千零九十二齣的龐大體製，〔註8〕清宮廷《勸善金科》長達二百四十齣，分十天演完，取自民間而加以改編，側面印證目連戲在民間的聲勢浩大。持續至民國之後，抗日戰爭前的目連戲盛大演出，中共建國之後，因政治禁絕使目連戲趨於消聲匿跡，盛演情形已成遙遠記憶。

一、目連戲研究概況

近數十年由於學者對民間文學的注目關懷，促使各地發掘搶救目連戲劇本與演出班社、藝人演出調查並透過現場觀賞、錄影方式保留庶民性強烈的目連戲相貌，而有多場國際性學術研討會舉辦，計有 1984 年美國加州大學的「國際目連戲專題研討會」；1987 年 8 月美國柏克萊大學「國際目連戲討論會」並出版論文集；1984 年 10 月於安徽祁陽舉行祁劇《目連傳》演出並舉行學術座談會，出版《目連戲學術座談會論文選》；1988 年 4 月於安徽祁門舉辦「鄭之珍目連戲學術討論會」，編成《目連戲研究文集》；1989 年 10 月於湖南省懷化舉辦「目連戲學術研究討論會」，後編有《目連戲論文集》，此書實為辰河

〔註5〕 鄭之珍《目連救母勸善戲文》（臺北：天一出版社據明高石山房原刊本印），卷末〈盂蘭大會〉齣有：「目連戲應三宵畢，施主陰功萬世昌」。依倪國華〈鄭之珍籍貫及生卒年考〉實地田野考證，鄭為祁門清溪人，生於明武宗正德十三年（1518），卒於神宗萬曆二十三年（1595），享年七十八歲。《民俗曲藝》77 期，民國 81 年 5 月，頁 241～248。

〔註6〕 張岱（明）《陶庵夢憶》卷六〈目蓮戲〉條（臺北：漢京出版社，民國 73），頁 52～53。

〔註7〕 祁彪佳（明）《遠山堂曲品·雜調·勸善》（北京：中國戲劇出版社《中國古典戲劇論著集成》冊六，1959），頁 114。

〔註8〕 《大伐（發）猖》一本九齣，《佛兒卷》一本二十齣，《西遊記》四本九十七齣，《觀音》三本七十四齣，《封神》十二本二百八十三齣，《東窗》十二本二百九十三齣，《臺城》三本六十五齣，《目連》十二本二百五十一齣，共一千零九十二齣。

目連戲專輯；1990 年重慶編《四川目連戲資料論文集》；1991 年 3 月於福建泉州舉行「中國南戲暨目連戲國際學術研討會」；〔註9〕1993 年 9 月於四川綿陽舉辦「四川目連戲國際學術研討會」、2005 年 12 月安徽省石臺縣的「鄭之珍目連戲學術研討會」等等說明二十多年來目連戲研究的熱度，成為顯學。

（一）研究專著介紹

針對目連戲作研究的學位論文和專著，有全面和主題、區域性兩種廣狹範圍區別。

第一、全面性研究

最早從事目連全面性研究為陳芳英《目連救母故事之演進及其有關文學之研究》，〔註10〕後來有朱恒夫《目連戲研究》，〔註11〕再稍晚有劉禎《中國民間目連文化》，〔註12〕王馗《鬼節超度與勸善目連》，〔註13〕以上四本於研究內容與目連故事的博雜相互輝映而各有擅場之處。

陳著於今日研究目連戲的熱潮來看，依然不失為深度論述作品。兼顧各方面的論題，雖然無法如現今大陸眾多地區的目連戲曲挖掘參看，但是對臺灣一地京劇演出目連故事者，亦有田野調查實質。第四章以大陸各地演出目連資料的文字記載，歸納整理出不少精彩、包括雜技的高難度演出，面相廣寬。最精要為論日本目連說話，特別是《目連救母經》，朱氏亦略提及，兩篇各有偏重，但陳論較詳實深入，此《目連救母經》有待劉禎專文研究才進入較為全面專精程度。

〔註9〕　為 1991 年 3 月在泉州召開的「中國南戲暨目連戲國際學術研討會」， 1990年 9 月 9 特別在福州舉辦「福建南戲、目連戲研究論文討論會」，並將其中二十三篇論文結集成《福建南戲暨目連戲論文集》，又編《福建目連戲研究文集》獻與大會，共有十一篇論文，其中九篇為 1962 年以來福建省內外戲曲史論專家、學者所撰，大部分已發表過。《目連資料編目概略》（臺北：施合鄭民俗文化基金會《民俗曲藝叢書》，1993 年 12 月），頁 244～245、255、257～258。
〔註10〕　為民國 66 年（1977）的臺灣大學碩士論文（臺北：臺灣大學文史叢刊，民國72）。
〔註11〕　朱恒夫 1985 年以《目連救母勸善戲文之研究》獲南京大學碩士學位，後有《目連戲研究》（南京：南京大學出版社，1993）專著。
〔註12〕　劉禎《中國民間目連文化》（成都：巴蜀書社，1997）。由後記文字，知由中國藝術研究所戲研所博士論文《目連戲研究》基礎上，結合中華社會科學基金研究課題完成的。
〔註13〕　王馗《鬼節超度與勸善目連》（臺北：國家出版社，2010），為 2002 年廣州中山大學博士學位論文。

　　朱氏論文趕上了目連戲的初期挖掘工作，因此增加各地目連戲齣目的比對，這是最基本、也是最重要的工夫，比對的劇本有莆仙本、湖南辰河本、安徽南陵本、浙江新昌本和鄭之珍本。加上田野調查的工作心得，自然使論文具說服力。另外清代寶卷對目連戲的影響，下的功夫頗深，逐一比對了各地目連戲部分齣目與寶卷的相關性。關於目連戲藝術部分，「多元的音樂組合」以道教、佛教、說唱等音樂和民歌曲調綜合論述，為勝出之處。

　　劉禎論著資料搜集齊全為優勢，著重於目連故事緣起，各地方劇種的目連戲，以及寶卷、彈詞藝術、和小說《西遊記》故事演變，為不同文類、載體的相同主題影響比較研究。特出之處有兩項：一是《勸善金科》宮廷本與民間本的兩相比較，由內容推知民間本出現於「庚子變亂」後不久（頁220），為新資料的比較分析。二是日本流傳的《佛說目連救母經》寶卷的專題研究。

　　王馗《鬼節超度與勸善目連》以精細宗教思辨能力論述目連戲宗教特徵，分析明清神道設教的勸善內涵，和喪葬儀式中的目連救母，配合紮實的田野調查、文獻搜檢，論述相當精彩。

第二、主題或區域性研究

　　郝譽翔民國八十三年（1994）臺灣大學中文研究所碩士論文《民間目連戲中庶民文化之探討——以宗教、道德與小戲為核心》，以抽象架構探討目連戲共通本質，建立宗教、道德於大、小傳統文化各有偏重不同進行研究，以庶民文化為研究對象，提供新的視野角度。〔註14〕劉志偉碩士論文《川目連演出之研究》和杜建華《巴蜀目連戲劇文化概論》專門討論四川地區的目連戲，〔註15〕簡東源以《目連戲中儒、釋、道三教會通的思想底蘊》為題，〔註16〕凌翼雲《目連戲與佛教》、〔註17〕戴云《勸善金科研究》，〔註18〕其它書名

〔註14〕郝譽翔，《民間目連戲中庶民文化之探討——以宗教、道德與小戲為核心》（臺北：文史哲出版社，民國87），建立論述模型、資料處理和佳善文字處理功力，「小戲」的探討見解獨到，著實令人眼目一新。

〔註15〕劉志偉《川目連演出之研究》，民國90年中國文化大學藝術研究所戲劇組碩士論文。杜建華《巴蜀目連戲劇文化概論》（北京：文化藝術出版社，1993）一書以單篇論文形式組成，對四川特殊目連表演，包含技藝、劇本特色、傑出演員、歷史發展和各地不同面貌特殊演出片段，有鉅細靡遺的討論，為用功深厚著作。

〔註16〕簡東源《目連戲中儒、釋、道三教會通的思想底蘊》，民國92年花蓮師範學院民間文學研究所碩士論文。

〔註17〕凌翼雲《目連戲與佛教》（廣州：廣東教育出版社，1998）。

未明言目連戲，卻多多少少提及民間目連演出的專著於數量上更多，含括在社戲、儺文化的研究之中。〔註19〕

（二）全面性研究專著簡評

主題或區域性研究本身即標誌著研究範圍較爲狹窄，即使作爲全面性的研究，也因爲學者們所得到的資料、關注的焦點和時代的限制而各有偏重。

最早的陳芳英因兩岸阻隔，受限最大。朱恒夫論著最大篇幅與最重要部分在於第一章〈目連救母故事的源流〉，由佛經、變文、宋金元雜劇、宋元南戲、鄭本、清代寶卷、宮廷大戲的演變發展，爲資料梳理呈現。另一重要篇章爲第四章〈超邁千古的藝術魅力〉，以民間演目連戲爲論述範圍。最後附錄之一「目連戲的鬼神穿關」，由宮廷《勸善金科》整理而出，對照全本僅於第一章第八節談及宮廷目連戲演出狀況，演出記載，張照編劇目的，和對民間目連戲的吸收。顯然朱氏對宮廷目連僅是稍微觸及，研究視角放在民間目連戲之上，對「鬼神穿關」僅整理而無暇妥善利用並進行分析論述。

同樣的，劉禎論文以「民間」爲主，而未探討及宮廷目連部分。又因側重於整體「目連文化」研究之上，將不同文類、載體、說唱和地方戲曲作了詳盡分析之後，已是龐大卷帙，對「戲」的部分僅能點到爲止。

王馗論文詳於分辨目連戲的宗教、儀式等論題，不論民間、宮廷目連「戲」的情節內容，還是〈戲劇──遊走於鬼節的民眾藝術〉一章，依然偏向於宗教祭儀之下的內涵。誠如「自序」提及當初研究時，導師期許將目連戲作成「文學研究」的說法，已然說出眾多目連戲研究者各有所偏之下，未能處理目連戲的文學部分。

各有所偏除了作者個人興趣不同之外，還與目連戲的龐雜有關，能夠延伸研究領域和切入點，亦是多方面的。前述鄭之珍與張照本目連戲都是體製龐大的作品，然而再對照民國十八年四川宜賓演出長達一年又三個月的目連

〔註18〕戴云《勸善金科研究》（北京：北京師範大學出版社，2006）。

〔註19〕蔡豐明《江南民間社戲》（臺北：學生書局，2008）書中所舉社戲演出與照片，不少爲目連戲實例；因目連戲有儺化現象，使得研究儺文化也勢必提及目連戲，如林河《儺史──中國儺文化概論》（臺北：東大圖書，民國83）。

戲，係各類折子戲、雜技和川劇劇目會演，〔註 20〕大會串式的演出迥非鄭、張一、二百齣之數所能比擬。最近學者研究調查民間地方目連戲最長可能是川目連的四十八本連臺戲。《民俗曲藝叢書》刊印各地目連戲最長是湖南辰河高腔本，計有 449「場」。

　　海納百川式的內容，使研究方向也呈現多樣化，王秋桂指出目連戲的研究至少可以從四方面著手：一是外圍研究，從歷史、地理、經濟、社會、政治、交通、移民等方面探討興衰、流傳和分佈；二由民俗學上加以研究，各地特有的風俗、習慣、信仰、生活百態，探討目連戲與民俗結合的過程；三為人類學方面，討論籌辦、搭臺、請神、封禁、掃臺、送神等等宗教超度、祈禳儀式的性質、功用和意義；四從戲曲藝術方面作研究，包含聲腔、戲劇如何產生、劇場等。〔註 21〕曾師永義以結合宗教、民俗、雜技、戲曲於一爐，而且明顯儺化現象，說明目連戲的龐雜博大。〔註 22〕因此，目連戲專著研究，即使是全面性的，難免於因作者關注焦點不同而有所偏。

〔註20〕 嚴樹培〈故園六十二年前：宜賓搬目連盛況〉《四川戲劇》1992 年 5 期，頁38～44；杜建華〈波詭雲譎，蔚為大觀——從一次盛大的川劇目連戲演出活動談起〉《戲曲研究》37 輯（北京：文化藝術出版社，1991 年 6 月），頁 68～80。杜文發表時間較嚴作為早，然文末「說明」表示資料係由嚴樹培和楊少華提供。

〔註21〕 王秋桂《民俗曲藝》77 期（民國 81 年 5 月）「目連戲專輯」前言，頁 2～3。

〔註22〕 曾師〈簡論宗教與戲劇之關係——以儺戲寺廟劇場與元明清雜劇為論述內容〉。正因為目連戲研究包含各方面領域研究十分寬廣，單篇研究論文聚焦各有不同，後來也就產生索引等方便檢索的文章，如子榮編輯〈目連戲研究論文索引（1990～1996.8）〉、戴云〈目連戲劇本簡目〉，二文俱刊於《民族藝術》1996 年第 4 期，前者頁 207～219，後文頁 189～206。更進一步有歸納整理或論評目連戲研究與相關會議論文的主題方向，如吳秀玲〈「九三年四川目連戲國際學術研討會」簡介〉將與會近六十篇論文依研究內容分為四類：第一，各地目連戲與民俗，目連戲通常結合地方的宗教儀式和民俗，成為特有的地方劇種；第二，目連戲與中國戲曲史；第三，目連戲的文化，包括文化價值、藝術生命、封禁文化、懲惡觀、倫理觀、文藝觀、民主性、劉青提形象，巫與儺等等；第四，其它目連戲的型態，探討非戲劇形式卻與目連有關的現象，如各地喪葬儀式中的目連救母故事形式。分類說明目連研究是多方面的。《民俗曲藝》86 期，民國 82 年 11 月，頁 1～20。若如王馗〈20 世紀目連戲研究簡評〉一文，見《戲曲研究》第 64 輯，頁 211～233，將上一世紀目連研究重點大略評論，絕非容易處理的論題。

二、研究動機、範圍

　　正是因爲全面性著作依然各有所偏的研究成果，思索目連戲的研究應該回歸到「戲」的本身，回歸到「文學」領域。雖然已然有諸多學者寫了不少專著，還是嘗試進入此領域，相信以不同切入角度，定能有所斬獲，以下三項將是論文主要重心：

　　1、題材內容，分析情節線、關目。

　　2、文學性。

　　3、藝術性：腳色行當和唱唸做打的表演藝術；舞臺形製、道具切末、舞臺工作人員和表演之間的關係。

　　前賢研究於藝術性部分，大多放在插演的小戲，以及各項雜技運用，偶而提及腳色行當；題材內容僅論及納入目連戲演出的龐雜劇目，都不夠全面完整。因此，雖然已有諸多專著出版於前，仍然值得投入心力加以研究。

　　欲探討三項論題，不能不先對目連戲的流播情況作一爬梳工作。又因目連戲演出爲民俗活動一部分，濃厚祭祀儀式搭配，祭儀與戲曲表演兩者相間相合，長久以來，劇情內容配合演員精湛表演、民眾心理又創造出新的祭儀，所以，「民俗性」與「祭祀性」亦是論文重心。加入這些部分，論文將變成一本「全面性」著作。

　　選定以明清兩代爲研究範圍的原因有三，第一，資料呈現以明清爲目連戲大演時期。第二，進入民國之後，直到抗日戰爭爆發的目連戲，爲延續清朝演出樣貌。第三，1949 年中共建國之後的戲曲改革運動，讓目連戲成爲禁絕的目標，〔註23〕長期禁絕之下，伴隨藝人凋零，即使近年來因研究熱潮使目連戲有

〔註23〕 提及目連戲被禁演，或記各地最後一次目連戲演出，而不論禁演原因的論文很多，如王勝華〈目連戲：儀式戲劇的特殊品種〉《雲南藝術學院學報》2002年 2 期，頁 82～86；李祥林〈從地域和民俗的雙重變奏中看文化心理的戲劇呈現〉《民族藝術研究》2000 年第 4 期，頁 3～9；何根海〈安徽貴池目連戲的文化考察〉《安徽教育學院學報》16 卷 1 期，1999 年 1 月，頁 43～46；《安徽目連戲資料集》頁 51、62、88 呈現安徽目連戲停演狀況。施文楠以自身 1957參與目連戲匯演鑑定經歷，點明政治是目連戲迅速銷聲匿跡的主因，見〈安徽目連戲及其唱腔縱談〉《安徽目連戲唱腔編選》（臺北：施合鄭民俗文化基金會《民俗曲藝叢書》，1999 年 5 月）頁 18。政治介入戲曲改革研究最深爲王安祈〈當代戲曲的發展——大陸的戲曲改革〉對「改戲」的說明：「內容凡是涉及封建迷信、淫毒姦殺與醜化侮辱勞動人民的，都必須修改或禁演，同時對於舞臺形象也加以澄清，不僅革除野蠻、恐怖、惡俗、迷信、淫蕩、不科學的表演方式（包括蹺功、走屍、厲鬼、酷刑、凶殺等），同時還針對所謂

復甦現象，與清末盛況已難相比，可以推測未來目連戲只有衰退而無新的發展。基於此，選定明清兩代爲範圍是恰當合理的，民國之後則爲相關輔助資料。

　　各地目連戲演出時間長短不一，因應長達一月或兼旬而將隋唐、五代、神佛故事牽扯進來，衍生「前目連」、「目連傳」、「後目連」、「花目連」、「大目連」、「正目連」等名稱，名詞所指意義隨人而異，[註24] 本論文除非必要，對目連戲研究由羅卜父祖至目連救母超度升天的戲齣爲主，含此期間插演如〈雙下山〉、〈偷雞罵雞〉、〈僧背老翁〉和《火燒葫蘆口》、《蜜蜂頭》等，而不分析《唐傳》、《金牌》、《封神》、《西遊》、《香山》等戲。又宮廷《勸善金科》共計十本，每本二十四齣，爲行文討論方便，如論及其中第八本第十二齣，僅註記爲「8－12」，餘類推。

三、研究方法與預期成果

　　既然回歸於目連「戲」的本身，劇本是基礎，本論文所倚賴文本有：鄭之珍《目連救母勸善戲文》、宮廷張照編《勸善金科》，以及臺灣《民俗曲藝叢書》出版大量學者投入搜集、校勘的民間各地劇本，[註25] 計有以下數種：

舊戲曲的舞臺陋習（如檢場、飲場、把場等）進行改革。」收錄於《當代戲曲》（臺北：三民書局，2002），頁 19。這段說明即是目連戲被禁和絕跡舞臺的原因。凌翼雲認爲 1949 年不演目連戲主要原因是「藝人自覺放棄演出」這種神鬼雜出、宣揚宿命、因果報應的作品，未免陳義過高。《目連戲與佛教》（廣州：廣東教育出版社，1998），頁 184。

〔註24〕這些名詞指涉範圍，學者定義不一。以「花目連」而言，黃偉瑜〈四川目連戲初考〉指四川稱呼七本以上至四十八本的目連戲演出，所容納劇目有《征伐蚩尤》、《佛兒卷》、《觀音傳》、《封神》、《唐傳》、《西遊》、《東窗》和正目連（《梁傳》、《前目連》、《目連傳》）七本，見《民俗曲藝》77 期，民國 81 年 5 月，頁 76；胡天成〈豐都「鬼文化」及其對目連戲的影響〉一文認爲「花目連」是與目連本傳中某些情節、人物有關聯的，具有強烈的世俗性色彩和地方性特點，而與目連本傳穿插演出的本戲或折戲，如《火燒葫蘆口》、《蜜蜂頭》、《龐員外埋金》、《耿氏上吊》、《攀丹桂》、《王婆罵雞》等，見《民俗曲藝》77 期，民國 81 年 5 月，頁 218「註十一」；劉禎，〈《王婆罵雞》與中國民間文化〉指情節主線之外綴串大量生活小戲、歌舞小戲，如《雙下山》、《老背少婦》、《三匠爭席》、《趙甲打爹》、《耿氏上吊》、《王婆罵雞》等是花目連，《民間戲劇與戲曲史學論》（臺北：國家出版社，2005），頁 263。三學者對花目連範圍指稱以劉禎最小，其次爲胡天成，黃偉瑜最爲寬廣。

〔註25〕《民俗曲藝叢書》爲王秋桂主編，施合鄭民俗文化基金會出版，自 1993 年 10月迄於 2005 年 1 月，共計出版十輯，累計八十二種之多，其中關於目連戲劇本、相關資料共十九冊。

　　王兆乾校訂：《安徽池州青陽腔目連戲文大會本》（1999，省稱：池州大會本）。

　　王兆乾校訂：《安徽池州東至蘇村高腔目連戲文穿會本》（1998，省稱：池州穿會本）。

　　朱建明校訂：《皖南高腔目連卷》（1998，省稱：皖南高腔本）。

　　黃文虎校訂：《超輪本目連》（1994，江蘇高淳陽腔，省稱：超輪本）。

　　李平、李昂校訂：《目連全會》（1995，上海）。

　　茆耕茹校訂：《江蘇高淳目連戲兩頭紅臺本》（1997，省稱：高淳兩頭紅本）。

　　張子偉主持發掘，向榮、陳肇昌資料發掘：《湖南省瀘溪縣辰河高腔目連全傳》（1999，省稱：辰河本）。

　　徐宏圖校訂：《紹興舊抄救母記》（1997，省稱：紹興舊抄本）。

　　肇明校訂：《調腔目連戲咸豐庚申年抄本》（1997，省稱：調腔本）。

　　徐宏圖校訂：《紹興救母記》（1994，稱：紹興救母本）。

　　徐宏圖、張愛萍校訂：《浙江省新昌縣胡卜村目連救母記》（1998，省稱：胡卜村本）。

　　劉禎校訂：《莆仙戲目連救母》（1994，省稱：莆仙本）。

　　龍彼得、施炳華校訂：《泉腔目連救母》（2001，省稱：泉腔本）。

　　戴云編選：《目連戲曲珍本輯選》（2000，含《康熙舊本勸善金科殘卷》、《傅羅卜傳奇》、《湘劇大目犍連》，第三本省稱：大目犍連本）。

　　《民俗曲藝87期──目連戲劇本專輯》（民國83年1月，含《郎溪目連戲》、《湘劇目蓮記》、《豫劇目連救母》，省稱郎溪本、湘劇本、豫劇本）。

　　另1957年重慶整理共計四本三十七場鑑定本，見於劉志偉《川目連演出之研究》附錄；1999年《泉州傳統戲曲叢書》收錄曾金錚校訂《泉州傀儡戲藝師楊度抄本》與龍彼得校訂《泉腔目連救母》係源自同一本子。《民俗曲藝叢書》匯編資料有三本：

　　茆耕茹，《目連資料編目概略》（1993）。

　　茆耕茹編，《安徽目連戲資料集》（1997）。

　　徐宏圖、王秋桂編著，《浙江省目連戲資料匯編》（1994）。

　　以上為論文研究最重要、基礎的文本。研究方法以「文本分析法」使用最多，眾多目連戲劇本置放於前，僅管臺本和實際演出有著細節不同，至少

爲根本依據，某些地區演目連戲，觀眾甚至依臺本一字不能差謬的演出要求。整本論文可說每一章都依賴此方法對劇本詳細加以剖析、歸納。

第二爲「比較分析法」，從論文進行第一項步驟是將民間目連戲齣目作一表格式比對同時，〔註26〕即採用了比較分析法，繼而探討各地目連戲情節線，各具特色關目、祭儀步驟，民間、宮廷的演出，無一不是透過比較分析進行研究以彰顯地區性特色和差異。

第三爲「歸納法」，統整一地區或相鄰地區共同特色，用之於民間目連戲的演出時間和目的，以及文學性、腳色行當扮飾的人物類型方面最爲明顯。

以上三種方法常交叉運用，殊難一一說明何章何處運用及何種方法。文本分析時，自然利用及歸納和比較分析法，偶而採用統計方法以見比率。

田野調查，進行訪談爲研究目連戲所必需，閱讀眾多盛演資料常心生嚮往，恨不親身體驗熱鬧澎湃活動。雖因工作之故暫時無法參與對岸盛會，但在臺灣卻能把握喪禮演目連戲，做區域性的田野調查，所以特別留意居家附近的殯葬祭儀，隨事主意願或演或單純誦經而不演。目連僧率喪家家眷「過橋」時與守橋關主笑語對談科諢，與之前「挑經」截然對比，結束時向喪家致歉：如有調笑過度請見諒。印證眾多學者進行調查時提出法師科諢使喪家笑逐顏開情景，常招致衛道者質疑一事。觀演過程，同時了解臺中一地 1970 年代之前左鄰右舍赴喪家觀演目連風氣，現已不存的事實。另外，曾於新舞臺觀賞兩夜的「打城戲」演出，〔註27〕比對泉腔目連戲臺本，特別的單一性關目與齣目、藝術表現手法，等同於明清時代戲園演出效果，亦是調查之一。論文寫作如需特別說明，才註明田調時間、地點。

通過以上研究方法，預計完成五大章：第一章爲明清時期目連戲流播演出概況，分地區探索演出班社，聲腔特色，活動演出範圍，留存的臺本、齣目。第二章論題材內容、情節線、關目以及民間、宮廷不同的思想旨趣。第三章爲目連戲文學性，依曲詞、對白，所含括的民間文學類型及特色。第四章探討民俗性和祭祀性，兩者合併，是因爲祭祀性包含於廣大民俗之中，歲時節目演出，演出功能的認知，以及籌畫、演出期間的相關活動與禁忌，爾後的儺化現象全在討論之列。第五章以目連戲藝術性爲主，內容有腳色行當

〔註26〕將民間各目連戲齣目進行比對，爲研究者基本功。筆者亦進行同樣工作，但未將表格置放論文中，原因是王馗已進行二十七種版本比對，應是目前最齊全的。因此，將比對結果做爲個人筆記加以留存。

〔註27〕2007 年 11 月 17、18 兩日於臺北新舞臺觀賞打城戲。

種類，唱念做打上的不同要求，紙紮工藝等運用，舞臺形製、後臺工作人員和各種民間遊藝對演出的影響。

　　論文完成之後，預期切合戲曲、文學研究的主體，對前賢研究未及或不足之處有所補充，相信是另外一本完整的全面性研究，提供學界參考，並供後續研究者再深探其中部分主題的契機。

第一章　明清目連戲的流布演出

　　明清熱烈演出的目連戲，通常演唱高腔，這是因爲目連戲與弋陽腔形成有莫大關係。流沙研究指出南戲到弋陽腔之間，以目連戲爲過渡，亦即弋陽腔最早是專演南戲的目連戲，經過發展再由目連戲變成弋陽腔，因此目連戲可說處於弋陽腔萌芽階段。主要論點和例證有以下數點：

　　第一，江西、湖南民間流傳目連戲爲高腔「娘戲」，和弋陽腔由道士唱目連戲衍變而來的說法。第二，一本「梁武帝」和三本「目連救母」形成的四本目連故事爲基本，加上兩本與之不相干的岳飛、一本西遊成爲「七本目連」的固定演出形式。弋陽腔連臺本戲如《三國》、《岳傳》、《西遊》和《封神》等沿用《目連戲文》套式，每種亦爲七本，每天演一本，七天演完一劇。甚至在內容上，某些連臺本戲完全照搬目連戲文的故事情節，加以敷演。第三，以音樂唱腔考察，皖浙贛交界地區七本目連採用的高腔，大都被藝人稱爲「陽腔」，陽腔其實就是弋陽腔的簡稱；湘川兩地保留的目連戲主要唱腔，其中有許多曲牌，仍然可以聽到弋陽腔調。〔註1〕

　　弋陽腔經過流播，與各地方言歌謠結合引起變化而產生各種聲腔，各具地方性特色，據曾師永義考察弋陽腔流派於安徽有徽州腔、四平腔，流入安徽池州府青陽縣而爲青陽腔，流入位於徽州、池州之間的石臺、太平爲徽池雅調，進入北京則爲京腔。〔註2〕京腔在北京流傳情形，王正祥《新定十二律

〔註1〕流沙〈從南戲到弋陽腔〉《明代南戲聲腔源流考辨》（臺北：施合鄭民俗文化基金會，1999），頁1～51。

〔註2〕曾師永義〈弋陽腔及其流派考述〉《戲曲本質與腔調新探》（臺北：國家出版社，2007），頁166～217。

京腔譜》〈凡例〉與戴璐《藤陰雜記》載之甚詳。〔註3〕弋陽腔於清初以後俗稱為「高腔」，高腔名稱是音樂特點為翻高八度的幫腔加以命名。〔註4〕既然目連戲演出與弋陽腔形成有密切關係，腔調經過本身茁壯，和流播之後產生流派，都具有音樂上的共同點。〔註5〕弋腔音樂特色為：

其一，鑼鼓幫襯，不入管絃。

其二，一唱眾和。

其三，音調高亢。

其四，無須曲譜。

其五，鄙俚無文。

其六，曲牌聯套多雜綴而少套式。

其七，曲中發展出滾白和滾唱。〔註6〕

探討各地目連戲聲腔，多數與弋陽腔和其流派有關，這個現象有著根本上的原因，〔註7〕清代張照（1691～1745）奉詔編纂的《勸善金科》宮廷目連，以「京腔」演唱，依然是弋陽腔流派。

〔註3〕 王正祥（清）《新定十二律京腔譜》（臺北：學生書局《善本戲曲叢刊》，民國73），頁49；戴璐《藤陰雜記》卷五：「京腔六大班盛行已久」（臺北：古亭書屋據光緒三年重刊吳興會館藏版，民國58），頁137。

〔註4〕 流沙〈高腔與弋陽腔考〉提及高腔即弋陽腔之說在戲曲史上早已成為定論，《明代南戲聲腔源流考辨》，頁69。

〔註5〕 曾師永義〈論說「腔調」〉，論述腔調發生變化，有因演唱方式而變化成長，或由鄉野進入城市而產生變化，或是藝術家改良唱腔而變化提升，或由曲牌逐漸發展蛻化而形成等等因素，見《腔調說到崑劇》（臺北：國家出版社，2002），本文所引見於頁154～160。

〔註6〕 曾師永義《戲曲本質與腔調新探》，頁168～186。弋陽腔流派演唱特點，研究者時而點出，如葉德均（1011～1956）〈明代南戲五大腔調及其支流〉《戲曲小說叢考》（臺北：文史哲出版社，民國78），頁30～38；林鶴宜《晚明戲曲劇種及聲腔研究·弋陽腔系統》（臺北：學海書局，民國83），頁185～220；流沙〈從南戲到弋陽腔〉頁46～50；汪同元〈安慶地區高腔中的目連戲〉《民俗曲藝》93期，民國84年1月，頁132。

〔註7〕 毛禮鎂〈江西宗教劇《目連救母》研究〉以目連戲為弋陽腔「祖宗戲」，《民俗曲藝》131期，民國90年5月，頁83、85；刁均寧〈從皖南目連戲聲腔說起〉以1957年聽目連戲老藝人王佑生說法：歙縣長標目連戲的演唱，含弋陽腔和道士腔，《民俗曲藝》93期，民國84年1月，頁101；汪同元〈安慶地區高腔中的目連戲〉；周顯寶〈皖南儺戲、目連戲及其青陽腔與儀式的原生形態〉指出「目連戲所用唱腔以當地的青陽腔為主，當地民間稱『目連腔』、『和尚腔』或『陽腔』」《音樂研究》第2期，2004年6月，頁65～76。

明清時期目連戲，以鄭之珍與張照所編劇作最爲醒目，民間自珍己本、囿於不得外傳的班規，〔註8〕以及掌握文字記錄權力的官府斥之爲迷信、荒誕，〔註9〕留下資料雖然不多，但蛛絲馬跡依然能見盛演情形。《中國戲曲志》編纂成套，《中國戲曲劇種大辭典》出版，爲考察民間目連戲提供不少方便，現以華中、華北、華南分區討論。華中目連戲資料多，爲目連戲大演地區，兼以鄭本目連屬於安徽，因此以兩節處理；東北、青海與華北毗鄰，資料較少而合併；同樣的，西南雲南、貴州與華南地區合併討論。

第一節　華中地區目連戲（一）

一、江西

南宋度宗咸淳年間（1265～1274）南戲傳入江西南豐縣，備載於劉壎《水雲村稿・詞人吳用章傳》。

> 吳用章，名康，南豐人，生宋紹興間⋯⋯至咸淳，永嘉戲曲出，潑少年化之，而後淫哇盛，正音歇，然州里遺老，猶歌用章詞不置也。

〔註10〕

南戲《目連》應也是此時由浙江傳入江西東北部。〔註11〕祝允明就明初數十年南戲盛行，造成聲樂大亂，而後有餘姚、弋陽等各地方聲腔興起，〔註12〕魏良輔《南詞引正》提及成祖永樂間（1403～1424）雲貴二省已盛唱弋陽腔，

〔註8〕安徽韶坑目連戲班規，不准外傳。《中國戲曲志・安徽卷》（北京：中國ISBN中心，1993），頁93。莆仙目連演傳羅卜演員一脈師承，只傳一名徒弟，師傅在世，不得另傳他人，林慶熙〈福建莆仙戲《目連》〉《戲曲研究》37輯，（北京：文化藝術出版社，1991年6月），頁81～82。

〔註9〕文崇一《歷史社會學・親屬關係權力關係：結構性分析》（臺北：三民書局，民國84），正史只記錄皇室、高官的言行；筆記、小說多半是官員、文人的遺事，除了偶有孝子、貞婦之外，方志不討論平民及社會狀況。頁252。

〔註10〕劉壎（元）《水雲村稿》（臺北：商務印書館《四庫全書珍本》）卷四。

〔註11〕毛禮鎂〈江西宗教劇《目連救母》研究〉以1980於貴溪調查，得藝人說明早先目連戲的部分內容，爲紹劇《救母記》「投生」情節，是目連戲由浙江傳入贛地的例證之一，《民俗曲藝》131期，民國90年5月，頁62～63。

〔註12〕祝允明（明）《猥談》「歌曲」條，見陶珽（明）《說郛續》卷四十六（上海：上海古籍出版社《續四庫全書》冊1192據清順治三年宛委山堂刻本影印），頁365。

〔註13〕則弋陽腔形成是在元末明初。以流沙考證南戲到弋陽腔的形成之間，以目連戲爲過渡。既然弋陽腔形成係以演唱目連戲而來，明清兩代江西一地目連戲盛況可想而知。乾隆七年（1742）七月江西巡撫陳宏謀〈禁止賽會歛錢示〉云：

> 江省陋習，每屆中元令節，有等游手奸民，借超度鬼類爲名，遍貼黃紙、報單，成羣結黨，手持緣簿，在於省城內外店鋪，逐戶歛索錢文，聚衆砌塔，并縶扮猙獰鬼怪紙像。夜則燃點塔燈，鼓吹喧天，晝則搬演《目連戲文》……〔註14〕

民間盛大演出，官府禁令，記載於方志，以下兩則大同小異的《南昌縣志》所載風俗：

> 中元焚紙錢，祭鬼。僧家作盂蘭佛事，鄉村演目連劇。〔註15〕

> 中元焚紙錢賑鬼，無賴僧倡爲盂蘭大會，演目蓮戲網利，男女雜觀，大爲地方害，經屬禁，風少息。〔註16〕

前者以客觀筆法敘寫目連戲盛行，後者出之於對演出目連戲的厭惡與禁令，壓制演出。

因演南戲目連而產生弋陽腔，江西一地於明清形成各劇種聲腔，班社演出目連戲時大抵演唱高腔。還願、廟會、驅煞、十年一次的萬人緣戲會通常連演七天《目連傳》，演出幾乎遍及全省。以下爲省內各劇種演出目連戲狀況。

弋陽腔目連戲，明初形成於贛東北廣信府弋陽縣，最早流行於贛東北、南昌、高安、臨安和吉安等地。明清以唱弋腔爲主的饒河戲班，活動於饒河流域，原先以鄱陽爲中心，轉移於樂平，包括萬年、餘干、余江、德興、浮梁和景德鎮。能「打目連」的，必是大班名班，陣容齊，武功好，以老義洪、馬老義洪、明經同樂、貴溪的江興同樂和小京舞臺等班最有名。〔註17〕現今

〔註13〕路工《訪書見聞錄》〈魏良輔和他的《南詞引正》〉附錄《南詞引正》，（上海：上海古籍出版社，1985），頁239。

〔註14〕陳宏謀（清），《培遠堂偶存稿》卷十四，（清道光十七年蔣方正等刊本），頁1～2。

〔註15〕徐午（清）等修，萬廷蘭等纂《南昌縣志》卷三〈土產、風俗〉（臺北：成文出版社《中國方志叢書》814號，據乾隆五十九年刊本影印），頁217。

〔註16〕陳紀麟（清）等修，劉于潯等纂《南昌縣志》卷一〈輿地志〉（臺北：成文出版社《中國方志叢書》816號，據同治九年刊本影印），頁157。

〔註17〕《中國戲曲志・江西卷》（北京：中國ISBN中心，1998），頁689；《中國戲曲劇種大辭典》，頁763。

江西省贛劇團藏有同治十年（1871）手抄本和 1982 年據同治本校勘鉛印，〔註18〕為七本一百八十八齣。來自鄱陽縣團林鄉夏家村，在清咸豐間（1851～1861）存在的目連班，傳至夏汝儀時，手抄《目連》四部傳給四個孫子，其中夏霖所保存的底本。

弋陽腔支派青陽腔形成於安徽，明萬曆間傳至贛北九江地區，成為九江青陽腔，嘉靖末年宜黃就有青陽腔的班社活動。〔註19〕流行於湖口、都昌、彭澤、星子等地。現在青陽腔目連戲只剩都昌縣王愛民等收藏民國八年和二十五年的兩種殘缺抄本，約一百九十齣。〔註20〕

東河戲源於明代弋陽腔，兼唱昆曲、後又吸收二凡、西皮、梆子等聲腔，地屬別稱東河的貢水流域，《目連傳》自是重要劇目之一。乾隆年間已有三十多個班社，其中創建於清順治三年（1646）的玉合班，擅演高腔大戲，最享盛名。1950 年代發現東河戲目連抄本，共一一四齣，為東河戲玉合班胡子清保存。

形成於修水，流行於贛、鄂、湘三省毗鄰地帶，原名「寧州大戲」的寧河戲，亦源於明代弋陽腔，後以二凡、西皮為主，兼唱吹腔、昆曲、民間小調。據鄉間戲臺殘留的演出題字，可知明萬曆年間，修水境內有春林、鳳舞、同慶、舞雲、鴻雲等戲班，以弋陽腔演唱《目連傳》、《征東傳》、《征西傳》等連臺劇目。〔註21〕

產生於吉安的吉安戲，明中葉此地為弋陽腔活動地區，宜春、永豐、吉安等地，不拘月份盛演萬人緣大戲，〔註22〕演出《目連傳》和《封神傳》、《三國傳》。江西道教氣氛濃郁，民間道士於法事中爭演目連戲，並向外傳播，有

〔註18〕《中國戲曲志・江西卷》注明同治三年（1864）手抄本，1980 年校勘鉛印，頁 205；毛禮鎂〈弋陽腔的目連戲〉時間注為同治十年（1871），《目連戲學術座談會論文選》（長沙：湖南省戲曲研究所，1985 年 3 月），頁 66；《目連資料編目概略》記同治十年手抄，1982 校勘鉛印，頁 332。

〔註19〕湯顯祖〈宜黃縣戲神清源師廟記〉：「至嘉靖而弋陽之調絕，變而為樂平，為徽青陽。」《湯顯祖集》卷三十四（臺北：洪氏出版社，民國58），頁 1128。

〔註20〕毛禮鎂〈江西宗教劇《目連救母》研究〉，頁 71；《目連資料編目概略》有民國八年抄本齣目，共二百一十四齣，頁 334～336。

〔註21〕《中國戲曲劇種大辭典》，頁 800。

〔註22〕金弟、杜紹斌（清）等纂修《萬載縣志》：「賽會……其或修建功竣，必募貲戲醵，名為『萬人緣』，此則不拘月數者也。」萬載為今江西宜春，（臺北：成文出版社據清同治十一年刊本影印），頁 532。吉安萬人緣見《中國戲曲志・江西卷》，永豐萬人緣見毛禮鎂文，頁 80。

時演全本，有時演部分折子，吉水縣黃橋鄉道士楊存恩，自稱張天師 64 代教徒，他說作法事演目連，是當地道家祖師襲傳的。〔註23〕

　　形成於撫河流域，流行於臨川、金溪、宜黃、崇仁、南昌等地的撫河戲，據湯顯祖〈宜黃縣戲神清源師廟記〉，宜黃、臨川一帶先是流行弋陽腔，後來改唱徽青陽，萬曆間臨川人黃文華編青陽腔選集《詞林一枝》、《八能奏錦》，表示青陽腔已在臨川流行，而後又有宜黃班唱海鹽腔和來自江浙的昆腔，多種聲腔先後演唱，約於乾隆年間形成高腔、昆腔、宜黃腔合班演唱而成撫河戲。所演劇目包括高腔大戲、青陽腔劇目和亂彈劇目，七天演畢的《目連戲》、《東遊記》、《西遊記》都是弋陽腔遺響。〔註24〕

　　貴溪有目連戲早於明永樂間，〔註25〕清朝長塘吳家和金沙山背李家一帶的目連班社，還曾發展到七、八個之多，有些目連班已傳承三百餘年。〔註26〕金沙山背李家目連班大約創建於明代隆慶、萬曆年間（1567～1620），每十年演出一次，先集訓演員，排練一年，演出一年，從中元節開始在本村登臺演唱數天，然後到外地同宗李家村莊巡迴演出，直到來年春插時回村封箱。此班於民國三十六年尚演過一輪，曾到鄰近數縣號稱一百零八個李氏村莊攀宗獻藝，盛況空前，劇本只留此次老益利演出殘本五冊。〔註27〕1980 年代在貴溪縣發現林傳金收藏的民國抄本，是專門在新春期間演出的「求子」目連戲。由弋陽腔目連戲縮編為六本，最先用弋陽腔，後來改「吹腔」演唱，多者演五、六天，少者只一天一夜演完。民國三十八年正月，貴溪縣泗瀝鄉坂上何家村尚演過一屆。〔註28〕

　　江西現在發現五種目連戲手抄本，體製最古老應是景德鎮璠溪鄉南戲目連殘本，為民國七年所抄，含《梁武帝》、《目連》、《西遊》，缺兩本《岳傳》。每本開演前都有末、外上場報台，唱〔畫堂春〕或〔西江月〕曲牌，述各本

〔註23〕《中國戲曲志·江西卷》載江西現有民間目連戲抄本五種：弋陽腔鄱陽本、九江青陽腔都昌本、東河高腔本、景德鎮璠溪鄉南戲殘本、吉水黃橋道士本，頁 203；毛禮鎂〈江西宗教劇《目連救母》研究〉五種目連抄本以「貴溪目連」取代「吉水黃橋道士本」，頁 76～79。《戲曲志》未介紹此本內容，毛文於頁 82、83 略微提及吉水黃橋楊存恩事，未述楊有目連抄本傳世。
〔註24〕《中國戲曲劇種大辭典》，頁 811。
〔註25〕毛禮鎂〈江西宗教戲曲《目連救母》研究〉，頁 76。
〔註26〕流沙《明代南戲聲腔源流考辨》，頁 10。
〔註27〕《中國戲曲志·江西卷》，頁 565～567。
〔註28〕毛禮鎂〈江西宗教劇《目連救母》研究〉，頁 76～79。

大概，而且每本結尾都有小團圓，仍保持南戲慣用形式。〔註29〕在音樂唱腔上，除保持曲牌體唱腔外，攙入贛東北流行的道士腔音樂，所以廣信府弋陽縣人相傳，弋陽腔是道士唱目連戲而產生的。〔註30〕

目連戲散齣散落於採茶戲之中，南昌、古安、袁河三種採茶戲有〈罵雞〉演出，景德鎮採茶戲有〈思凡〉。〔註31〕

二、湖南

湖南毗鄰江西，弋陽腔隨移民、商人傳入流播，徐渭（1521～1593）《南詞敍錄》：「今唱家稱弋陽腔，則出於江西，兩京、湖南、閩、廣用之。」〔註32〕弋陽腔流播與各地語言、民間音樂、宗教音樂相結合，在湖南逐漸形成新的聲腔，即湖南高腔。現今較大劇種如湘劇、祁劇、辰河戲、常德漢劇，早期都曾唱弋陽腔。

《目連傳》可說是最早流入的劇目，因老藝人輩輩相傳稱之為戲祖、戲娘。祁劇、辰河戲都保存完整演出劇本，劇中曲牌都是較古老、完整的原型曲牌，無滾白、滾唱，能演七到十五天。亦由木偶戲演出，沅陵楠木鋪木偶班專唱目連戲以辰河高腔演唱，比現今流行高腔更為古樸無華。湘劇藝人甚至稱木偶班藝人為「大師兄」，傳說是因為木偶「目連班」更早於湘劇班社的緣故。

湖南於明代已然大演目連，清代資料更多，清雍、乾年間劉獻廷（1702～1750）於郴州所見登臨刀梯，而與目連表演相參看：

> 予在郴州時，有巫登刀梯作法為人禳解者，同諸子往觀之。見豎二竿于地，相去二尺許，以刀十二把橫縛于兩竿之間，刃皆上向，層疊而上，約高二丈許。予至少遲，巫已登其巔矣。……巫乃歷梯而下，置赤足于霜刀之上而莫之傷也。……刀梯之戲，優人為《目連》劇者，往往能之。然其矯捷騰躍，遠勝于巫，非奇事也。〔註33〕

成書於乾隆二十八年（1763）的《清泉縣志》「風俗條」：「十五日中元節……

〔註29〕《中國戲曲志·江西卷》，頁205。
〔註30〕流沙《明代南戲聲腔源流考辨》，頁7，注10。
〔註31〕《中國戲曲劇種大辭典》，頁812、818、852、856。
〔註32〕徐渭（明）《南詞敍錄》（北京：中國戲劇出版社《中國古典戲曲論著集成》第三冊，1959），頁242。
〔註33〕劉獻廷（清）《廣陽雜記》卷二（臺北：世界書局，民國56），頁102～103。

市人演《目連》、《觀音》、《岳王》諸劇。」〔註34〕清泉現屬於衡陽縣,中元祭祀活動有五天,祀祖、盂蘭盆會、放燄口、點河燈、演戲是主要節日活動。

以《目連》為主要傳統劇目的劇種,計有湘劇、衡陽湘劇、祁劇、辰河戲、武陵戲。考察流行地區,含括湖南大部分地區:

湘劇主要流行於長沙、湘潭、益陽、瀏陽、醴陵、寧鄉、湘鄉、攸縣、安化、茶陵、湘陰及江西西部。衡陽湘劇流行於衡陽、郴州地區和株州等地。祁劇流行於衡陽、邵陽、零陵、郴州、懷化等地區,《目連傳》是祁劇最早的高腔大本戲,能連演七天,正傳五天,外傳兩天。武陵戲,又名常德漢劇、常德湘劇,流行於常德、懷化、湘西土家族苗族自治州一帶,兼唱高腔、彈腔、昆腔三種聲腔,高腔劇目有「四十八本目連」,包括《目連》、《觀音》、《三國》、《岳傳》各十二本。辰河戲流行於沅水中上游辰溪、沅陵、漵浦、瀘溪等俗稱辰河的地區,傳統劇目最具代表性為高腔,演出酬神還願戲,一般為《目連》、《香山》、《封神》、《金牌》和《梁傳》,均為連臺本戲,其中《目連》是每班皆有刻本。

另有被納入目連戲範圍的「花目連」,於湘西陽戲和儺堂戲有部分齣目。前者流行於湘西土家族、苗族自治州和懷化地區,於發展過程中曾受辰河戲影響,至遲於清嘉慶年間已經形成,劇目如《蜜蜂頭》、《侯七殺母》等大本戲,為辰河戲「花目連」其中兩劇。

脫胎於儺舞的儺堂戲,流行於湘西、湘中、湘南、湘北各地,乾隆十年(1745)編纂《永順縣志》:

> 永俗酬神,必延辰郡師巫唱演儺戲。設儺王男女二神像於上,師巫諷咒禮神,討筶以卜吉凶。至晚,演儺戲,敲鑼擊鼓,人各紙面。有女裝者曰孟姜女,男扮者曰范七郎,沒於王事,妻姜女哭之,其聲悽慘。鄉民聽之,至有垂泪者。相習為常,不知所自。〔註35〕

儺戲盛行,〈背梅〉為儺堂戲《大盤洞》中一齣,一人分飾旦、老生,如《目連戲》的「啞背瘋」表演。

各劇種《目連》於傅羅卜成年之後情節大體相同,且與鄭之珍本接近;

〔註34〕江恂(清)等《清泉縣志》卷二〈地理志〉「風俗」條(民國二十三年補刊乾隆二十八年本),頁14。

〔註35〕關天申(清)纂修《永順縣志》卷四〈風土志〉(海口:海南出版社《故宮珍本叢刊》163冊湖南府州縣志,2001),頁4。

羅卜成年之前，或演至父祖事情的《前目連》，各自有別，長短篇幅亦不一。
民俗曲藝叢書出版《湖南瀘溪縣辰河高腔目連全傳》和《湘劇目蓮記》。

　　辰河本卷帙浩大，內容計含《封神》九本、《梁傳》三本、《香山》上卷
三本、下卷二本、《前目連》八本、《金牌》六本、《目連》十八本。《目連》
十八本中還含《匡國卿盡忠》、《打子投江》（又名《蜜蜂頭》）、《侯七殺母》、
《耿氏上吊》、《龐員外埋金》五段「花目連」，共計449「場」。〔註36〕

　　《湘劇目蓮記》情節始於曹府元宵，終於盂蘭大會，相當鄭本下卷，封
面題：「目蓮記（三部）」，寫有「民國卅七年」、「七松董鎮淮」數字。〔註37〕

〔註36〕張子偉主持發掘，向榮、陳盛昌爲資料發掘人，《湖南省瀘溪縣辰河高腔目連
　　　　全傳》（臺北：施合鄭民俗文化基金會《民俗曲藝叢書》，1999年12月）。此
　　　　書分「場」與傳統分「齣」明顯不同，〈匡國卿盡忠〉、〈耿氏上吊〉這兩「場」
　　　　之下又分數「折」，其它三段花目連係以「場」計數，體例不一。閱讀資料，
　　　　除了體例不統一的違和感之外，尚有其它問題存在：
　　　　　　依據1989年李懷蓀〈石玉松與目連傳〉一文，發表於《目連戲論文集》
　　　　頁194～203，以及1993年出版的茆耕茹《目連資料編目概略·乙篇 臺本·
　　　　齣目》（頁311～321）關於湖南〈辰河高腔〉項，詳細列出辰河目連戲五大本
　　　　及「齣目」，《梁傳》、《前目連》是名鼓師石玉松回憶筆錄，「花目連」的《匡
　　　　國卿盡忠》、《耿氏上吊》、《龐員外埋金》爲石玉松1984年口述，李懷蓀、劉
　　　　回春校勘，《蜜蜂頭》係1963年黔陽向桂甲口述抄錄，李懷蓀、劉回春校勘，
　　　　《侯七殺母》1963年沅陵辰河戲藝人劉景銀口述，張盛峨補充，王前禧校勘，
　　　　《目連》依鄭本略有增刪，〈過孤淒埂〉由石玉松口述，李懷蓀、劉回春校勘。
　　　　　　懷化據以上臺本於1989年另行整理出《目連》油印本並演出錄影，茆氏
　　　　與劉禎《中國民間目連文化》（成都：巴蜀書社，1997）第六章第七節「辰河
　　　　高腔《目連演出本》」俱載其事（頁184～186），對各臺本來源、參與討論藝
　　　　人和執筆者詳細列出，可以相互對照參考。
　　　　　　臺灣出版辰河目連戲皆未註明各本來源與相關人名，名列資料發掘人的
　　　　陳盛昌爲參與1989年懷化討論整理劇本的七位老藝人之一，其它二人姓名未
　　　　見羅列。
　　　　　　將民俗曲藝辰河本與茆氏所列齣目比對後，《梁傳》、《前目連》爲石玉松
　　　　回憶筆錄原本，《香山》爲1989年演出時的齣目，據辰河戲老藝人向壽卿1985
　　　　年筆錄整理而成，原爲六本，摘其情節壓縮爲兩本，「花目連」五本亦是1989
　　　　年演出本，較原來稍有濃縮。顯然臺灣出版辰河目連戲劇本眞正來源和掛名
　　　　發掘不合。
　　　　　　其它「次要」而直指侵吞他人成果的參考文章見李懷蓀〈辰河目連戲劇
　　　　本發掘整理紀實〉（《藝海》2005年4期，頁28～30）、文憶萱〈三湘目連文
　　　　化（四）〉（《藝海》2008年1期，頁47～54）。
〔註37〕劉禎〈湘劇《目蓮記》概述〉，《民俗曲藝：目連戲劇本專輯》87期，民國83
　　　　年1月，頁110。

三、湖北

　　湖北演出目連戲有清戲、南劇，演出目連戲散齣則有漢劇、柳子戲、襄陽花鼓戲、遠安花鼓戲。

　　李調元（1734～？）稱俗名高腔的弋陽腔於楚蜀之間名為「清戲」，〔註38〕形成約在明末清初，曾流布於鄂中、鄂北一帶，廣泛流行於黃岡、漢陽、德安、安陸、襄陽等府。大量繼承南戲、元明雜劇、明傳奇劇目，《目連戲》為重要劇目之一。據調查清戲並非直接由弋陽腔演變而來，而是出自弋腔的青陽腔。

　　流行於鄂西南一帶的「南劇」，當地人多與木偶、皮影戲相對應，稱為高臺戲、人大戲，或和儺戲、燈戲等小戲而稱大戲，藝人則稱南戲。聲腔主要有南、北路和上路，另有少數昆曲、高腔、雜腔和小調。南、北路屬皮簧腔系，用胡琴伴奏，上路為梆子腔系，又名川梆子，以蓋板胡琴伴奏。嘉慶、道光年間南、北路和川梆子演唱逐漸形成具鄂西南地方特色的南劇，咸豐、同治、光緒年間，逐漸發展壯大，劇目多半為傳奇戲和歷史故事劇。同、光年間各地修復新建大批宮廟戲樓，戲樓落成必請戲班踩樓，常演出《精忠傳》、《目連傳》等連台本戲，長達數十餘本。各行當本工戲和教學、點唱劇目多為折戲，平時演出連臺本戲，以四十八本《精忠傳》最為風行，《目連傳》、《封神》、《水滸》、《楚漢相爭》多為內容相關的本戲或折戲集中串演。

　　柳子戲形成於五峰、鶴峰，流行發展於鄂西南、湘西北毗連一帶。同治、光緒年間，為當地儺壇普遍搬演，並常與南劇同臺還願。常演劇目中的《侯七殺母》，〔註39〕為湖南辰河高腔目連戲中的「花目連」之一。

　　又名楚調、漢調，俗稱二黃的漢劇，主要聲腔為西皮、二黃。除鄖陽、施恩地區外，湖北全省為流行地區，演出的《老背少》、《雙下山》為目連戲散齣。

　　流行於襄陽地區的襄陽花鼓戲，所演折戲有《羅卜取經》，以四平腔演唱；流行於遠安縣的遠安花鼓戲，《目連求經》以南腔演唱。至於用采腔演唱，多數為其他花鼓戲、采茶戲所共有劇目，如《思凡》。〔註40〕

〔註38〕李調元（清）《雨村劇話》卷上（臺北：中華書局《新曲苑》本，民國59），頁351。

〔註39〕《中國戲曲志·湖北卷》（北京：文化藝術出版社，1993），頁6、67～75、105。

〔註40〕《中國戲曲劇種大辭典》，頁1068～1070、1157、1161。

四、四川

弋陽腔在四川流傳狀況，乾隆四十五年（1780）江西巡撫郝碩〈查辦戲劇違礙字句案〉：

> 再查崑腔之外，有石碑腔、秦腔、弋陽腔、楚腔等項，江、廣、閩、
> 浙、四川、雲貴等省，皆所盛行，〔註41〕

既是盛行，表示弋陽腔傳入四川當爲更早，雍正二年（1724）成都已有高腔戲班老慶華班。〔註42〕目連戲在四川各地盛行，徐珂《清稗類鈔・戲劇類》「新戲」：

> 蜀中春時好演《捉劉氏》一劇，即《目連救母》。《陸殿》、《滑油》
> 之全本也……唱必匝月，乃爲終劇。川人恃此以袚不祥，與京師黃
> 寺喇嘛每年打鬼者同意。〔註43〕

光緒十年（1884）江津人何育齋將鄭本目連略加刪改、改編成四川目連戲本，因經皇上御批，刻本封面燙金，以敬古堂何育齋壽記刊印本一〇五齣《音注目連金本全傳》（簡稱金本目連）在四川廣泛演出，金本目連刊印正是求神拜佛、還願打醮、度亡靈、祭中元盛演目連戲的結果。同時，民間也有不少抄本、條綱戲本流傳，隨目連戲深入民心，四川有不少目連古蹟存在。〔註44〕

川劇目連有正、花、大目連之分，正、花目連上演劇目總和達到四十八本者名爲大目連。川劇四十八本目連戲齣目，完整著錄於《連臺戲場次》，爲十六開稿箋抄本，共五十頁，封面標爲「抄自李樹成老本」，計有《大伐（發）猖》一本、《佛兒卷》一本、《西遊記》四本、《觀音》三本、《封神》十二本、《東窗》十二本、《臺城》三本、《目連》十二本。〔註45〕

與安徽、湖南辰河有專門目連班不同，四川無專門班社，但幾乎大一點的班子都能演目連戲。由於盛演情況遍及全省，幅員遼闊，川劇有河道之分，

〔註41〕《史料旬刊》二十二集，（臺北：國風出版社，民國52），頁「天793」。

〔註42〕《中國戲曲志・四川卷》（北京：中國 ISBN 中心，1995），頁9。

〔註43〕徐珂（清）《清稗類鈔》（臺北：商務印書館，民國72），頁20～21。

〔註44〕《中國戲曲志・四川卷》，頁12～13。

〔註45〕《目連資料編目概略・臺本齣目》，另有川劇《目連傳》江湖本演唱條綱，爲光緒三十二年（1906）鄭紫儒抄本，川劇老藝人許音遂藏，共十本，而這只是一種戲路，頁338～359。

〔註46〕所演目連戲亦相應有各自路數，加上金本目連雖在川西、川南、川東的目連演出佔主要地位，但戲班演出時很少拘執於劇作套路，都是依據戲班實際情況來安排演出，還吸收宮廷目連《勸善金科》以及各種江湖條綱戲目，因此目連戲路隨之有別。〔註47〕目連戲於四川，有用木偶演出或存在於儺戲之中：

涪陵、黔江的下川東地區木偶戲班目連風雲一時，此區與湖南懷化接壤，為辰河高腔演出活動區域，同治二年（1863）秀山縣有彭開芳組建的辰河高腔木偶戲班，與此同時，豐都、墊江、石柱等縣有川劇木偶戲班，墊江高安場丁連喜於道光十年（1830）創建的家班，祖傳四代，均以演目連戲馳名。

川北中江縣天順班於清末民初演八本目連，故事框架和若干細節來自於清末《目連救母幽冥寶傳》，形成獨特演出本，人、木偶同臺形式，可能受大巴山一帶人與木偶同臺演出，既做法事也演戲，名為「陰陽班」的影響。

四川儺戲類劇種，也有目連戲演出，梓潼縣馬鳴鄉劉映福陽戲班子保留清末陽戲手抄本《目連僧遊六殿》；川南瀘州的師道戲有《朝橋拜塔》、《血湖報冤》兩目連戲折子；蓬溪縣有《劉氏四娘哭嫁》的儺戲本。〔註48〕

第二節　華中地區目連戲（二）

安徽、江蘇、浙江三省相互毗鄰，戲班來往因地緣關係較為密切，故而合併於一節加以論述。目連戲演出以安徽一省資料最多，最為盛行，加上鄭之珍籍隸徽省，特別以一子目討論。

〔註46〕川劇界的四條河道為：以成都為中心的川西壩子和綿陽地區的川西派，包括資中、資陽、自貢、內江、瀘州的資陽河派，以南充為中心的西充、三台、遂寧、閬中等川北河派，以重慶為中心的川東派。《中國戲曲劇種大辭典》，頁 1426～1427。

〔註47〕杜建華〈四川目連戲劇本的流變及特色〉《戲劇藝術》1992 年 3 期，頁 60～61。于一〈川目連識〉走訪藝人，直言戲班不太可能演出四十八天的四十八本目連戲，理由是會首出不了那麼多錢，《中華戲曲》第十七輯，1994 年 10 月，頁 104。因此各戲班演出目連戲，依會首要求以及自身戲班條件而撿選演出本，自然各班戲路不同。

〔註48〕杜建華〈四川目連戲劇本的流變及特色〉，頁 59。

一、安徽

安徽目連戲演出最早記錄是康熙六十一年（1722），歲次壬寅，章楷《諤崖脞說‧詫異》：

> 江南風俗信巫覡，尚禱祀。至禳蝗之法，惟設臺倩優伶搬演《目連救母傳奇》，列紙馬齋供賽之，蝗輒不爲害。亦一異也。壬寅秋，余在建平，蝗大至，自城市及諸邨堡，競賽禳之。余親見伶人作劇時，蝗集梁楣甚眾。村氓言：神來看戲，半本後去矣。已而果然。如是者匝月，傳食于四境殆遍。〔註49〕

建平，即今皖東南的郎溪縣，於民國三年改今名。皖地目連戲屢見於方志，清同治間《祁門縣志》卷五「風俗」載：「七月中元節，祀祖，設盂蘭會。閏歲則於是月演劇」其下註明「名目連戲。」〔註50〕民國間余誼密修《蕪湖縣志》「地理志‧風俗」：「邑子弟工度曲者，聚而演劇，謂之柯班」條下註：

> 今鄉間酬神賽會，喜演目蓮戲，多至七日，少或縮成一日，大都村里少年臨時演習。俟其嫻而後獻技。〔註51〕

是書印於民國八年，所載至遲爲清末以來事，同是余誼密修《南陵縣志》卷四〈輿地〉：

> 陵民報賽酬神，專演目連戲。謂父樂善好施，子取經救母。王陽明先生評目連曲曰：「詞華不似西廂豔，更比西廂孝義全。」亦神道設教意也。〔註52〕

南陵演目連戲，早見於嘉慶間劉開兆《芸菴詩集》卷八〈消夏雜詩〉載家鄉南陵風會物產之一：

> 戲索緣橦事偶然，近來處處目犍連。卻因懺罪翻添罪，墜履遺鈿亦可憐。(自註：演大目連戲必三日夜，有盤綵、竿木等技。婦女往觀，放橦生事者往往有之。)〔註53〕

〔註49〕章楷（清）《諤崖脞說》卷三，（上海：上海古籍出版社《續四庫全書》1137冊據乾隆三十六年浣雪堂刻本影印。），頁302。按：雍正十三年自序。

〔註50〕周溶修，汪韻珊（清）纂《祁門縣志》（臺北：成文出版社《中國方志叢書》據同治十二年刊本影印），頁241。

〔註51〕余誼密等修，鮑實（民國）等纂《蕪湖縣志》（臺北：成文出版社《中國方志叢書》據民國八年石印本影印），頁117。

〔註52〕余誼密修，徐乃昌（民國）等纂《南陵縣志》（臺北：成文出版社《中國方志叢書》本），頁60。

〔註53〕劉開兆（清）《芸菴詩集》（臺北：新文豐《叢書集成續編》本），頁631。嘉慶二十三年（1818）屈何炯、張慶盛序文。

又李仲丞修《寧國縣誌》，卷四「政治志・風俗」載：

> 鄉俗信鬼，每十年則大演目連一次，或三日或七日，輒數百金不惜。
>
> 迷信之久，一時不易破除。〔註54〕

僅數冊地方志，已見目連於安徽地區盛演情形。目連戲於安徽主要有三大活動據點。〔註55〕

其一是流行於徽州、池州、安慶、太平、當塗一帶的皖南地區，此區明萬曆年間已盛演目連戲，鄭本目連刊印，崇禎年間，張岱敘選徽州旌陽戲子演出劇輕精悍目連戲，爲安徽目連藝人演於其它各省，皆爲大演事實。鄭本創作於剡溪（今石臺縣大演鄉），據說首演於祁門西鄉栗木村，又演於故鄉清溪，之後班社林立，當時可考班社有十班：栗木、環沙、祁嶺、馬山、歷溪、樵溪、大宇坑、大演高田、剡溪同樂、清溪。〔註56〕

栗木目連班起於何時無從稽考，約建於明代天啓年間（1621～1627）的業餘班，最早文字見於祁門新安餘慶堂古戲上的兩處題壁：「光緒廿六年栗里復興班又廿二日到此樂也」和「目連戲彩班□合旺新同興班」，復興班、新同興班都是栗木目連班不同時期的名稱，至民國年間尚有演出活動。〔註57〕

樵溪爲業餘班社，祖師胡天祥和鄭之珍合編目連戲，因鄭通曉文墨，刊刻成書後，只知鄭名而不知有胡天祥。可考藝人光緒間有胡百開、胡家開。〔註58〕剡溪同樂建班於明代，初名唐家班，後專演目連戲，除鄭本外，據說還唱過張照本零齣。〔註59〕貴池目連戲演唱亦是由外來班社和民間班社相互組成，最早記錄見民國十四年重鐫劉街鄉姚街村《貴池姚氏宗譜》的「目連會戲」，同書又有桂超萬（1783～1863）題「目連劇」稱「三百年

〔註54〕 李仲丞（民國）總修《寧國縣誌》（臺北：成文出版社《中國方志叢書》據民國二十五年鉛印本影印），頁469。

〔註55〕 以下安徽目連戲資料據《中國戲曲志・安徽卷》（北京：中國ISBN中心，1993）配合其它相關書籍篇章整理而成。

〔註56〕 《中國戲曲志・安徽卷》提供的班社名稱，若據范耕茹編《安徽目連戲資料集》（臺北：施合鄭文教基金會《民俗曲藝叢書》，1997年10月）由蘇天輔撰「石臺目連戲」僅在石臺大演鄉即有高田班、剡溪班、唐家班、同樂班，珂田鄉有李家班，占大鎮的陳家班，蘭關鄉大宇坑班，橫渡鄉曆壩班，頁65～67。

〔註57〕 《安徽目連戲資料集》倪國華撰「栗木目連戲班」，頁50～51。

〔註58〕 《中國戲曲志・安徽卷》，頁502。

〔註59〕 《安徽目連戲資料集》，頁67。

來流毒深」，那麼，貴池至少在明代天啓年間就有目連戲演出。〔註60〕

　　組班於清代同治年間（1862～1874）有清溪班，爲業餘班社；在祁門、石臺頗有影響力的目連戲藝人金水，生於同治六年（1867），約卒於民國四、五年間，於歷溪教過目連戲；〔註61〕大宇坑目連班創建於清末民初；馬山目連班第三代藝人學唱是清末民初。〔註62〕

　　臨近祁門的黟縣無目連班，聘請外地戲班打目連，有一萬年臺建於清道光年間，是唯一一座適合演目連，又能演出京劇、徽劇的大戲臺。〔註63〕

　　目連高腔第二個演出據點是歙縣韶坑、長標一帶，活動於石耳山、黃備等地。韶坑目連班活動較早，曾演出目連戲十三本，於乾隆三十七年（1772）改唱鄭本目連。長標學唱目連戲並組勸善班是光緒二十八年（1902）及其後的事，偷學自韶坑班，秀才王孔嘉（1871～1919）據韶坑九腿單片本，〔註64〕於「光緒壬寅（1902）秋九月」編成《梁武帝》、《勸善記》、《罰惡記》、《解司記》、《西遊記》等五冊總綱，又購得鄭本三卷，光緒三十年（1904）甲辰仲冬月，將全部劇本校改潤色過，又於丙午年（1906）重編《西遊記》，合計一百三十六齣，〔註65〕由此可見，王孔嘉編纂、增刪修潤共花五年時間，使長標目連戲終究勝過韶坑。〔註66〕活動區域除了本地，還到過休寧、黟縣、屯溪、旌德，甚至到達浙江淳安、開化等地。

　　第三演出據點是南陵縣和沿江一帶的青陽、蕪湖、無爲、宣城、繁昌、涇縣、旌德等地，又以南陵東圩區目連班最有名，據說此處目連最早由杭州傳來。活動時間久遠，演出區域益形擴大，形成東路、中路、西路目連，表演特色有別。東南鄉玉林班、門房徐班、東北鄉萬福班各有演唱區域。萬福班至民國年間分爲老萬福與新萬福兩班，初建於光緒年間，最盛時達五十餘人。〔註67〕

〔註60〕《安徽目連戲資料集》彭文廉撰「貴池目連戲」，頁74～79。
〔註61〕《中國戲曲志・安徽卷》，頁504；《安徽目連戲資料集》，頁62～63。
〔註62〕《安徽目連戲資料集》，頁60、65。
〔註63〕《安徽目連戲資料集》趙陰湘、項忠根撰「黟縣目連戲史話」和「黟縣萬年臺」，頁69～72。
〔註64〕「九腿單片本」指九個不同腳色的各自所唱和白的戲詞本。《安徽目連戲資料集・臺本齣目》，頁340。
〔註65〕王孔嘉編五個總綱本齣目見《安徽目連戲資料集・臺本齣目》，頁338～339。
〔註66〕《安徽目連戲資料集》，頁46～49、89。
〔註67〕除《中國戲曲志・安徽卷》資料外，參考《安徽目連戲資料集》史衡撰「南陵目連戲班」，頁80～81。

　　銅陵萬福堂目連班，陳文斗創建於光緒二十四年（1898），行當齊全，技藝精湛，揚名銅陵、南陵、繁昌、涇縣、無為、樅陽等縣，活躍至 1949 年停止，戲本共一百二十多齣。〔註 68〕旌德可考目連木偶戲班有義順、新福，為光緒己卯（1879）由浙江昌化柯姓師傅傳授，湯村李貴紅木偶班可能是後期創立。另有版書鄉姚家、汪家自然村、南關鄉將軍廟一帶的道士班，除做法事道場外，兼演目連戲。〔註 69〕繁昌目連戲由南陵傳入時間不可考，辛亥革命前後，南陵馬家園目連戲班和繁昌豐裕圩目連戲班常搭班演出。〔註 70〕

　　南陵以外各縣目連活動，後期都受南陵班影響，胡樸安《中華全國風俗志》：

> 目蓮戲，演目蓮救母故事，皖以南盛行之。涇縣東鄉，各村不同，
> 或十年一演，或五年一演。每演率於冬季之夜，自日入起，至翌朝
> 日出止。或一夜，或三夜，或五夜、七夜。大抵以三夜者為多。……
> 演戲伶人，大抵為南陵人。〔註 71〕

南陵目連班取代了旌陽（旌陽屬旌德）戲班，部分外縣目連班社且聘請南陵目連藝人傳授技藝。〔註 72〕同、光間可考藝人眾多，各有唱工、做工、司鼓、翻打撲跌、爬竿走索等不同技藝為人稱道讚賞。〔註 73〕

　　安徽既是演目連戲興盛之地，可考班社與所徵集劇本亦相對眾多，民俗曲藝出版《皖南高腔目連卷》，原收藏者註明清光緒三十四年（1908），全書一百一十七齣，主抄者卷一目錄有：「此卷由安徽省皖南所得」。〔註 74〕

〔註 68〕《安徽目連戲資料集》姚介平、姚德成撰「銅陵萬福堂目連戲班」，頁 88～89。

〔註 69〕《安徽目連戲資料集》吳文祥撰「旌德目連戲木偶及道士班」，頁 72～74。

〔註 70〕《安徽目連戲資料集》楊有貴撰「繁昌目連戲」，頁 81。

〔註 71〕胡樸安〈涇縣東鄉侲神記〉「目蓮戲」條，《中華全國風俗志》下篇卷五（臺北：東方文化書局複刊北京大學、中國民俗學會婁子匡編校《民俗叢書》第八輯本，1933 年著），頁 24～25。

〔註 72〕光緒初年，旌德目連班請南陵目連戲藝人大癩痢、小癩痢傳藝；光緒三十四年（1908）銅陵李文斗目連班請南陵馬家圩目連藝人任普英傳藝。《中國戲曲志·安徽卷》，頁 94。

〔註 73〕《中國戲曲志·安徽卷》，頁 94 所載為南陵藝人成名狀況：唱工為小生谷長青，做工淨腳荀道一，司鼓謝昌祿。以翻跌撲打各色技藝出名的有湯小寶、金元等人，係南陵目連戲藝人至外縣目連班擔任傳藝工作調教而成。頁 93 另載有同光間韶坑、長標目連戲成名藝人王佑生。《安徽目連戲資料集》頁 80 載南陵目連戲藝人名錄，頁 76 載貴池目連藝人有名為潘雙貴（1888～1963）、楊錫瑞、董雅明。

〔註 74〕朱建明校訂《皖南高腔目連卷》（臺北：施合鄭民俗文化基金會《民俗曲藝叢書》，1998 年 12 月），周華斌「導言」，頁 12～13；《安徽目連戲資料集·臺本齣目》，頁 347。

　　《安徽池州東至蘇村高腔目連戲文穿會本》四十二齣和《安徽池州青陽腔目連戲文大會本》三卷本，前者是東至縣利安鄉蘇村蘇天年、熊靠天藏本，據傳係「該縣西灣鄉魏家店魏光禮老師傅親筆錄寫於民國元年之秋」；〔註75〕後者爲潘雙貴藏本，皆以滾唱見長，屬於青陽腔體系。〔註76〕唱目連大戲通常爲「三本頭」，連演三天，除目連戲外，還邀請徽班或京班演唱，耗資鉅大。爲適應經濟力弱家族的超度亡魂活動，而有簡化儀式和演出的「穿會」形式，所需僧、藝人都比大會少，只一天一夜即圓滿結束。在穿會上演出的目連戲稱爲「穿會本」，爲大會本的刪節本，可用傀儡演出，或人、傀儡兼扮，更適合貧窮人家。〔註77〕

　　《郎溪目連戲》二十四齣，相當於鄭本上卷，郎溪縣梅渚廖道人藏本，爲呂樂天受陳忠美之託於 1936 年抄錄，唱詞主要受鄭本影響，在長期演出過程中，齣目增減，詞曲有別。〔註78〕據傳郎溪目連戲民國初年尚能演九本或五本，五本爲《臺城》(《梁武帝》)一本、《目連救母》三本、《九世圖》(地藏王故事)一本。〔註79〕

　　不少目連班無文字傳本，只賴口傳心授，或是個人收藏本、專用臺本，僅經調查得其齣目，未列於上者有：箬坑鄉栗木村演出本（陽腔）、箬坑鄉馬山村演出本（陽腔）、長標鄉長標村演出本（高腔）、長陔鄉韶坑村演出本（陽腔）；皖東南可能爲同治七年或南陵本前本的周組吾手抄本（高腔）、三卷一百五十一齣的南陵縣演出本（陽腔）、繁昌縣徐學安演出本（陽腔）、銅陵縣萬福堂演出本（陽腔）；旌德縣演出本有口述六十九齣（高腔）、湯村托目連本（高腔）、義順托目連本（高腔）、新福托目連本（高腔）；池州演出本有安徽省徽劇團藏本（高腔）三本七十七齣、貴池長演出本約三十九齣、貴池茅坦村《目連戲合記曲本》（高腔・徽京調）、串會後本（徽劇・亂彈）二十三齣。〔註80〕光憑徵集到的臺本齣目印證安徽於明清時期大演目連戲的盛況，持續至民國之後。

〔註75〕《安徽目連戲資料集・臺本齣目》，頁 351。
〔註76〕王兆乾校訂《安徽池州青陽腔目連戲文大會本・前言》（臺北：施合鄭民俗文化基金會《民俗曲藝叢書》，1999 年 2 月），頁 9～15。
〔註77〕王兆乾校訂《安徽池州東至蘇村高腔目連戲文穿會本・前言》（臺北：施合鄭民俗文化基金會《民俗曲藝叢書》，1998 年 12 月），頁 6。
〔註78〕收錄於《民俗曲藝》87 期「目連戲劇本專輯」，民國 83 年 1 月。《郎溪目連戲》來源與鄭本差異，見茆耕茹〈前記〉、〈校勘凡例〉，頁 15～19。
〔註79〕《安徽目連戲資料集・臺本齣目》，頁 345。
〔註80〕《安徽目連戲資料集・臺本齣目》，頁 334～352。

二、鄭之珍《目連救母勸善戲文》

鄭之珍，字汝席，號高石，別署高石山人，安徽祁門清溪人。生於明武宗正德十三年（1518），卒於神宗萬曆二十三年（1595），享年七十八歲。幼學儒子業，負高才盛名，喜談詩，兼習崑腔。困頓場屋三十年之後，終於放棄功名，轉而編纂目連故事爲《目連救母勸善戲文》，〔註81〕萬曆十年（1582）付梓，可見編《勸善記》時，已過六十歲。《勸善戲文》目前通行版本爲臺北天一出版社據明高石山房原刊本景印。

明末清初張岱記演三日三夜《目蓮傳》有〈招五方惡鬼〉、〈劉氏逃棚〉等齣，並不見於鄭本，足見鄭本問世之後，民間別有目連戲本流傳。然而鄭本是否站在民間本基礎上進行刪增修潤而成？鄭之珍自敘「時寓秋浦之剡溪，乃取目連救母之事，編爲《勸善記》三冊」，下卷〈開場〉：「搜實跡，據陳編，括成曲調。」又據胡天祿跋「暇日，取《目連傳》括成《勸善記》叁冊。」透露訊息爲鄭本寫作時，已有劇名爲《目連傳》的搬演。

如果鄭本爲獨創，民間自此才開始逐漸大演目連戲，那就很難理解「不憚千里求其稿」的盛況，〔註82〕供、需兩者相對應，如非「熱門」演出需要，何必千里求稿？加上劇作提示某些表演技巧，在鄭本寫作當時已高達一定水準，爲精益求精、改良再三形成的竅門。〈觀音生日〉觀音變身成長人的方法是：「淨、生接長人上」；扮千手觀音註明：「先用白被拆縫，占坐被下，內用二三人升（伸）手自縫中出，各執器械作多手舞介。」〈七殿見佛〉鋸身刑罰：

> 小外鋸丑，用板三片，丑右手抱一片在前，左手抱二片在後，鋸從
>
> 二片中下。

應是親眼所見，絕技操作竅門，堂皇進入關鍵研究，而非單純觀眾所見，足見鄭氏熟稔於目連戲表演細節。又由後場人員「內放火介」安插於〈花園燒香〉迎接傅相升天、〈花園捉魂〉劉氏對葵花盟誓、〈八殿尋母〉目連掛燈放走餓鬼以營造氣氛，這些片段，如非當時民間目連戲的實況，很難想像鄭氏創發寫下劇作的細節是否能順利操作？至少可以知道這些特技演出，是當日

〔註81〕《目連救母勸善戲文》鄭之珍、葉宗春、陳昭祥、倪道賢、胡天祿等人序、跋等文字。倪國華〈鄭之珍籍貫及生卒年考〉以田野調查方式，找到清溪村鄭之珍墓，抄錄碑文，以及民國壬戌年重修的《清溪鄭氏族譜》，《民俗曲藝》77 期（民國 81 年 5 月），頁 241～244。

〔註82〕胡天祿（明）萬曆十年〈勸善記跋〉，指稱「好事者，不憚千里求其稿，謄寫不給，迺繡之梓，以應求者。」

民間班社各類表演的水準，爲鄭氏俯拾入劇作之中。劇本透露特技表演細節，推測是盛演之下的結果。

（一）以現今民間本證實鄭本刊印前已有目連戲本

證成鄭氏寫作當時參考民間本，除了作者自述之外，如能找到「別本」加以印證應該更爲理想，以現今民間本比對出鄭本情節上的疏漏，「間接」證實鄭氏改編事：

〈主婢相逢〉劉氏過孤悽埂，唱〔鶯集御林春〕曲：「俺則見孤埂迢迢在波濤中結，卻全無地脈連接，白茫茫巨浪千疊……」是雙眼所見情景，過埂時說：「眼又瞎了，力又弱了，怎生是好？」爲瞎眼事實，但到了〈三殿尋母〉劉氏見血湖：「渺渺平湖陣陣風，水光紅似落霞紅……」，顯見眼睛未瞎。劉氏眼睛忽明忽瞎，啓人疑竇。以江蘇高淳本〈過孤悽〉劉氏眼被烏鴉抓瞎，後來由鬼郎中焦子高醫好，再以轎子抬劉氏過孤悽埂相參看，知鄭氏編修時刪去了鬼醫眼睛情節，致使內容出現疏漏痕跡。〔註83〕

尼姑、和尚雙下山情節，以明代戲曲選本、現今民間本和鄭本相互比對，又是另一證據說明鄭氏有所本的改編。

鄭本〈尼姑下山〉〔折桂令〕以山下迎親喜樂隊伍引起尼姑心癢難抓，唱、白透露當時尼姑思凡故事已爲人所熟知：

（唱）……我只得趁無人離了山窩，（白）往常見說尼姑下山，打破鐃鈸，埋了藏經，扯了袈裟。這都是辜恩負義所爲呵！我而今（唱）去則去，說甚麼打破鐃鈸？行則行，說甚麼埋了藏經？走則走，說甚麼扯破了袈裟。

〔尾聲〕這樣人呵，我笑他都是胸襟狹……

民俗曲藝叢書刊刻目連戲〈尼姑下山〉以鄭本「往常見說尼姑下山」爲辭者甚多，〔註84〕浙江地區處理手法不同於鄭本，如紹興舊抄本作：

我如今把袈裟扯破，丟了木魚，棄了鐃鈸。〔學〕不得羅刹女去降魔，怎學得南海水月觀音座？

〔註83〕陸小秋〈目連戲四題〉《文藝研究》1990年5期，頁95～102。按，陸文以高淳本作說明，池州大會本、皖南高腔本、超輪本都有惡鳥抓瞎劉氏眼、醫眼、扛轎情節，辰河本雖無醫眼事，但也未如鄭本有眼瞎造成的差謬。

〔註84〕計有皖南高腔本、池州大會本、高淳本、超輪本。

恰好就是鄭本所說扯破袈裟等胸襟狹的民間演出本，〔註85〕因此鄭本改編同時，尚有其它民間目連上演，且爲鄭氏所參酌。

據現代挖掘刊印的目連戲〈尼姑下山〉部分曲辭，論定這些目連戲較鄭本古老，未免大膽了些，畢竟浙江民間演出〈思凡〉，所唱首曲是鄭本〔娥郎兒〕「日轉花陰匝步廊」，受鄭本影響絕難忽略不觀，只能說當地目連演出，於〈思凡〉下山部分存有古老版本的影子。因此，如能借助萬曆十年鄭本刊印前的戲曲散齣選本加以比對，說服力應該更加充分。

（二）以萬曆十年前戲曲選本證實鄭本問世前有目連戲本

嘉靖三十二年（1553）《風月錦囊》卷一下欄收錄〈尼姑下山〉和〈新增僧家記〉兩個散套。〈尼姑下山〉用了〔引〕、〔山坡羊〕兩支南曲寫尼姑思凡，想還俗生子的欲望；〈新增僧家記〉用〔鬥鵪鶉〕、〔耍孩兒〕、〔尾聲〕三支北曲寫一位和尚追薦亡靈時，見著嬌娃心動，欲娶尼姑事。兩套置放一處，說明人們將它們當作同樣戲謔曲詞加以看待。〔註86〕〈尼姑下山〉散套恰好是鄭本「往常見說尼姑下山」的內容：

> 我將袈裟扯破，埋了藏經，丟了木魚，棄了鐃鈸，學不得烈女素香
> 羅，修不得南海觀音座……〔註87〕

和前述紹興舊抄本相較，曲辭幾乎完全相同，相承關係明顯。

萬曆元年（1573）《八能奏錦》卷二上欄目錄有《昇仙記》〈尼姑下山〉，卻無內容。同樣是萬曆元年《詞林一枝》卷四中欄收錄套曲〈尼姑下山〉後半部分。〔註88〕參看同是萬曆年間刊刻《群英類選》〔註89〕〈小尼姑〉和萬曆三十八年（1610）《玉谷新簧》〈尼姑下山〉，〔註90〕發現與《詞林一枝》爲

〔註85〕浙江地區胡卜村本、調腔本、紹興救母本都同於舊抄本內容。

〔註86〕廖奔〈目連戲文系統及雙下山故事源流考〉《民俗曲藝》93 期，民國 84 年 1月，頁 39。

〔註87〕徐文昭（明），《風月錦囊》（臺北：學生書局《善本戲曲叢刊》據明嘉靖癸丑（1553）書林詹氏進賢堂重刊本，民國 76），頁 44。

〔註88〕黃文華（明）《詞林一枝》（臺北：學生書局《善本戲曲叢刊》萬曆元年福建書林葉志元刻本，民國 73 年）；黃文華（明）《八能奏錦》（臺北：學生書局《善本戲曲叢刊》萬曆元年書林愛日堂蔡正河刻本，民國 73 年）。

〔註89〕廖奔認爲《群音類選》刊刻於萬曆二十一至二十四年之間（1593～1596），〈目連戲文系統及雙下山故事源流考〉，頁 32。朱萬曙定於萬曆二十四年之前，〈鄭之珍與目連戲劇文化〉《藝術百家》2000 年第 3 期，頁 48。

〔註90〕胡文煥（明）《群音類選》（臺北：學生書局《善本戲曲叢刊》據萬曆間文會堂輯刻格致叢書，民國 76 年）；吉州景居士（明）《玉谷新簧》（臺北：學生書局《善本戲曲叢刊》萬曆三十八年書林劉次泉刻本，民國 73 年）。

相同路子情節，只是《群英類選》爲全齣，《玉谷新簧》僅具前半，《詞林一枝》保留後半套曲，爲對《風月錦囊》〈尼姑下山〉的加工增寫本。〔註91〕資料呈現出〈尼姑下山〉於鄭本之前已爲大眾所熟知，散齣選本冠上的「新調」、「時調」、「時興滾調」等名稱，含劇作與時興歌曲，〔註92〕可見爲當時舞臺演出現象的直接反映。〔註93〕

　　〈尼姑下山〉置於《詞林一枝》中欄時興歌曲位置，與《風月錦囊》同爲「時興曲」，之後於《玉谷新簧》已成爲《思婚記》戲中一齣，《群音類選》蒐集受歡迎的弋陽、青陽、太平、四平等腔戲劇的「諸腔類」，〔註94〕有《勸善記》散齣〈尼姑下山〉、附〈小尼姑〉、〈和尚下山〉、〈挑經挑母〉、〈六殿見母〉共五齣。〔註95〕由散套到戲齣，說明〈尼姑下山〉傳唱的變化成長。

　　比較有意思是將《群音類選‧勸善記》諸齣和鄭本相比對，兩者完全相同，如有差別，只是「青樓美酒」和「朱樓美酒」的些微差距，〔註96〕事實說明《群音類選‧勸善記》散齣即是鄭本。既然〈小尼姑〉附於其間，代表《勸善記》上演時，已有兩個完全不同本子的〈尼姑下山〉同時得到觀眾喜愛而並存。

　　《詞林一枝》遠早於鄭本，作爲受歡迎的時興新曲〈尼姑下山〉不知是否和目連戲有關？目前僅能確認鄭氏改編時，將袈裟扯破、丟了木魚的思凡下山情節爲人們所熟知，因此才有「往常見說尼姑下山」台辭出現於鄭本之中。

　　最能當作重要資料，顯示鄭本寫作之前已有目連戲，是在《八能奏錦》。

〔註91〕〔引〕曲相同，只是將《風月錦囊》一頭挑經，一頭挑母的賀善生改爲目連僧，原〔山坡羊〕「小尼姑年方十八」，孔雀經、金剛經、多心經、蓮花經字字差錯，埋怨非男子卻穿僧衣，等青春虛度，那時無人肯娶年老婆婆的唱詞都已具備，《詞林一枝》、《群音類選》增添了獨守空房，手會畫蛾眉、繡駕鴦，團圓夢被木魚鐃鈸聲驚散，數羅漢，悲歎寺廟做不得新房等情景，比起《風月錦囊》更具生動風情。

〔註92〕《新刊耀目冠場擢奇風月錦囊》、《鼎雕崑池新調樂府八能奏錦》、《新刻京板青陽時調詞林一枝》、《鼎刻時興滾調歌令玉谷新簧》。

〔註93〕王安祈〈再論明代折子戲〉《明代戲曲五論》（臺北：大安出版社，1990），頁14～16。

〔註94〕《群音類選》五，頁1467。

〔註95〕《群音類選》分官腔、北腔、諸腔、清腔等類，前三者爲戲劇，最後一項爲含南曲、北曲、南北合套的雜曲。〈小尼姑〉附於〈尼姑下山〉之後，足見是戲劇形式。

〔註96〕〈和尚下山〉於《群音類選》作「青樓美酒應無分」，鄭本是「朱樓美酒」。

卷五收有《昇天記・元旦上壽》一齣，〔註97〕和鄭本相比對，即是同題〈元旦上壽〉內容。而且逐字逐句比對時，發現兩者內容完全一致，有的差距僅在細微處，如「眾」唱〔朝天子〕「綿綿祖宗」曲牌名被鄭氏更正爲〔清江引〕；未著明曲牌名的「年佳景」曲，鄭氏標註了〔降黃龍〕，並將文字添成「新年佳景」。曲辭所安腳色唱段、說白，兩本完全相同。

那麼現在即能確定鄭本之前已有一本名爲《昇天記》的目連戲，而且〈元旦上壽〉一齣爲鄭本完全吸收採納，僅做些微改動，爲鄭氏改編《勸善戲文》時已有目連戲本流傳的證據。

三、浙江

最早在宋政和六年（1116），至遲在元代中期武宗至大四年（1311），浙江已有曲藝形式的目連故事流傳，1967年在日本被發現的《佛說目連救母經》，係由鄞縣傳到廣州，再流入日本，〔註98〕爲「說經」講唱技藝的底本。〔註99〕明代目連戲演出見諸記載，屬浙江一地有戲曲散齣選輯《群音類選》的胡文

〔註97〕 目錄另有註明「原缺」的〈目連賀正〉，但正文無。
〔註98〕 以卷末出版說明，日人吉川良和認爲《目連救母經》刊刻時間爲元憲宗元年（1251，南宋理宗淳祐十一年）。朱建明〈元刊《佛說目連救母經》考論〉發現時間矛盾點，因爲合乎「大元國浙東慶元路鄞縣」、「辛亥年」的時間點只能是元武宗至大四年（1311），不可能書未出版，已有人於「大德八年（1304）」在廣州買到此書，認爲初刻於蒙古憲宗元年，大德八年應該是二刻，「大元國浙東慶元路鄞縣」爲二刻時所加；由經文「全地國」疑爲「金地國」之誤，金地國即與南宋對峙的金王朝，以金建國於宋徽宗政和六年（1116），論定此經產生上限時間爲宋政和六年，下限時間爲憲宗元年或至大四年，《民俗曲藝》77期，民國81年5月，頁24～26。劉禎進而考證「大日本國貞和二年（1346），歲次丙戌」重刊、「永祿元年1558」印行相距兩百餘年的時間疑點，以不確定口吻推測「永祿元年刊印而僞稱貞和二年重刊」的可能性是否存在？但肯定「大元國浙東道慶元路」的「辛亥」應是元武宗至大四年。「大德八年」四字爲「貞和二年」日本重刊此書時，時空異國，隔海遙遠而致誤，《中國民間目連文化》，頁241～244。
〔註99〕 《中國戲曲志・浙江卷》（北京：中國ISBN中心，1997），頁127；廖奔〈目連始末〉註14認爲此本「在當時說經話本基礎上略去了韻文部分而成」，《民俗曲藝》93期，民國84年1月，頁28。劉禎看法不同，認爲《目連救母經》爲有故事情節的佛教念經拜佛，懺悔罪孽的科儀本，是宗教產品，非文學作品，和《慈悲道場目連報本懺法》有血緣關係，產生時間相近。隨歷史發展，而後將懺禮法事科儀消解、加入韻文之後，則成講唱的文學作品，被稱爲寶卷或宣卷，如《目連救母出離地獄升天寶卷》，《中國民間目連文化》，頁244～257。

煥爲杭州人，評載目連戲的《遠山堂曲品》祁彪佳是山陰（今紹興）人，所著《祁忠敏公日記》崇禎十二年（1639）五月三十日宿於舟中：「連日暑極，是晚，柯村又演目連戲，竟夜不能寐。」〔註100〕柯村即柯橋，位於紹興市郊，「又」字可見演出非只一日。清朝紹興師爺傳鈔秘本《示諭集鈔・禁目蓮戲示》：

> 爲嚴飭查禁事，照得演唱《目蓮》，久奉例禁；蓋以裝神扮鬼，舞弄刀槍，以此酬神，未能邀福，以此避祟，適致不祥。今聞該地演唱此戲，合亟出示嚴禁。爲此示仰該地保甲里民人等知悉：爾等酬神演戲，不拘演唱何本，總不許扮演《目蓮》，倘敢故違，立拿保甲戲頭，責懲不恕。特示。〔註101〕

禁演目連戲並非單一資料，乾隆五十七年（1792）刻本《紹興府志》，卷十八末附「禁令」十條，第九條爲：

> 禁演唱夜戲：每遇夏季演唱《目連》，婦女雜沓，自夜達旦，其戲更多悖誕。乾隆五十六年出示嚴禁在案。〔註102〕

李亨特，號西園，鐵嶺（今屬遼寧）人，官至河東總督，曾知浙江紹興府及蕭山郡，利用修纂《紹興府志》、《紹興縣志》時機，將之前已經頒布而唯恐百姓日久忘卻，再次挑選關涉較廣的禁令，重新勒石，以警世人，名爲「十禁碑」。禁令反映浙江目連戲演出興盛情形，但無法完全禁止，蕭山王端履敍禁令施行與家鄉演目連戲情形：

> 吾郡暑月，歲演《目連救母記》，跳舞神鬼，窮形盡相。鐵嶺李西園太守（名亨特，後官東河總督），聞而惡之，勒石示禁通衢。迄今幾六十年，風仍未革。〔註103〕

蕭山因賽戲而頒布禁令，李亨特並非第一人，康熙十一年（1672）《蕭山縣志》載：

〔註100〕祁彪佳《祁忠敏公日記・棄錄》（北京：書目文獻出版社《祁彪佳文稿》冊二，1991），頁1157。

〔註101〕轉引自王利器輯錄《元明清三代禁燬小說戲曲史料》（上海：上海古籍出版社，1981），頁161。

〔註102〕李亨特總裁，平恕（清）等修《紹興府志》卷十八（臺北：成文出版社《中國方志叢書》華中221號，據乾隆五十七年刊本影印），頁491。

〔註103〕王端履（清）《重論文齋筆錄》卷一，《小說筆記大觀》續編（臺北：新興書局，民國62），頁3。

俗尚鬼，多淫祀徼福，浮屠道場，雖士大夫家亦用之。近有臺戲賽
神愿，禁而未革。〔註104〕

相信賽神愿的臺戲，應該是目連戲的演出。清朝花部諸腔並奏下的目連戲，
局面蓬勃發展，計有紹興調腔、開化高腔、永康醒感、磬安念經調、東陽法
事、上虞啞目連等。

調腔淵源的說法紛歧不一，〔註105〕清人姚燮（1805～1864）《今樂考證》
載：「越東人呼弋陽腔曰調腔。」〔註106〕浙江調腔為高腔系統支脈，來自於安
徽傳來的徽池雅調，依然屬於弋陽腔流派。〔註107〕調腔目連戲流傳於紹興、
新昌、嵊縣、上虞、諸暨、蕭山、餘姚、寧海一帶，唱高腔。最早記錄調腔
為明末崇禎七年（1634）張岱《陶庵夢憶》彭天錫和朱楚生、素芝串調腔戲，
「妙絕」；誇朱楚生演唱調腔的科白，有本腔不能得十分之一的評價，當時調
腔藝術已相當成熟。〔註108〕調腔目連戲據傳於太平天國（1851）以前由紹興
斗門傳來。〔註109〕無論紹興亂彈班或平安大戲，〔註110〕凡演目連，均得唱調

〔註104〕鄒勳、轟世棠（清）等纂修《蕭山縣志》卷八（臺北：成文出版社《中國方
　　　　志叢書》597號，據康熙十一年刊本影印），頁216。

〔註105〕《中國戲曲劇種大辭典》（上海：上海辭書出版社，1995）「新昌調腔」條，
　　　　頁482。新昌高腔劇團調腔研究小組呂濟琛執筆〈調腔初探〉說明調腔尋根
　　　　究源的紛歧說法，或是明初餘姚腔後裔；或為徽池雅調；或餘姚腔遺音，受
　　　　弋陽腔影響。《戲曲研究》7輯（北京：文化藝術出版，1982年12月），頁
　　　　139～168。

〔註106〕姚燮《今樂考證》（北京：中國戲劇出版社《中國古典戲曲論著集成》第十冊，
　　　　1959），頁19。

〔註107〕考證調腔非餘姚腔餘音，而是源自弋陽腔最為有力論文為葉德均〈明代南戲
　　　　五大腔調及其支流〉《戲曲小說叢考》（臺北：文史哲出版社，民國78），頁
　　　　64，和流沙〈新昌調腔與餘姚腔辨〉，兩者皆反駁了《華東戲曲劇種介紹》第
　　　　五集蔣星煜〈從餘姚腔到調腔〉急於肯定調腔源自餘姚腔，卻未深入探討的
　　　　說法。流沙更是詳加辨明調腔來自於安徽的徽池雅調，徽池雅調作為高腔
　　　　戲曲發展階段之一，不論唱腔和「一唱眾和」的幫腔形式有何變化，其聲腔
　　　　總體依然屬弋陽腔範疇，《明代南戲聲腔源流考辨》頁286～303。班友書〈明
　　　　代青陽腔劇目芻議〉認同蔣星煜看法，以為浙江調腔為餘姚腔遺響，舉證說
　　　　明「徽池雅調」原來只是書商為擴大宣揚出版品而巧立名目的結果，並非真
　　　　為聲腔劇種之名，《戲曲研究》第27輯（北京：文化藝術出版社，1988），頁
　　　　241～245。

〔註108〕張岱（明）《陶庵夢憶》（臺北：漢京出版社，民國73年）卷四〈不繫園〉、
　　　　卷五〈朱楚生〉，頁30、50。

〔註109〕肇明《調腔目連戲咸豐庚申年抄本・序言》據比前良呂順銓早一輩老藝人王
　　　　維則的說法，據呂順銓、王增產回憶，前良目連戲迄今已歷五代，推算時間

腔，保持老南戲「乾唱」形式。紹興亂彈班的目連戲頗具特色，如〈起殤〉、〈男吊〉、〈女吊〉、〈施食〉、〈放焰口〉、〈調無常〉、〈送夜頭〉、〈燒大牌〉等，均源自浙東目連戲。

開化高腔目連戲，傳自婺源、祁門一帶，流布於開化、淳安、遂安諸縣。開化境內以楊林、蘇莊、音坑、馬金、徐塘、張灣等鄉村最盛。清乾隆年間婺源人汪和元至開化蘇莊鄉富戶村雲台寺爲僧，設道場，持錫杖演《目連救母》並傳授門徒。嘉慶年間，蘇莊大坊灣丁之禾拜汪爲師，學演目連，後來丁家五代能演目連戲。光緒年間，馬金楊和村張金元、張田發創辦目連班，能連演七晝夜，此班於民國六年解散。

醒感目連戲流播於永康及相毗鄰的縉雲、磐安、金華、義烏、武義、東陽等縣。由道士演出，習稱「道士班」，目連戲只有一本，名爲《斷緣箱》或《斷緣殤》，也稱《目連救母》。盛行於清末民初，與盂蘭盆會和其它水陸道場等宗教儀式活動結合演出，具濃厚宗教色彩。唱腔屬高腔一類的曲牌體，人聲幫腔，幫腔只用「啊囉唻哩」有聲無義字，以鼓和鑼輔助強化節奏。〔註111〕

念經調目連戲爲佛教儀式劇之一，相傳起於明代，清及民國極爲盛行，流傳於磐安、東陽、永康一帶，是佛戲「西方樂」的組成部分。西方樂共有二十幾個劇目，《目連救母》爲其中之一，包括〈鬧五更〉、〈哭母〉、〈請禪杖〉、〈開五方〉、〈破地獄〉、〈尋十殿〉、〈認母〉、〈勸母〉、〈赦罪〉、〈擔母上天〉等十餘折。

道士腔法事目連戲，爲以道教爲主，兼以佛教的儀式劇之一，流傳於東陽、磐安、永康、浦江、建德等地。因唱道士腔和伴隨功德道場演出而得名。劇目有《通天請接》、《破地獄》、《破血湖》、《目連勸母》、《挑經挑母》、《討十全》等。除參加廟會演出外，大多爲喪家所邀，爲悼念死者和超度亡魂而演出。

啞目連，流傳於上虞縣的百官、湖田、葉家埭、松廈、章家、陸家、西

　　和王維則所説年限大體相符。（臺北：施合鄭民俗文化基金會《民俗曲藝叢書》，1997 年 10 月），頁 14。

〔註110〕紹興亂彈班，現改稱爲「紹劇」。中元節時到處盛演「祭鬼戲」，在整本戲中插入目連戲或儺戲中爲大家所熟知的鬼魂折子，叫做「平安大戲」，其實是目連戲和儺戲的變體。徐宏圖〈浙江的地方戲與宗教儀式〉《民俗曲藝》131 期，民國 90 年 5 月，頁 103。

〔註111〕《中國戲曲劇種大辭典》，頁 541～542。

華一帶。全劇無一句臺詞，全憑身段、手勢、表情、舞蹈以及武技表演，伴隨鑼鼓、目連號，或快或慢，或響或暗的節奏敷演故事，一般認爲與宋代百戲中的「啞雜劇」有一定淵源。由業餘團體在白天演出，場次計有二十二折，約三小時演畢。

定海和沈家門等漁區，每逢七月都要演目連戲，目連班由和尚與念伴（即不出家的道士）組成，或請紹興高腔班來演。除了上述各地之外，金華、武義、浦江、蘭溪、衢縣、臨安、昌化等地，均有目連戲。〔註112〕

浙江目連戲由民俗曲藝刊刻有四本：《紹興救母記》係民間目連班藝人手抄本，抄者和抄錄時間俱不詳，共八本，一○八齣，前兩本是前目連，爲鄭本所無。〔註113〕

《紹興舊抄救母記》，清代紹興敬義堂楊杏方抄本，抄於光緒九年（1883）六月。分上下兩卷，三十九齣。從卷本所附一段祭祀文字看，敬義堂爲昔日紹興道士壇班的稱謂，楊杏方爲其中成員。曲詞、念白與鄭本不同，〈偷雞〉、〈罵雞〉、〈回罵〉、〈出吊〉、〈訓父〉念白純爲紹興方言土語，最具地方特色；〈思凡〉、〈落山〉、〈相調〉的底本與鄭本有別，與江蘇陽腔目連戲相近，可見與鄭本未必出自同一母本，〔註114〕極有可能是江蘇陽腔本和紹興本來自同一母本：安徽民間目連戲本的影響。〔註115〕

調腔本有二：《調腔目連戲咸豐庚申年抄本》和《浙江新昌縣胡卜村目連救母記》，前者分仁、義、禮、智、信五卷，共一六四齣；〔註116〕後者抄寫年代不詳，分齋、僧、布、施四卷，合計一○九齣。

〔註112〕以上浙江目連戲資料見《中國戲曲志·浙江卷》，頁127～132、648。

〔註113〕徐宏圖校訂《紹興救母記》（臺北：施合鄭民俗文化基金會《民俗曲藝叢書》，1994年11月）。

〔註114〕徐宏圖《紹興舊抄救母記·校訂說明》（臺北：施合鄭民俗文化基金會《民俗曲藝叢書》，1997年9月），頁5～6。

〔註115〕徐斯年〈漫談紹興目連戲〉《目連戲學術座談會論文選》（長沙：湖南省戲曲研究所，1985），頁80～99。對高淳陽腔目連戲的母本來自何處，學界看法頗爲紛歧，流沙、毛禮鎂〈高淳陽腔目連戲辨〉認爲母本是元末明初傳入江蘇的江西南戲目連戲，在地方化的過程中，不斷受弋陽腔、青陽腔以及江蘇本地風情土俗與音樂的影響而形成，《民俗曲藝》78期，民國81年7月，頁239～254。

〔註116〕咸豐庚申抄本計一百六十七齣，因年代久遠已有殘缺，看不出分本痕跡，出版時以浙江新昌前良村民國三十六年呂順銓抄本補錄加上，並分本，其齣目計一百六十四齣，但附「地府」於義本之後。

四、江蘇

　　蘇南高淳地區為徽班活動基地之一，演出接近安慶、太平一帶粗獷純樸風格，此地目連戲盛行，被稱「陽腔目連戲」或單稱「陽腔」、「目連」。當地藝人稱「陽」為「弋陽」速念而成，因此陽腔即是弋陽腔，或認為陽腔是青陽腔或餘姚腔，或是弋陽腔向青陽腔過渡的一種未成熟的青陽腔，或弋陽腔未成熟前的「道士曲」。此種聲腔專演目連戲，已具滾調特徵，保留弋陽腔一唱眾和，節以鑼鼓，其調喧，無管弦伴奏的特點。主要活動地區有高淳、溧水、溧陽一帶，清末前後還曾到過宜興。由於高淳地鄰皖南，常到安徽繁昌、歙縣、寧國、廣德、郎溪、宣城、當塗等地演出。

　　高淳目連戲與南陵目連戲互稱東、西路，高淳在東，南陵在西。西路自稱清梆，唱腔細膩，婉轉輕柔；東路稱嘈梆，唱腔古樸，旋律直質，為較古老的演唱。高淳於明、清兩代盛演目連戲，最早可演九本，清末尚能演出七本。以鄭本為底本進行演唱，在長期流傳過程中，有字音以訛傳訛，後來給與新解，詞意因之產生變化；有時在通俗上進行發展，情節增刪，口語化念白比鄭本多出一倍，生澀曲詞同時減省了三分之一以上。全劇文字部分係鄭本，但少數片段，移植張照本有關內容。

　　民俗曲藝出版江蘇目連戲有《江蘇高淳目連戲兩頭紅臺本》、《超輪本目連》和《目連全會》三本。前兩本為高淳陽腔，超輪本為三個通宵的演出本，是藝人超輪（1890～1960）根據演出實況，長期多次抄寫改正，又請姐丈——前清貢生宋渭川訂正後重抄，完成於1939年。分頭、中、末本，每本又分上下冊，合計一百零五齣，故事情節與關目設置與鄭本相同，唱詞道白較為通俗，有部分世俗生活小戲如〈訓父〉、〈罵雞〉為鄭本所無。〔註117〕兩頭紅本為一個通宵演出，民國二十四年陳忠美抄於高淳縣定埠鄉。〔註118〕《目連全會》卷上，是現存上海的一部目連戲抄本，原書一百二十頁，半頁十行，行三十字，大體相當於鄭本上卷，為下江官話地區民間藝人依據鄭本，融合當地唱本編纂的演出本。雖是上海抄本，卻非上海區域演唱本子，也非吳語通行地區流傳本子，因為抄本中沒有吳語方言痕跡，書中有少數方言俗語，

〔註117〕黃文虎校訂《超輪本目連‧前言》（臺北：施合鄭民俗文化基金會民俗曲藝叢書，1994），頁9～10。

〔註118〕茆耕茹校訂《江蘇高淳目連戲兩頭紅臺本‧前言》（臺北：施合鄭民俗文化基金會《民俗曲藝叢書》，1997年9月），頁7。

若不是包容地域廣泛，即是多方混雜，難以斷定屬那一地方語言。〈打罐〉一齣爲鄭本所無，卻是江蘇溧陽目連班盛演不衰的〈搭觀〉。〔註119〕

江蘇流行各劇種演出《目連救母》者多：如形成於上海，流行於上海、江蘇南部，初名花鼓，進入城市稱灘黃、本地灘黃、申曲的滬劇；徽劇《目連救母》爲老旦重頭戲，爲蘇北里河徽班看家戲之一。演出〈思凡〉、〈下山〉等散齣劇目者有昆劇；起源於揚州的「維揚戲」，現稱揚劇，《雙下山》爲多年演唱不輟的劇目之一。

第三節　華北、青海與東北地區目連戲

華北地區包括河北、河南、陝西、山西等地，由於《東京夢華錄》所載北宋中元節演戲，故先以河南爲敘述優先。

一、河南

河南目連戲演出情況，最早記載是宋代孟元老《東京夢華錄》卷八「中元節」條：

> 七月十五日中元節……构肆樂人，自過七夕，便般《目連救母》雜劇，直至十五日止，觀者倍增。〔註120〕

此條資料引導出一個結論：連續演七、八日的《目連救母》雜劇於北宋時已然產生。但陳翹對《東京夢華錄》「中元節」條的不同版本進行爬梳之後，提出疑問與重新思考此條文內容：

> 目前可見最早刻本是日本靜嘉堂文庫影印黃丕烈舊藏原刊本，與上段引文相同。明弘治十七年（1503）重新刊行本和之後《秘冊匯函》、《津逮秘書》、《唐宋叢書》、《四庫全書》、《學津討源》本都記爲「目連經救母雜劇」，這一含「經」字版本於歷史上長達五百六十多年。民國年間，不含「經」字的版本再次問世流行。

> 以「經」字非衍文重新思考，認爲《目連經》和《盂蘭盆經》極可能是同一經文，推測北宋中元目連戲，應是：較爲短小、帶有滑稽、諧謔味道，

〔註119〕李平、李昂校訂《目連全會・前言》（臺北：施合鄭民俗文化基金會《民俗曲藝叢書》，1995年10月），頁1～12。

〔註120〕孟元老（宋）《東京夢華錄》卷八〈中元節〉條（臺北：大立出版社，民國69），頁49。

每天不斷反復演出印賣的《目連經》內容的小戲，而非連續演出七、八天的大型戲劇。〔註121〕

　　陳氏文章提供學界不同思考角度，能演七、八天的目連戲究竟出現於何時，目前只能存疑。〔註122〕

　　以最近調查目連戲於河南而言，開封為中心的河南東部，包括周口地區的沈丘、項城、鹿邑、柘城，商丘地區的商丘縣、虞城縣、永城、夏邑，濮陽地區的南樂縣，時有演出，〔註123〕以今日狀況，推想而知明清時期必然更為盛行。其中清豐縣六塔鄉王堡寨目連班、豫北南樂縣前郭村玩藝班世代傳演至今。河南省戲曲工作室存有玩藝班蘇尚志口述抄本，豫東也有大同小異抄本。〔註124〕〈五鬼拿劉氏〉、〈拉劉甲〉、〈觀音點化〉、〈大佛山〉為河南目連戲常獨立演出的單折戲。〔註125〕雖然目連救母千百年來傳唱於河南民間，歷來無成文劇本，現散存在梆劇和民間歌舞中，形成於同治十年前後的太康道情戲，傳統劇目中有連臺本戲《目連救母》。〔註126〕1986 至 1989 年間鄧同德走訪數十位清末至今演過目連戲的老藝人、伴奏員採集而成二十一場《豫劇目連救母》，民俗曲藝加以出版，〔註127〕內容和敦煌石窟所藏唐、宋《目連變文》極為相似，和鄭本、弋陽腔本差距較大。〔註128〕

二、河北

　　河北目連戲演出，僅以宮廷張照所編《勸善金科》與民間兩方面加以論述。

〔註121〕陳翹〈《東京夢華錄》「中元節」條兩種版本一字之差的思考——兼議北宋目連戲之形態特徵〉《中國戲曲學院學報》第 28 卷第 4 期，2007 年 11 月，頁 3～12。

〔註122〕廖奔〈目連始末〉就表演結構和音樂結構的限制，認為宋雜劇的表現力尚未強化至演出類似連臺本戲的階段，應該是挑選目連故事中便於舞臺表現的一些段子分別演出，每次演一段，散了戲再重新開場演另外一段，七、八天內可能會有重複演出的部分，頁 10。

〔註123〕鄧同德〈目連戲在河南〉《中華戲曲》第十七輯，1994 年 10 月，頁 139。

〔註124〕《中國戲曲志·河南卷》（北京：文化藝術出版社，1992），頁 130。

〔註125〕〈目連戲在河南〉，頁 129。

〔註126〕《中國戲曲劇種大辭典》，頁 1039。

〔註127〕《民俗曲藝》87 期，民國 83 年 1 月，頁 214～260。

〔註128〕鄧同德《豫劇目連救母·序》《民俗曲藝》87 期，頁 209～212。

（一）張照《勸善金科》

清代宮廷目連戲演出盛況，最爲人注意是董含《蓴鄉贅筆》文字，所記爲康熙年間事：

> （康熙）二十二年癸亥正月，上以海宇蕩平，宜與臣民共爲宴樂，特發帑金一千兩，在後宰門架高臺，命梨園演《目連傳奇》。用活虎、活象、眞馬。先是江寧、蘇、浙三處織造各製獻蟒袍、玉帶、珠鳳冠、魚鱗甲，俱以黃金、白金爲之。上登臺拋錢，施五城窮民，綵燈花爆，晝夜不絕，古所稱「大酺」，想即此也。〔註129〕

至乾隆年間，又有張照奉命編《勸善金科》。張照（1691〜1745），初名默，字得天、長卿，號涇南、天瓶居士，江蘇婁縣人。〔註130〕康熙四十八年（1709）進士，改庶吉士，五十一年（1712）授檢討，五十四年（1715）入直南書房。雍正七年擢內閣學士，十三年（1735）奉命撫苗疆，失利無成效，革職拏問，依律擬斬。乾隆元年（1736）特赦，命在武英殿修書處行走，二年（1737）授內閣學士，入直南書房，充經筵講官。五年（1740）授刑部侍郎，六年（1741）奉命修訂朝廷樂章，與和碩莊親王允祿等奉勑共同編修《律呂正義後編》，考訂宮商字譜。乾隆七年（1742）官至刑部尙書，兼管理樂部，九年（1744）十二月丁父憂，十年（1745）正月奔喪，行至徐州卒。追加太子太保、吏部尙書，諡號文敏。〔註131〕戲曲著作有：《九九大慶》、《月令承應》、《法宮雅奏》、《勸善金科》、《昇平寶筏》等。

昭槤敘「乾隆初，純廟以海內昇平，命張文敏照製諸院本進呈，以備樂部演習。」〔註132〕並載張照編《勸善金科》、《昇平寶筏》事，應是乾隆六年十一月勑莊親王與張照查明《律呂正義》源委之後，七年五月管理樂部，十月釐定文廟樂章，頒發曲阜及各省學宮使用。

張照文學藝術上的成就，清高宗《御製詩四集》給予這位「詞臣」的評論是：

〔註129〕董含（清）《蓴鄉贅筆》卷下「大酺」條，（臺北：新興書局據嘉慶四年重鐫本影印清吳震方《說鈴》，民國61），頁19。

〔註130〕國史館本傳爲「江蘇婁縣人」，金農〈自序〉認爲是「華亭」人。《國朝耆獻類徵初編》十七，卷七十一，（臺北：明文書局《清代傳記叢刊》），頁645、661。

〔註131〕張照生平依前註《國史館本傳》載錄。

〔註132〕昭槤《嘯亭續錄》卷一〈大戲節戲〉條（臺北：文海出版社《近代中國史料叢刊》63冊），頁880。

　　張照性穎敏，博學多識，中和韶樂多所釐定，文筆亦雋逸拔俗，尤

　　工書，臨撫各臻其妙，字無大小皆有精神貫注。閱時雖久，每展對，

　　筆墨如新。余嘗謂張照書法過於董其昌，非虛譽也。〔註133〕

書法最佳，博學的成就表現在釐定樂律，和雋逸的文筆上，並無一字著墨於編寫的大戲成就。〔註134〕對張照編兩大傳奇做出評價是昭槤：「詞藻富麗，引用內典經卷，大為超妙」，並以《鼎峙》、《忠義》文采大不如文敏為說，〔註135〕當是張照戲曲成就的定評。

　　張照改編目連戲的藍本來自鄭本的一時定論，隨研究深入挖掘和康熙年間 237 齣《勸善》舊本的發現，已然確定張照奉旨修改並不是在鄭本基礎上大加增改，而是根據清初在民間流傳的二百多齣《勸善金科》重新剪裁、合理刪汰、調整關目、大加潤色改編而成。〔註136〕

　　首都圖書館現有康熙年間 237 齣《勸善金科》，朱絲欄抄本。不分卷、本，卷首有「青雲得路」白文印記。第十冊二十三齣有「今奉大清康熙皇帝二十年十二月二十日恩詔，免災赦罪」等語，〔註137〕至少在康熙二十年前後，已有目連戲宮廷演出本。文中凡出現「眞」、「鎭」等字均缺少最後一筆，可知為雍正年間抄本，或以雍正抄本過錄，均避雍正皇帝胤禛諱。與其它康熙舊本殘本進行比照，內容文字大體相同，可知是康熙舊本。〔註138〕民俗曲藝叢書出版《康熙舊本勸善金科殘卷》一卷二十四齣，收錄於《目連戲曲珍本選》，原係傅惜華舊藏圖書，和首圖本第冊進行比對，齣目相同。但是由首齣「上

〔註133〕清高宗御製，董誥等奉敕編《御製詩四集》卷五十九，（臺北：商務印書館景印文淵閣四庫全書 1308 冊），頁 294。

〔註134〕研究者也以討論張照書風最多，如何碧琪〈書名浮沈不由己：對張照的書法成就與書史形象變化的思考〉《故宮文物月刊》293 期，民國 96 年 8 月，頁 106～115；陳韻如〈張照書風初探〉，《故宮文物月刊》293 期，民國 96 年 8 月，頁 94～105。整體論述張照成就有馮明珠〈玉皇案吏王者師：論介乾隆皇帝的文化顧問〉，收錄於故宮博物院編《乾隆皇帝的文化大業》（臺北：故宮博物院，民國 93），頁 241～258。

〔註135〕《嘯亭續錄》，頁 881。

〔註136〕戴云〈述康熙舊本勸善金科殘卷〉，《目連戲曲珍本輯選·康熙舊本勸善金科殘卷》頁 13～18；又見戴云〈試論康熙舊本《勸善金科》〉《戲曲研究》第 64 輯，頁 389～401；戴云〈康熙舊本《勸善金科》管窺〉《湖南社會科學》2004 年 5 月，頁 139～145。

〔註137〕轉引自〈試論康熙舊本《勸善金科》〉，頁 391。

〔註138〕〈試論康熙舊本《勸善金科》〉，頁 391。

西天一念眞誠」的「眞」字未減省筆劃，而在「玄」、「絃」字處少了最後一點，避康熙玄燁名諱，足見它比首圖本更早。〔註139〕

　　《目連戲曲珍本選》另收錄清內府抄本《傅羅卜傳奇》，原抄藏於北京圖書館古籍部，由所蓋鈐印「齊林玉世世子孫永寶用」、「齊氏百舍齋存書之印」、「如山過目」，知爲齊如山舊物。分上下兩卷，共十四齣，依四字齣目，和鄭本、張照改本、首圖藏本對照之後，得出此本年代早於首圖本結論。〔註140〕

　　宮廷目連戲確定十天爲演出一完整故事的單位。王芷章（1903～1982）抄錄嘉慶二十四年（1819）《恩賞檔》載自十二月十一日起演《勸善金科》，迄二十日演完。〔註141〕這個演出日期，以康熙舊本《勸善金科》第十冊二十三齣賓白中另有幾句話：

　　　　幸逢大清康熙二十年十二月二十日，因天下蕩平，廣頒赦詔，十惡
　　　　之外，咸赦除之。〔註142〕

所提供資料，第十本的上演時間爲康熙二十年（1681）十二月二十日。時間逆推回去，各本演出日期與王芷章所載一致，雖然有張照本和康熙舊本的差別。

　　張照本《勸善金科》現今較容易找到的版本有以下數種：

　　臺北故宮博物院藏武英殿朱墨黃藍綠五色套色刊本，未著撰人，兩函，二十一冊。二冊爲一本，共十本。每本載二十四齣，全劇共二百四十齣。卷首一冊刊載序言、凡例，說明清宮重編元、明雜劇、傳奇的緣由規格。凡例第四則：

　　　　宮調用雙行小綠字，曲牌用單行大黃字，科文與服色俱以小紅字旁
　　　　寫，曲文用單行大黑字，襯字則以小黑字旁寫別之。〔註143〕

每齣齣目以大綠字單行排印，以小藍字註明每齣所用音韻，曲文中的小藍字分別注明每句、每讀、每韻、每疊、每格、每合。〔註144〕

〔註139〕戴云〈述康熙舊本勸善金科殘卷〉，《目連戲曲珍本輯選》，頁 14。
〔註140〕戴云〈傅羅卜傳奇校點前言〉列有齣目比對與說明，《目連戲曲珍本輯選》，頁 78～79。
〔註141〕《清昇平署志略·第四章分制》（北京：商務印書館，2006），頁 80～81。
〔註142〕轉引自戴云〈試論康熙舊本《勸善金科》〉《戲曲研究》第 64 輯，頁 389～401。
〔註143〕張照《勸善金科》（北京：《古本戲曲叢刊九集》之五，1964）卷首，凡例，頁 2。
〔註144〕馮明珠〈勸善金科——一部院藏的清宮封箱大戲〉《故宮文物月刊》9 卷 10 期，民國 81 年 1 月，頁 82～89。

　　另國家圖書館善本書室有前國立北平圖書館收藏《勸善金科》，清乾隆間內府刊五色套印一卷，有無名氏序，題詞〔集賢賓〕二闋，凡例，總目。總目載一至十本全部二百四十齣的齣目，齣目七字，上下齣標目對句。書中鈐有「朱希祖」陰陽合文小方印，「無竟先生獨志堂物」朱文扁方印。以及第一本一至十二齣。此書不完整，僅存第一本卷上一冊。〔註145〕此版本微捲筆者曾經閱目，由五色套印情形，與故宮所藏應該相同。

　　莊一拂《古典戲曲存目彙考》載有乾隆刊本。〔註146〕《古本戲曲叢刊九集》本，係「景印綏中吳氏及上海圖書館藏清乾隆內府刊五色套印本，原書版高二〇九毫米，寬一四九毫米」，卷首序文有「曉鈴藏書」印。台北天一出版社《清宮大戲》本與此相同，但缺鈐印和來源說明。

　　張照本演於宮廷，但是清中葉之後影響及民間，民間目連戲有演部分散齣，如河北崑曲班、高腔班和安徽剡溪同樂班、川目連、江蘇陽腔目連。

（二）河北民間目連戲演出情形

　　宮廷、王府崑弋班的關係密切，清道光前數位皇帝酷愛高腔，宮廷、王府戲班專演崑弋兩腔戲。

　　在民間，北京一地，萬曆年間崑曲流入後逐漸壯大，弋陽腔至遲於明嘉靖年間已流傳到此，事見《南詞敘錄》，地方化之後名為「京腔」。刊於同治年間的《都門紀略》提及京師流行聲腔演變，先是明末的崑弋並演，而後高腔之名逐漸為人所知：

> 開國伊始，都人盡尚高腔，延及乾隆年，六大名班，九門輪轉，稱極盛焉，其各班各種腳色，亦復薈萃一時。……至嘉慶年，盛尚秦腔……近日又尚黃腔。〔註147〕

又以竹枝詞〈黃腔〉：「時尚黃腔喊似雷，當年崑弋話無媒。」〔註148〕話習尚變化。崑弋兩腔歷經由盛轉衰，為謀生餬口，不得不依附徽班，或崑、京合流，或與當地高腔演員合作，用河北方言演唱，輾轉各地演出。

　　不受北京民眾喜好的崑、弋腔，因時代政治因素，而有別種出路。道、

〔註145〕張棣華《善本劇曲經眼錄・勸善金科》（臺北：文史哲出版社，民國65），頁144。

〔註146〕莊一拂《古典戲曲存目彙考》（臺北：木鐸出版社，民國75）中冊，頁1303。

〔註147〕楊靜亭（清）《都門紀略・詞場》（揚州：廣陵書社據清同治三年刊本影印，2003），頁123～124。

〔註148〕《都門紀略》三集《都門雜詠》，頁371。

咸、同、光屢有國喪事，〔註149〕期間遏密八音，禁止演戲，迫使北京的昆弋
演員不得不轉至河北鄉間謀生。由於北京戲班設備、組織皆勝過鄉間許多，
形成另一種學戲風潮；〔註150〕另一種由離開北京展轉各地演出，爲失去觀眾
支持結果，道光年間《辛壬癸甲錄》：

> 上谷（保定）爲直隸省會，距京城三百三十里。日下（北京）歌樓
> 淘汰簸揚，往往以餘波潤三輔。〔註151〕

《宣南雜俎·下天津》：「歌場冷落幾年春，覷得廬山面目眞。到底品花先品
格，格低無奈下天津。」〔註152〕亦是相類似感嘆。至於離開北京演員是否眞
爲「格低」，姑且不論，不再受觀眾熱烈捧場支持，無奈之間離京另謀較佳出
路則爲事實。

以上爲北京民間戲班流散河北各鄉鎮演出的因素。導致宮廷昆弋演員流
入民間主要因素有二：一是咸豐十年（1860）英法聯軍進占北京，無法隨蹕
至承德的宮廷昆弋演員，多流入河北。二是王府班的解散。散落民間的昆弋
演員，以醇王府恩榮班居多，醇王死後，恩榮班解體，演員、戲班管事大都
流入京東、京南，繼續組班傳藝與演出，〔註153〕並將宮廷大戲劇目帶至民間。

流入河北的昆曲，唱念中極易摻入河北地方鄉音，加上長期與弋腔同臺，
兼演弋腔，逐漸形成北方昆曲粗獷豪邁風格。所演劇目，有許多原爲弋腔，

〔註149〕皇帝、皇后、皇太后死亡有二十七個月國喪，道光至光緒間國喪有：宣宗孝
慎成皇后佟佳氏於道光十三年（1833）四月崩；宣宗孝全成皇后鈕祜祿氏，
道光十四年立皇后，二十年（1840）崩；仁宗皇后鈕祜祿氏，宣宗尊皇太后，
道光二十九年（1849）十二月崩；道光皇帝於三十年（1850）正月崩逝；文
宗皇帝咸豐十一年（1861）崩；穆宗同治皇帝死於十三年（1874）年冬；穆
宗孝哲毅皇后阿魯特氏，同治十一年立爲皇后，光緒元年（1875）崩，距同
治死不足百日；文宗孝貞顯皇后鈕祜祿氏，於咸豐二年（1852）立皇后，穆
宗即位尊爲皇太后，即慈安太后，光緒七年（1881）崩。最密集爲光緒初，
有同治皇帝、皇后與慈安太后國喪，其次爲道光十三年至二十九年間。以上
據《清史稿校註·后妃列傳》（臺北：國史館，民國75年）整理。
〔註150〕齊如山〈談吾高陽縣昆弋班〉《齊如山全集》冊3（臺北：聯經出版社，民國
68），頁1630～1631。
〔註151〕蕊珠舊史，《壬辛癸甲錄》，見《清代燕都梨園史料》上冊（北京：中國戲劇
出版社，1988），頁299。
〔註152〕蘭藝生《宣南雜俎》，《清代燕都梨園史料》，頁517。
〔註153〕醇親王於同治（1862～1874）初年於府邸成立唱高腔爲主的安慶王府班，光
緒九年（1833）改名恩慶班，以「慶」字排名，後又改名恩榮班，生徒以「榮」
字排名。醇親王死後，恩榮班解散，原班藝人流散河北各地，組班授徒並演
出。《中國戲曲劇種大辭典》，頁58。

後「改調歌之」成爲北崑傳統劇目，目連戲中的散齣〈思凡下山〉爲有名劇目，亦有些來自宮廷大戲，如出自《勸善金科》的〈羅卜問路〉、〈劉氏望鄉〉、〈鵰兒趕妓〉；〔註154〕整個《目連救母》戲齣北崑能演者有「陰八齣」、「陽八齣」的說法。

現今被稱爲河北高腔的京腔，代表劇目與《勸善金科》相關有〈開葷〉、〈埋骨〉、〈掃地〉、〈盟誓〉、〈打父〉、〈趕妓〉、〈定計化緣〉、〈醫卜爭強〉、〈滑油山〉、〈望鄉〉、〈回煞〉、〈六殿〉等齣。〔註155〕以《五十年來北平戲劇史料》記載起自光緒八年（1882）北京四十多家戲班演出戲名齣目，截至宣統三年（1911）止，共二十九年時間，與目連戲相關齣目，最多爲〈滑油山〉，計有二十一個班社演出，演出場次超過五十二場；其次是〈六殿〉有十八個戲班演出，演出場次有四十場；再次是又名〈大小騙〉的〈定計化緣〉，十一個班社演出；〈盂蘭會〉有四個戲班演出；〈思凡〉有榮椿、復出安慶兩個班社演出；〈羅卜路〉、〈劉氏望鄉〉、〈鵰兒趕妓〉只見復出安慶班演出。復出安慶班標誌「崑弋」，由〈思凡〉註記「崑」字外，知〈羅卜路〉、〈劉氏望鄉〉、〈鵰兒趕妓〉爲弋腔。〔註156〕由《清代燕都梨園史料》載錄：〈思凡〉、〈下山〉崑旦演員所擅長的熱門劇目之一，〔註157〕〈戲目連〉僅見於三處，〔註158〕〈一枝梅〉、〈罵雞〉僅一見，〔註159〕目連戲以折子戲的面目存在於北京戲園之中。

〔註154〕 以上河北目連資料參考《中國戲曲志・河北卷》（北京：中國 ISBN 中心，1993），頁 9～16、101～103，和《中國戲曲劇種大辭典》頁 18～21、57～59。

〔註155〕 《中國戲曲劇種大辭典》，頁 20、58。

〔註156〕 佚名《五十年來北平戲劇史料》（臺北：廣文書局，民國 66）。

〔註157〕 〈思凡〉、〈下山〉者爲崑旦或崑亂兼擅演員，嘉慶八年（1803）《日下看花記》載演此劇者有陳桂林、彭桂枝、朱麒麟、孔天喜；專記徽部演員，書成於嘉慶十五年（1810）的《聽春新詠》趙慶齡得崑曲名師指點，擅演此劇；鄭三寶工崑劇，偶作秦聲；同治十二年（1873）《菊部羣英》、光緒十二年（1886）《鞠臺集秀錄》、《新刊鞠臺集秀錄》擅演者有沈芷秋、陳四保、朱藹雲、何來福、諸桂枝、錢桂蟾爲崑旦，陳瘦雲兼崑、弋旦腳，朱蓮芬爲花旦；王麗奎、陳玉鳳、梅巧玲、徐如雲唱花旦兼青衫。以上諸書見《清代燕都梨園史料》（北京：中國戲劇出版社，1988）。

〔註158〕 《菊部羣英》陸玉鳳、朱蓮芬、徐如雲擅演劇中觀音，頁 484、498、500。

〔註159〕 《日下看花記》王翠林演〈一枝梅〉，被評爲「高下共賞」，頁 64；《燕蘭小譜》鄭三官演〈罵雞〉，不知此齣是否即目連戲散齣之一，鄭爲江蘇吳縣人，崑旦，題詠見演柳枝腔〈王大娘補缸〉，註文兼及所演眾雜劇之一爲〈罵雞〉，頁 20。

三、陝西

　　陝西秦腔、漢調二簧、西府秦腔都演目連戲。秦腔是流行於陝西各地一個最大劇種，明末清初稱秦聲、亂彈、秦腔、梆子腔，清乾隆前後除以上稱謂外，尚有山陝梆子、西秦腔之稱。乾隆初年，在秦嶺以南的安康、漢中地區出現了以二簧腔和西皮調融合演出的漢調二簧，當地人稱之爲土二簧、陝二簧、二簧戲。〔註160〕秦腔流入西安以西形成支派西府秦腔，又名西路梆子，相傳最有名的慶華班，建於明代，清代中葉以後盛行，僅關中西部十餘縣即有一百餘班社流動演出，還保留一些目連戲，如《三公主成聖》、《羅卜寶卷》、《斷五霍霍》等。〔註161〕

四、山西

　　能找到與目連相關資料有《迎神賽社禮節傳簿四十曲宮調》是迎神賽社祭祀活動的總綱，係潞城縣南舍村堪輿家曹振興之孫曹國宰於萬曆二年（1574）謄錄，作爲曹家參與「官賽」或本村「調家龜」時擔任「科頭」（即主禮生）唱禮時的依據。無論官賽或調家龜，賽期均爲三天，舉賽前一天，依流年月日十二辰次，決定二十八宿神祇當值，〔註162〕在山西辦賽事活動或唱賽戲最集中於上黨、晉北、晉南，都是樂戶集中的地區，他們在台下是祀神進供盞伴奏的樂隊，台上是演賽戲的戲班。賽戲，於上黨名爲樂劇、雜劇、隊戲，晉北名爲賽戲、賽賽，晉南臨猗等地名爲鐃鼓雜戲、鑼鼓雜戲，〔註163〕《禮節傳簿》提供大量樂舞、曲目、劇目。軫宿供盞隊戲第五盞下載《目蓮救母》，〔註164〕最後又列《青提劉氏遊地獄》的啞隊戲腳色排場單：

　　　《青鐵劉氏遊地獄》一單：舞千里眼、順風耳、牛頭、馬面、判官、
　　　善惡二簿、青衣童子二個、白魔太尉四個、把金橋大使者、青鐵劉

〔註160〕《中國戲曲志・陝西卷》（北京：中國 ISBN 中心，1995）頁13～14、482。
〔註161〕《中國戲曲劇種大辭典》頁1546～1547。
〔註162〕寒聲、栗守田、原雙喜、常之坦〈《迎神賽社禮節傳簿四十曲宮調》注釋〉「前言」，《中華戲曲》第三輯（太原：山西人民出版社，1987），頁52～53。
〔註163〕寒聲、栗守田、原雙喜、常之坦〈《迎神賽社禮節傳簿四十曲宮調》初探〉《中華戲曲》第三輯，頁124。
〔註164〕《迎神賽社禮節傳簿四十曲宮調》抄本影印，《中華戲曲》第三輯，頁41。

氏游十八地獄、目蓮僧救母、十殿閻王、□水童子、木叉行者、觀

音上，□。〔註165〕

啞隊戲只裝扮遊行而不說不唱，運用於祭神儀式中的隊戲《目蓮救母》，也只能演其大概內容，絕非鄭本三日夜演出盛況。由曹國宰抄錄祖父曹震興所記，其祖生活於嘉靖朝。以居於僻壤的陰陽先生，所記劇目當然不會是即世作品，而應是產生於此之前，後來才傳到的，因此目連戲演出訊息，是明代嘉靖年間與之前的演出情況。

如鄭本的目連戲盛演於翼城一帶，屬高腔系統，徒歌而無幫腔，鑼鼓擊節，大約明傳奇劇本行世之後即從江蘇傳來。然而，屬於弋陽支派的青陽腔，在明萬曆之前即傳入山西萬榮縣百帝村一帶，被稱爲「清戲」，清代依然盛演，清末走向衰微，留存劇本抄本只剩八本，並無目連戲痕跡。〔註166〕翼城目連戲起於何時？有一說是明末，翼城南杆村蘇姓富商在南京經商，對目連戲十分喜愛，並能串演，便將這一劇目帶回演出，目連戲很快流傳到雨坂、東石橋、故城等村。清初發展至七個班社，每社三十至五十人，活動範圍擴大到了浮山、沁水、陽城、絳縣、聞喜、曲沃、侯馬等地。〔註167〕流行於山西南部的鑼鼓雜戲《白猿開路》一劇，也取材於目連救母故事。〔註168〕

五、青海

目連戲長久流傳於青海民和縣東溝鄉麻地溝村。附近居民以能仁寺爲中心，舉行廟會、佛事活動，佛事活動最有名爲「刀山會」，演出《目連僧救母》，以演員赤腳上眞刀山爲特色，聞名於陝甘寧青川各省。相傳每三年演出一次，當地群眾認爲目連戲自明代傳入，通過調查知康熙時演過一次，其它光緒三十三年（1907）、民國五年、民國三十四年分別演出過。從正月十五踩臺唱戲

〔註165〕《迎神賽社禮節傳簿四十曲宮調》抄本影印，《中華戲曲》第三輯，頁 50。十殿閻王之後，有一字不清楚，寒聲等人〈注釋〉直接去除此字，直稱「水童子」，頁 117；廖奔則書爲「淨水童子」，《目連始末》頁 13。

〔註166〕全本爲《白兔記》、《三元記》、《黃金印》、《湧泉記》、《陳可忠》，折子爲《兩狼山》、《徐母罵曹》、《行程》，分屬於道光、咸豐、同治三個時期的麻紙手抄本，《中國戲曲劇種大辭典》，頁 253，青陽腔在山西流傳情形，見《中國戲曲志·山西卷》，頁 11、13。

〔註167〕《中國戲曲志·山西卷》（北京：文化藝術出版社，1990），頁 11～13、138、366。

〔註168〕《中國戲曲劇種大辭典》，頁 294～295。

開始，計演出八天陽戲、七天陰戲和最後一天上刀山，需半個多月時間。〔註169〕目連戲於正月元宵節開始演起，爲各地所無，應與祖先獲罪流放至此的原因相關。〔註170〕

現存兩個手抄本，爲1980年代被發現，一是戲劇本《目連寶卷》，現存於麻地溝村村民王存瑚家中；二是說唱本《目連救母幽冥寶傳》。戲劇本共十卷，手抄，小於十六開，毛筆書寫，錯別字較多，抄錄時間不詳，除第九卷原有六冊外，其餘各卷爲一冊。1960年代第五卷和第九卷共七冊被毀，現存十卷本中，第五卷和第九卷各一冊爲後來補充，文字、風格與其它各卷有別，劇情內容較簡略。十卷內容爲：〈白雲犯戒〉、〈員外上壽〉、〈父子從軍〉、〈天仙送子〉、〈員外下世〉、〈劉氏開齋〉、〈青提歸陰〉、〈目連出家〉、〈陰曹救母〉、〈刀山地獄〉，內容的時間跨度比說唱本短，僅止於劉氏上刀山，未如說唱本將各人物命運交代清楚、情節完整。〔註171〕

說唱本《目連救母幽冥寶卷》手抄本的上卷抄於光緒十六年（1890），抄錄者爲建康郡善信、金聲、王鏞；下卷由范承賢抄錄於1980年。〔註172〕戲劇本名爲《目連寶卷》，是否與明代目連寶卷有關？勁草、胡文平研究比對結果如下：以現存發現明代目連寶卷只有兩部，一爲北元宣光三年（1373，即洪武六年）金碧寫本《目連救母出離地獄升天寶卷》下卷，另一爲《目犍連尊者救母出離地獄生天寶卷》，殘存中、下卷，但這兩部寶卷與刀山會劇本相去甚遠。而由間接明代相關寶卷資料，亦無法看出刀山會劇本由來。嘉靖七年（1528）刊刻《銷釋金剛科儀》卷末題記，奉佛信官尙膳太監張俊，同太監王印誠造的十六部寶卷中，就有《目連卷》和《香山卷》；另一明刊羅青（1442～1527）著《巍巍不動太山深根結果寶卷》，第二十四之中，列出「外道」寶卷二十種，也有《目連卷》。因這些寶卷只列簡名，無從知悉是否和刀山會寶卷相關，僅能據此肯定一點，從明初洪武至嘉靖，以目連救

〔註169〕《中國戲曲志‧青海卷》（北京：中國ISBN中心，1998），頁5、75、432、438～439。

〔註170〕勁草、胡文平〈遠去的記憶：麻地溝刀山會口述史調查〉當地鄉民談到先祖流落此地，異口同聲說係因朱元璋洪武初年元宵節耍社火得罪馬皇后有關。《青海社會科學》2006年5月第3期，頁112。

〔註171〕霍福〈青海目連手抄本述略〉《青海社會科學》2006年5月第3期，頁115～119。十卷目錄依《中國戲曲志‧青海卷》所述，第二卷名〈打龍王〉，第六卷〈員外下世〉又名〈金廓收債〉，兩卷不存，頁76。

〔註172〕霍福〈青海目連手抄本述略〉，註釋5。

母為題材的寶卷已然較為普及。〔註173〕刀山會劇本內容拙樸，獨具特色，較少受到內地流傳目連戲影響。〈白雲犯戒〉屬目連前傳，〈員外上壽〉時蘿卜還未出生。

六、東北地區

東北地區的目連戲，散落於各劇種表演劇目之中，吉林應節戲於七月十五演出《盂蘭盆》，在城鎮一般最少演三天，最多連演一個月。〔註174〕應節戲通常是戲班在戲樓、茶園或劇場依照不同節令上演有關劇目。

遼寧海城喇叭戲劇目有《王婆罵雞》，根據目連戲散齣改編。清乾隆初期由山西商賈帶入海城的牛庄，原名「柳腔喇叭戲」，現山西已無此劇種，以嗩吶為主要伴奏樂器，當地民間稱嗩吹為喇叭。遼寧應節戲屬於中元節有《目連僧救母》、《黃氏女遊陰》、《孝感天》等。〔註175〕

黑龍江滿族劇種「朱春」，源流沿革有三種不同說法，一是金代即有朱春的形式，二是努爾哈赤在宮廷請民間藝人「朱春賽」坐唱，三是在滿族說唱基礎上，吸收滿族民歌「拉空吉」、「莽式舞」、單鼓等發展而成。由於係口傳心授，被保留下的劇目少，裡面有《目連救母》。〔註176〕

第四節　華南、西南與臺灣地區目連戲

一、福建

目連戲於福建主要有莆仙戲與打城戲兩種。

莆仙戲以前稱為興化戲，目連戲為重要代表劇目之一。莆仙戲流行於莆田、仙遊、惠安、福清、永泰等縣。民間演出《目連》一般是在盂蘭盆會、普度或拜懺時，多與崇信神佛宗教活動相關，咸豐、同治間，施鴻保《閩雜記》載閩地皆有普度，以興化一地相關活動是：

〔註173〕〈遠去的記憶：麻地溝刀山會口述史調查〉，頁113。
〔註174〕《中國戲曲志・吉林卷》（北京：中國 ISBN 中心，1993），頁457。
〔註175〕《中國戲曲志・遼寧卷》（北京：中國 ISBN 中心，1994），頁68、188～189、311。
〔註176〕滿族稱唱戲藝人為「朱春賽」，《中國戲曲志・黑龍江卷》（北京：中國 ISBN 中心，1994），頁62～63。

> 興化等處則于空曠地方，連搭戲臺，兩旁皆架看棚，對臺設高廠，
> 迎各社神。廠中擺列紙人馬、紙衣裙、紙箱、紙蓋之類。又以黃白
> 紙糊金銀箔作金山、銀山，有高至十餘丈者。延僧道于廠中，誦經
> 禮懺，朝晚上供，或三日，或五日，或七日。戲臺上亦連日演戲至
> 圓滿日，則皆演目連。〔註177〕

莆仙目連戲分上、下兩部，上部《傅天斗》有四本，下部《目連救母》有三本。全部七本，共演七天，每天一本。現存傳本，除上部《傅天斗》僅存一種外，下部《目連救母》卻有多種，最主要有莆田萬福班抄本和珍寶班抄本、仙游鄭牡丹抄本與祥和班抄本，以及流傳在新加坡的莆仙戲抄本。〔註178〕仙游本三本計七十八齣，比莆田本三十七齣多出一倍強，民俗曲藝出版《莆仙戲目連救母》計分三夜，缺第三夜上本。〔註179〕分夜不分本的形式，是舞臺演出本的特徵。

莆仙戲表演保有類似宋雜劇的插科打諢，如《目連救母》中的鶴舞、弄獅弄虎、鬼王編馬、「十二使科」中的高腳鬼成親、啞吧放五路、阿官爬軟嶺的啞雜劇表演，大哥砍頭、鬼王踏瓦罐、二使（矮腳鬼）脫衫等雜技表演。〔註180〕

流行於閩南泉州、晉江、南安、龍海、漳州，以及廈門、同安等地的「打城戲」，又名法事戲、和尚戲、道士戲、師公戲。源於宗教法事「打城超度眾生」而發展，分「打天堂城」和「打地下城」兩種。這種打城儀式，於清代中葉以前通常在和尚、道士打醮拜懺最後一天三更時分在廣場舉行，伴隨雜耍等小節目，至深夜，即表演一些小故事如《天堂城》、《地下城》、《白猿搶經》，目連戲選段存在於做功德超度儀式中。為使道場法事更能滿足觀眾需求，加強戲劇表演的基本功，道光年間（1821～1850）打城表演跳出宗教，

〔註177〕施鴻保（清）《閩雜記・普度》（清咸同間著者手稿本），不著頁數，藏於臺北國家圖書館善本書室，筆者所閱為微卷。

〔註178〕林慶熙〈福建莆仙戲《目連》考〉《民俗曲藝》78期，民國81年7月，頁25～37。存於新加坡莆仙目連，其齣目可參考田仲一成著作，布和譯《中國祭祀戲劇研究》附錄五〈鎮魂戲劇《目連戲》的形成與發展〉（北京：北京大學出版社，2008），頁315～331。

〔註179〕劉禎校訂《莆仙戲目連救母》（臺北：民俗曲藝叢書，1994）。

〔註180〕林慶熙〈福建莆仙戲《目連》〉《戲曲研究》37輯，（北京：文化藝術出版社，1991年6月），頁85；《中國戲曲劇種大辭典》，頁661。

開始在城鄉搭臺演出。〔註181〕打城戲的發源地在晉江興源村，今稱「小坑園」
的地方，以興源、小興源爲班社名稱。〔註182〕光緒年間，〔註183〕泉州開元寺
和尚超塵、圓明置服裝道具，邀請會演戲的道士和香花和尚，組織大開元班，
聘請提線木偶師呂佃大、〔註184〕林潤澤、陳丹桂等人傳授《目連救母》部分
折戲，表演上採用提線木偶的科步、身段、音樂上吸收木偶戲唱腔，可連演
十二場。後圓明另組小開元班，繼續聘請木偶戲藝人教戲，於神佛誕辰或婚
喪喜慶時演出，因班主爲和尚，故名「和尚班」，以區別於後來活躍於晉江，
由道士主持的專業戲班：小興源班。超塵主持大開元班無法與之競爭而散班，
部分道士出身的演員仍作道士兼業餘演出。

　　最早記錄泉州地區目連戲演出是荷蘭學者高延（J.J.M.de Grott），1877 年
（光緒三年）抵達廈門並停留一年，所記爲普度時戲臺上的演出。高延所見可
能爲四平班演出，而非打城班。〔註185〕林紓記泉郡人治喪期間演目連戲情形：

　　　延僧爲梁王懺七日……禮懺之末日，僧爲《目連救母》之劇，合梨
　　　園演唱，至天明而止，名之曰：「和尚戲」。〔註186〕

〔註181〕《中國戲曲志・福建卷》（北京：文化藝術出版社，1993），頁 93。吳秀玲〈泉
　　　　州打城戲初探〉以泉州師公戲吳天乙家族提供族譜，遷居興源村時代爲明朝
　　　　中葉，乾隆年間（1736～1795）於打城儀式中將一些情節儀式化，加入《目
　　　　連救母》、《李世民遊地府》等選段；咸豐（1851～1861）年間在打城表演基
　　　　礎上搬演《目連救母》等完整劇目，正式成立「興源班」；同治（1862～1874）
　　　　時期成爲半專業戲班。時間上較《中國戲曲志・福建卷》所述稍晚，此爲興
　　　　源吳家道場演師公戲的發展史，《民俗曲藝》139 期，民國 92 年 3 月，頁 221
　　　　～249。
〔註182〕莊長江〈打城戲的發祥地——興源村〉所載興源班的發展也與《中國戲曲志》
　　　　有別，和吳秀玲〈泉州打城戲初探〉所述時間比較吻合：咸豐十年（1860），
　　　　吳永詩、吳永察兄弟將民俗法事活動發展創造爲戲曲形式表演，光緒十一年
　　　　（1885）成爲專業戲班。《泉南戲史鈎沉》（臺北：國家出版社，2008），頁
　　　　104～108。
〔註183〕有光緒十七年（1891）和三十一年（1905）的不同說法，前者見《中國戲曲
　　　　志》頁 93 和莊長江《泉南戲曲史鈎沉・泉南戲班一瞥》頁 78，後者見於《中
　　　　國戲曲劇種大辭典》頁 753。
〔註184〕呂佃大於《中國戲曲志・福建卷》記爲呂「細」大，於莊長江文記爲呂「細
　　　　火」《泉南戲曲史鈎沉》，頁 78。
〔註185〕龍彼得《泉腔目連救母・導言》（臺北：施合鄭民俗文化基金會《民俗曲藝叢
　　　　書》，2001 年 11 月），頁 4～5，高延觀看目連戲更爲詳細資料，請參考龍彼
　　　　得撰稿，傅希瞻譯〈關於漳泉目連戲〉《民俗曲藝》78 期，民國 81 年 7 月，
　　　　頁 53～60。
〔註186〕林紓《畏廬瑣記・泉郡人喪禮》（上海：商務印書館，民國 23），頁 48。

打城戲既是由傀儡戲班而來，同樣戲本用於大戲（打城班）和傀儡戲班，將內容與嘉慶至光緒間傀儡戲抄本、近人楊度抄本相對照，三者相同，〔註187〕但大戲多了〈糞池地獄〉一齣。

二、廣東

廣東於中元節演出中元戲、施孤戲，〔註188〕自明代已然如此，崇禎十年（1637）刊刻《興寧縣志》「中元」條：「薦祖考，近年多惑于僞僧，爲設醮度孤，大傷民財。」同書「喪禮」條，和尚粧扮目連舞蹈爲喪葬習俗：

> 隆萬間，親喪七日，請鄉花僧祀佛設齋筵，……更有打沙云者，專
> 爲婦人而設，以糯米擂水，孝子、孝女向沙墩跪飲曰：「繳血碗」，
> 以報母恩。三事皆請一人爲赦官，一和尚粧天王，一和尚作目蓮，
> 交相舞于庭求賞。〔註189〕

「交相舞于庭」爲三人扮演，應是有情節的小戲。

海南島於康熙、乾隆年間，因佛、道活動興盛，由原先只著道袍，唸誦佛經做祀神動作，發展成爲穿戲服，高搭戲臺演《目連救母》等連臺本戲，與融合各聲腔的土戲唱對臺，群眾稱爲「道壇戲」或「外場戲」。〔註190〕

三、廣西

廣西有目連戲最早記錄或許可以追溯到明末，《徐霞客遊記》崇禎十年（1637）記錄五月初一事：

〔註187〕泉腔本係民俗曲藝叢書《泉腔目連救母》，傀儡戲本爲泉州地方戲曲研究社編《泉州傳統戲曲叢書》第十卷《傀儡戲·目連全簿》（北京：中國戲劇出版社，1999），其中第三部《目連救母》由晉江市圖書館提供，曾金錚校訂，以清代不知名民間班社且未注明年代的十一種殘抄本相校訂，參照同時收存標有年號的其它傀儡戲簿，推測抄於清嘉慶朝至光緒朝之間。另《泉州傳統戲曲叢書》收有《泉州傀儡戲藝師楊度抄本》，1988年4月起抄，至1989年5月抄完。因楊度已於1996年去世，此抄本依據何種本子抄寫，已無法確知。楊度抄本於「賓白」上做了很多修改，已非清代抄本原貌。

〔註188〕《中國戲曲志·廣東卷》（北京：中國ISBN中心，1993），頁439、440。

〔註189〕劉熙祚修，李永茂纂（明）《興寧縣志》卷一（中國書店《稀見中國地方志彙刊》44冊據明崇禎十年刻本影印，1992），頁405～406，中元節條見頁407。

〔註190〕《中國戲曲志·海南卷》（北京：中國ISBN中心，1998），頁10～11。

乃東從分巡司經靖藩後宰門，又東共一里，至王城東北隅，轉而西
向後宰門內，靖藩方結壇禮梁皇懺，置欄演《木蘭傳奇》。〔註191〕
《木蘭傳奇》可能是《目連傳奇》的音近致誤，〔註192〕如是，那麼明代已有
目連戲於廣西演出。最可靠資料演出《目連》，係由人稱桂劇「戲狀元」的瑞
祥班蔣晴川於光緒年間至湖南永州（今零陵）向祁陽班學來，〔註193〕想當然
爾，這是屬於祁陽班流派的目連戲，打叉、耍獠牙、大吊辮等為其中表演特
色。桂劇主要流行於桂林、柳州一帶官話地區，以彈腔為主，兼唱高腔、昆
腔、吹腔及雜腔小調等。最早班社是道光年間（1821～1850）三合班和三慶
班，其次是咸豐末年湘南藝人與桂林子弟組成的瑞華班，同治初年有慶芳班、
尚興班。同治末年及光緒初年有老卡斌班、小卡斌班。光緒年間（1875～1908）
班社較多，有錦華、人和、瑞祥、春班、金儀園、吉祥、鑫祥等。邕劇、牛
娘戲的大吊辮特技，專門用來演出目連戲。邕劇流行於南寧一帶，前身為嘉
慶、道光時湖南亂彈藝人玉洪官到南寧一帶傳藝，並成立班社，演唱湖南彈
腔而成，後受風俗與語言影響，音樂曲調和表演藝術有所變化，形成具本地
特色的邕劇，在藝術表演上以武功見長。牛娘劇形成和流行於岑溪，在唱春
牛的民間歌舞基礎上發展形成，按藝人口頭傳說和師承關係推算，清同治年
間已有牛娘戲班。〔註194〕

〔註191〕徐弘祖（明，1586～1641）撰，諸紹唐、吳應壽整理《徐霞客遊記》卷三〈粵
　　　　西遊日記〉（上海：上海古籍出版社，1980），頁292。按：《徐霞客遊記》於
　　　　乾隆四十一年（1776）正式出版，距徐霞客亡歿已一百三十五年，稱「乾隆
　　　　本」。嘉慶十三年（1808）葉廷甲再次校讎並加詩文成補編，是為「葉本」。
　　　　民國十六年丁文江主持繪編徐霞客旅遊路線圖三十六幅，並編入家祠叢刻、
　　　　年譜，再次印行。其它集成圖書公司、掃葉山房、萬有文庫、國學基本叢書
　　　　等印本，就遊記「本文」而言，或依乾隆本、或依葉本，這些版本均無引文
　　　　上的一段文字。1980年上海古籍出版社本，因為得到兩個較早版本：季會明
　　　　抄本和徐霞客孫子徐建極（1634～1692）抄本，以乾隆本為底本，相互比對
　　　　讎校，補入被刪削內容，因此有了這段引文。季會抄本和徐建極抄本出現來
　　　　龍去脈見〈前言〉，頁19～24。五月一日內容，乾隆本僅八百字左右，上海
　　　　古籍新整理本約一千六百字。
〔註192〕《中國戲曲志·廣西卷》（北京：中國 ISBN 中心，1995）「綜述」，頁4。
〔註193〕蔣晴川學自湖南的劇目，除《目連》外，尚有《岳飛》、《觀音》、《混元盒》
　　　　（一說《西遊》）四本高、昆大戲。《中國戲曲志·廣西卷》頁9、《中國戲曲
　　　　劇種大辭典》頁1369。
〔註194〕桂劇、邕劇、牛娘劇資料見《中國戲曲劇種大辭典》，頁1367～1368、1382
　　　　～1383、1419。

四、雲南、貴州

　　雲南目連戲有滇劇和大本曲劇演出。滇劇主要流行於雲南漢族居住地區，係在弦索腔、襄陽腔和胡琴腔三大調基礎上發展而成，形成時間約在清道光年間。主要班社道光間有永泰、福壽、洪昇三班；光緒初有泰洪、福昇、福春班；經過解散重組，泰洪、福壽、福昇三大班活躍於清末民初。雲南與四川相連，語言、風俗較爲接近，滇劇從川劇移植而來的劇目尤多，〔註195〕《劉氏四娘》內容含括劇目《劉全進瓜》、《李翠蓮上吊》、《唐僧出世》、《斬金角老龍》、《過通天河》、《瘋僧掃秦》、《觀音傳》（全十本）等。〔註196〕據董秀團調查研究洱海白族地區，包含大本曲和吹吹腔等民族「曲藝」形式出現的目連戲，鬼節習俗等，流傳程度不亞於漢族地區。〔註197〕現名「白劇」的吹吹腔流行於滇西白族聚居區的雲龍、洱源、鶴慶、劍川、大理等地，於清乾隆時已相當流行，1948 年鶴慶地藏寺開光唱戲，請汝南哨八十多歲老藝人教唱吹吹腔《宋江掃北》，所用腳本是乾隆三年（1738）抄本。鶴慶老藝人李滿堂保存家傳臉譜冊，有臉譜 110 幅，據說是乾隆時遺物。蘭林興文壽戲台建於乾隆二十三年（1758），北莊戲台建於乾隆二十四年（1759），1979 年年已七旬的老藝人楊萬合，其七世祖楊永桐爲乾隆間著名吹吹腔藝人。根據這些資料，吹吹腔於乾隆年間已相當流行。光緒年間，吹吹腔進入全盛時期，大理周城、洱源鳳羽包大邑、鳳羽鐵甲營等地戲台，均建於此時期，而當時滇戲尚未進入這些地區。1961 年搜集吹吹腔腳本抄本八十多個，有不少連台本戲，注明抄於光緒年間有三分之二。吹吹腔進入民國之後逐漸衰微，現雲龍、洱源等地有許多業餘班社。〔註198〕由董秀團調查結果，可逆推曲藝形式演唱的目連救母故事，於吹吹腔全盛演出時，當爲劇目之一。

　　貴州緊臨湖南辰河地區，辰河戲班常活動於黔東。銅仁、鎮遠等地，一般以縣爲單位舉辦目連大戲演出活動。據調查，來自群眾傳說，貴州印江縣城於光緒初年曾從銅仁接辰河戲班演出目連戲；松桃縣著名旦行吳雙紅以演劉青提著名，吳氏爲漢籍、苗籍？眾說不一。天柱、錦屏、黎平、三穗等地

〔註195〕《中國戲曲劇種大辭典》，頁 1477～1478。
〔註196〕王勝華〈目連戲：儀式戲劇的特殊品種〉《雲南藝術學院學報》2002 年 2 月，頁 82～83。
〔註197〕董秀團〈目連救母故事與白族的信仰文化〉《民族藝術研究》2002 年第 1 期，頁 25～30。
〔註198〕《中國戲曲劇種大辭典》，頁 1492。

侗族聚集縣，現今仍有幾十村寨有辰河戲的業餘演唱組織。1940 年代洪江榮慶班溯清江而上，在天柱茅坪演唱目連戲。〔註 199〕種種資料顯示不只是漢人演唱目連戲，少數民族區域，目連戲也極爲流行。

五、臺灣

農曆七月的普度爲臺灣最爲盛大的節慶活動，並不限於中元節那天，自初一俗傳鬼門開至三十日：

> 七月一日，俗傳爲開地獄，家家設饌致祭無主孤魂……先後延請僧
>
> 道坐座化食，並演雜劇，曰普渡。〔註 200〕

寺廟各自建醮兩、三日不等，超度無主亡魂祭儀結束，則演戲一檯，名爲「壓醮」或「壓醮尾」。〔註 201〕一月之間，各地輪流舉行名爲「盂蘭會」的普度活動，並不限於中元一日：

> 七月一日，謂之開獄門，各家致祭。自是日至月杪，坊里輪流普度，
>
> 延僧禮懺，大施餓鬼，先放水燈，以照幽魂。尚鬼之俗，漳、泉爲
>
> 甚，糜錢巨萬，牢不可破。〔註 202〕

普度時「演劇殆無虛夕」、〔註 203〕「演唱大小各戲，鑼鼓喧闐」〔註 204〕等等

〔註 199〕李懷蓀〈辰河戲《目連》初探〉，《民俗曲藝》62 期，民國 78 年 11 月，頁 20
～26。此文寫作謹慎小心，備述辰河戲於湘、鄂、川、黔四省邊境土家族、
苗族、侗族、瑤聚集地的演出，實言《目連》演出無資料查考。而由群眾、
藝人傳說口述，以及清末民初的演出，得出相當可信的結論：目連戲在少數
民族地區盛演流傳。

〔註 200〕鄭鵬雲、曾逢辰（清）纂輯《新竹縣志初稿·風俗考》（臺北：成文出版社《中
國方志叢書》據民國 57 年王世慶校訂排印本影印，民國 73），頁 181。

〔註 201〕黃叔璥（清）《臺海使槎錄》卷二〈赤嵌筆談〉風俗（臺北：成文出版社《中
國方志叢書》據乾隆元年序刊本影印，民國 72），頁 107；陳淑均、李祺生（清）
《噶瑪蘭廳志·風俗》（臺北：成文出版社《中國方志叢書》據清咸豐二年刊
本影印，民國 73），頁 581。

〔註 202〕連橫《臺灣通史·風俗志》（臺北：黎明文化，民國 74），頁 573～574。

〔註 203〕臺地方志屢有中元演劇記載，沈茂蔭（清）《苗栗縣志·風俗考》（臺北：成
文出版社《中國方志叢書》據光緒十九年輯傳抄殘本一卷影印，民國 73），
頁 147；林百川、林學源（清）《樹杞林志·風俗考》歲時（臺北：成文出版
社《中國方志叢書》據光緒二十四年輯抄本影印，民國 72），頁 210。日治時
期臺南廳編《南部臺灣誌》（臺北：成文出版社《中國方志叢書》據日本明治
三十五年編殘抄本影印，民國 74）對七月初一至三十，長達一月間各地陸續
皆有普度活動記載同於清領時代所編方志，頁 36～38。

記載，足見普度活動熾烈情緒，並未明指所演戲劇內容為何。《安平縣雜記‧風俗附考》載：

> 七月普度，普祭陰魂，演唱地獄故事，係鎮台衙、台南府衙、安平
> 縣衙三所年年演唱，不敢或違。時有遇官長議欲刪除舊例，常見滿
> 衙官吏、胥役不能平安，多逢鬼祟，是此例不能除也。一次費金一
> 二百圓。〔註205〕

演唱地獄故事，當為目連救母事，〔註206〕此書同時記載酬神、喜慶、普度、迎神有固定演戲班社：

> 酬神唱傀儡班。喜慶、普度唱官音班、四平班、福路班、七子班、
> 掌中班、老戲、影戲、俥鼓戲、探（採）茶唱、藝姐唱等戲。迎神
> 用殺獅陣、詩意故事、蜈蚣杆等件。〔註207〕

眾多戲班同時於普度時展演，印證「演唱大小各戲」記載。〔註208〕雖然未載演出劇目，但是配合慶讚中元的普度活動，主其事的頭家商談演出時，目連戲應該會被列為節令劇目之一。

喪葬延請僧道誦經，俗名「做功德」，佛事有禪和、香花兩種分別，兩者絕不相混：

> 作禪和者，不能作香花；作香花者，不能作禪和，腔調不同故也。禪
> 和派惟課誦經懺、報鐘鼓而已。香花派則鼓吹喧闐，民間喪葬多用之，
> 若入殮、若頭七、若過旬日、若卒哭、若安葬，必請其披袈裟，禮誦

〔註204〕佚名（清）《安平縣雜記‧節令》（臺北：成文出版社《中國方志叢書》據清光緒二十三年輯抄本影印，民國72），頁13。

〔註205〕《安平縣雜記》，頁34。

〔註206〕臺灣中元普度演唱地獄故事，僅見於此處記載，書有不明人士加註：「臺北無之。此亦俗論，不足為例。」

〔註207〕《安平縣雜記》，頁34。

〔註208〕筆者家鄉以臺中市西屯區清靈宮為信仰中心，只有延僧道誦經，並無演戲事。遷居後數年來，每逢中元即到臺中市東區樂成宮調查民間慶讚中元活動內容，該廟主祀媽祖，素負盛名，香客眾多，中元尤其熱鬧，該廟有中元演戲傳統，因應時代變遷，現今白天演布袋戲，晚上為電影放映。桃園縣觀音鄉上大村與周圍其它十三村（現有十四村），祀拜義民爺，平常中元普度並無演戲活動，但每逢十四年（現改為十五年）一次的盛大普度，輪祀村莊戶戶殺豬公，陳列廣場競普，並搭臺演戲，唯競普時間不限於七月十五，有時在十八或二十日（2011年6月21日卓聖格提供）。

《彌陀經》、《金剛經》、《梁皇懺》及《血盆》等經以超度亡者。〔註209〕
由自註文「鄉下僧少，均用道士，間有請禪和者」，可見道士、香花和尚常主
持民間喪葬法事。富厚之家「演劇置酒，名爲陰壽」，招致「非禮」的評語，
〔註210〕不獨富厚之家，由「司公戲」名詞的出現，可見尋常人家喪葬演戲爲
常規，而且道士戲更爲普及：

> 司公戲是葬禮時的道士戲。樂器是鼓、鑼、嗩吶、大鈸等。戲目有
> 《目蓮救母》、《弄觀音》等。〔註211〕

臺灣稱道士爲「師公」，「司公戲」即「師公戲」。以現今田野調查所得結果，
可以逆推清朝時期，民間喪葬演目連戲相當興盛，能夠演出全本，且有鄰居
觀看演目連的習俗。〔註212〕演出內容有雷有聲人物情節，與泉腔本、打城戲
屬同一源流。

小結

　　明清時期目連戲演出以華中地區的安徽、浙江、湖南、江西、四川、江
蘇、湖北等地最爲熾熱；其次爲華南的廣東、福建等地；其它地區由於資料
較少，顯現演出集中於山西翼城、青海仁和、宮廷等地。

　　演出目連戲大約有以下三種規模類型：第一是以城、村爲單位，演出時
間、規模大部分是固定的，即使每隔數年大演情形，在時間洪流中看來依然
具備固定性。此類演出，有兩頭紅本的一夜演出，或三、七夜，有時長達一
月或四十九天，因應時間長短而有差距甚大的齣目內容。

　　第二爲喪葬儀式中由僧道演出部分目連戲齣目，或私人還願性質，爲小

〔註209〕《安平縣雜記》，頁45～46。
〔註210〕連橫《臺灣通史》，頁585。
〔註211〕呂訴上（1915～1961）《臺灣電影戲劇史》之〈臺灣戲曲發展史〉（臺北：銀
　　　　華出版社，民國80），頁172。
〔註212〕李豐楙〈臺灣中南部道教拔度儀中目蓮戲、曲初探〉《民俗曲藝》77 期，民
　　　　國81年5月，頁89～147。王天麟〈桃園縣楊梅鎮顯瑞壇拔度齋儀中的目連
　　　　戲「打血盆」〉《民俗曲藝》86 期，民國82年11月，頁51～70。李豐楙〈複
　　　　合與變革：臺灣道教拔度儀中的目連戲〉《民俗曲藝》94、95 期，民國84年
　　　　5月，頁83～116。以筆者調查喪葬演目連普遍，但臺中一地於 1970 年代之
　　　　前有觀看風氣，現今則無。桃園縣觀音鄉上大村迄今依然維持觀看喪禮法事
　　　　習俗，因一家有喪，即爲全村大事，彼此相幫。

單位演出，因應事主經濟能力有別或以木偶演出，同樣大小規模不等，而以小型爲主。

第三爲以折子戲面貌出現舞臺，常演劇目如〈滑油山〉、〈拐子相邀〉、〈戲目連〉等，或是曾被視爲花目連一部分的〈罵雞〉、〈思凡〉、〈啞背瘋〉等，各劇種時而作獨立小戲演出。

受邀至鄰近各地演出的目連戲，常加入地方曲調，說當地方言土語，形成各具不同風格的腔調。搜集出版的臺本，由齣目、曲白內容等項，可論定某些臺本部分齣目比鄭本原始，部分依鄭本曲白爲主，可看到交流相互影響，又難以釐清的複雜改編過程。爲明晰各地區目連戲演出情形，以一表格整理大要如下。

〔表 1－1〕各地區目連戲演出一覽表

說明：採茶戲、花鼓戲依地域而有不同形成時間，腔調有別，演出與目連戲相關劇目皆爲散齣小戲，因此僅以「採茶戲」爲稱呼，不再詳細區別。

地　區	劇種、戲班	最早演出時間	演出區域	聲　腔	備　註
江西	饒河戲	明初	饒河流域：鄱陽、樂平	弋腔	
	青陽腔班社	明嘉靖末	九江	九江青陽腔	
	寧河戲	明萬曆間	贛、鄂、湘毗鄰地區	弋腔 → 二凡、西皮	
	東河戲	清順治初	貢水流域	弋腔、二凡、西皮、梆子	
	吉安戲	明中葉	宜春、永豐、吉安	弋腔	
	撫河戲	清乾隆間	撫河流域，臨川、金溪、宜黃、崇仁、南昌	高腔、昆腔、宜黃腔	
	目連班	明隆、萬間	貴溪	弋腔→吹腔	
	採茶戲	明或清	南昌、景德鎮、吉安、袁河		散齣

地　區	劇種、戲班	最早演出時間	演出區域	聲　腔	備　註
湖南	湘劇	明萬曆間	長沙、湘潭、益陽、瀏陽、醴陵、寧鄉、湘鄉、攸縣、安化、茶陵、湘陰和江西西部	高腔	
	衡陽湘劇	明萬曆間	衡陽、郴州地區、株州	高腔	
	祁劇	明初	衡陽、邵陽、零陵、郴州、懷化	高腔	
	武陵戲	明永樂間	常德、懷化、湘西土家族苗族自治區	高腔	
	辰河戲	清道光間	沅水中上游：辰溪、沅陵、漵浦、瀘溪	高腔	
	湘西陽戲	清嘉慶年間	湘西土家族、苗族自治區、懷化		散齣
	儺堂戲	清康熙間	湘西、湘中、湘南、湘北		散齣
湖北	清戲	明末清初	黃岡、漢陽、德安、安陸、襄陽	高腔	
	南劇	清嘉、道間	鄂西南	皮黃、梆子	
	柳子戲	清道光間	鄂西南、西北毗鄰一帶		散齣
	漢劇	清嘉慶間	全省，除鄖陽、施恩外	西皮、二黃	散齣

地　區	劇種、戲班	最早演出時間	演出區域	聲　腔	備　註
湖北	花鼓戲		襄陽、遠安等地	四平腔、南腔、采腔	散齣
	採茶戲			采腔	散齣
四川	川劇	清雍正間	四川和貴州、雲南部分地區	高腔、昆腔、胡琴腔、彈戲、燈戲	以河道分川西、資陽河、川北、川東等派
	儺戲				散齣
安徽	目連班	明萬曆初	皖南：徽州、池州、安慶、太平、當塗	弋腔	
	目連班	清乾隆初	歙縣、韶坑、長標	弋腔	
	目連班	明弘治、正德間	南陵縣和沿江一帶	弋腔	
浙江	紹興調腔	明崇禎間	紹興、新昌、嵊、上虞、諸暨、蕭山、餘姚、寧海	高腔	
	開化高腔目連班	清乾隆間	開化、淳安、遂安	高腔	
	醒感目連戲	清末	永康、縉雲、磐安、金華、義烏、武義、東陽	高腔	道士班
	念經調目連戲	明	磐安、東陽、永康	念經調	散齣
	道士腔法事目連戲	明	東陽、磐安、永康、浦江、建德	道士腔	散齣、喪殯
	啞目連		上虞縣		
江蘇	高淳目連戲	明萬曆末	高淳、溧水、溧陽和皖南、浙江鄰近地區	弋陽腔流派	

地　區	劇種、戲班	最早演出時間	演出區域	聲　腔	備　註
江蘇	滬劇	清	上海、江蘇南部		散齣
	昆劇	明		昆腔	散齣
	徽劇	明萬曆間	蘇北里河	高腔	演於高淳
河南			周口地區：沈丘、項城、鹿邑、柘城		
			商丘地區：商丘、虞城、永城、夏邑		
			濮陽地區：南樂		
	豫劇	清乾隆間	全省	梆子腔	
	太康道情戲	清同治十年前後	太康		
河北	宮廷目連戲	清康熙二十二年	宮廷	崑、弋腔	
	昆劇	明		昆腔	散齣
	河北高腔			京腔	散齣
陝西	陝西秦腔	明		梆子腔	
	漢調二簧	清乾隆初	安康、漢中	梆子腔、二簧腔、西皮調	
	西府秦腔	明	西安以西	梆子腔	散齣
山西	翼城目連戲	明鄭本問世之後不久	翼城、雨坂、東石橋、故城、浮山、沁水、陽城、絳縣、聞喜、曲沃、侯馬	高腔	
	鑼鼓雜戲	清	山西南部		散齣
青海		清康熙間	民和縣東溝鄉		

地 區	劇種、戲班	最早演出時間	演出區域	聲 腔	備 註
吉林					中元應節戲
遼寧	海城喇叭戲	清乾隆初	海城	山西柳腔	散齣
黑龍江	朱春				
福建	莆仙戲	清順治間	莆田、仙遊、惠安、福清、永泰	興化腔	
	打城戲	清道光間	閩南泉州、晉江、南安、龍海、漳州		跳出宗教範圍，搭臺演出。
廣東		明崇禎間			喪殯，鄉花僧演出
海南島	道壇戲	清康、乾間			道士演出
廣西	桂劇	清光緒間	桂林、柳州	高腔	學自湖南祁陽
	邕劇	清嘉、道間	南寧	湖南彈腔	散齣
	牛娘劇	清同治間	岑溪		散齣
雲南	滇劇	清道光間	雲南漢族居住區	弦索腔、襄陽腔、胡琴腔	
	白劇	清乾隆間	滇西白族聚居區	吹吹腔	
	啞目連				
貴州		清光緒初年	黔東：銅仁、鎮遠、印江	高腔	延請湖南辰河班演目連
臺灣		清乾隆初			中元節戲、喪殯

第二章　目連戲題材內容

　　目連救母故事緣起於《佛說盂蘭盆經》，原本沒有曲折情節，後隨佛教勢力傳播民間，內容逐漸充實，擷取《地藏王菩薩本願經》、《撰集百緣經餓鬼品》等佛經故事，配合宗密《盂蘭盆經疏》融會而成，經唐代講唱變文發展，正式成為洋洋灑灑、首尾結構完整的故事。〔註1〕兩宋時期，目連救母故事被搬上舞臺，明代鄭本目連係根據宋元南戲演出本進行整理改編，隨演出熱潮與各地搬演情形而具不同風貌，更藉目連戲名號網羅不少劇目。本章就題材、情節線、關目和思想旨趣加以論述。

第一節　目連戲的題材

　　目連戲由含一本《梁傳》、三本目連救母故事的「四本目連」，增加三本與目連救母不相干的故事，形成「七本目連」的固定形式，而後隨四十九天羅天大醮法事演出四十九天，第一天開臺除外，計稱四十八本目連。〔註2〕目前可以看到四十八本目連戲臺本齣目為四川與湖南辰河，演出題材內容有所不同。〔註3〕

〔註1〕　陳芳英碩士論文《目連救母故事之演進及其有關文學之研究》第一章〈目連救母故事的基型及其演進〉詳敘於佛經中的雛型，變文中的發展，至鄭本問世之後的戲劇演出，頁7～52。
〔註2〕　流沙〈從南戲到弋陽腔〉，頁12～16。
〔註3〕　四十八本目連各地有所不同，川目連為《大伐（發）猖》一本、《佛兒卷》一本、《西遊記》四本、《觀音》三本、《封神》十二本、《東窗》十二本、《臺城》三本、《目連》十二本。民俗曲藝叢書出版，湖南辰河目連戲為《封神》九本、《梁傳》三本、《香山》五本、《前目連》八本、《金牌》七本、《目連》十八本。共計五十本，與《目連資料編目概略》對湖南辰河目連戲本數計算也有差別，頁311～317。

　　明清時期目連戲有兩頭紅、三宵夜、五日、七日、長達一月或更久的演法，演出日數、時間長短差距頗大。四本目連加入《梁傳》，其題材來源爲史傳，或者名爲來源於歷史演義較爲恰當。至四十八本，題材來源更爲豐富，大致有所依據。以出版臺本和《目連資料編目概略》所列各地目連戲齣目相參看，題材包含三部分，一是將道釋、神怪、歷史演義故事納入，這類最爲大宗；二是朝羅卜父祖前世發展，有兼及目連後世；三是以目連救母爲綱，橫向採納世俗風情的故事。三個方面同時進行，構築出龐大的目連戲演出。

一、取材於道釋、神怪、歷史演義的目連戲

　　通常演四十八本內容的目連戲，網織多數道釋、神怪與演義內容，若非如此，很難想像四十九天羅天大醮的戲是如何演出的。

（一）題材來自於道釋故事

　　《佛兒卷》一本，川目連演出劇目之一。燃燈古佛送忍辱仙人、娥雲仙女下凡投胎，完成既定姻緣，再點化識破人生而出家，最後成佛登蓮臺。

　　《觀音》又名《香山》、《觀音戲》、《大香山》、《南遊記》，四川、湖南湘劇、辰河目連有此內容。演法明王投胎爲妙莊王三公主，後受戒出家，法名妙善，經修行、試煉與捨手眼救父，與兩位姐姐歸位成觀音、文殊、普賢三菩薩。裡面與《目連救母》相似情節有五殿訴告、桂枝羅漢試道等。

（二）題材來自於神怪

　　《西遊記》，由陳光蕊赴任遇難，演至玄奘收悟空、八戒、沙僧爲徒，取經歸來。目連戲演出時含西遊內容有浙江開化、安徽長標、韶坑陽腔目連、四十八本川目連。

　　《封神》以小說《封神演義》爲題材，與《西遊》同爲體製龐大，可連演數天的故事，其中不乏神佛相助與妖鬼爲禍情節。四十八本川目連、湖南辰河本演此內容。

（三）題材來自於歷史演義

　　將歷史演義內容納入目連戲演出，使各地目連戲可以拉長演出至一個月之久，杭州曾把隋唐、五代、甚至岳家軍故事納進；四川東北一帶還將春秋

列國、三國故事都牽扯進去，〔註4〕於是歷史演義成為目連戲橫生枝節演出最大題材來源。

《臺城》又名《梁傳》，三本。以梁武帝宮廷生活、臺城出家，郗后箭射二妃、變蟒訴苦故事。川劇以救駕來遲，武帝餓死歸天作結；辰河本則是侯景刺殺欲弒父的太子後退兵，武帝掃殿誦經，得病歸天，與郗后西天見佛團圓作結。由於梁武帝（502～549）和傅羅卜祖父事蹟相互糾結在一起，因此幾乎各地涉及傅家祖輩事的目連戲，皆演或多或少情節的《梁傳》。由齣目可見演及武帝內容有四十八本川目連、江湖本、湖南辰河、江西弋陽腔、青陽腔浦同本，演至羅卜出世。川目連本有齣目名〈天斗隱糧〉，福建莆田、仙遊目連戲以傅天斗為羅卜祖父，並以《傅天斗》為演出名稱，實際為《梁傳》內容。

《東窗》又名《金牌》、《岳飛》，浙江開化目連戲插演含〈胡迪罵閻〉的《順精忠》、《倒精忠》等岳飛相關故事。川目連齣目有地獄十殿，安置於〈胡迪罵羅〉之後。〔註5〕除以上兩地外，湘劇、辰河本有此內容。

另較為特別是川目連演出《大伐（發）猖》一本，綜合歷史演義與道釋題材，分為前後兩部分：前三齣演漢朝呂后斬韓信，後六齣演書生寒林落榜，懸樑化鬼，侵擾四方，城隍發五猖拿寒林。前後題材不連貫的理由，應該是為了「湊足」演出一天的戲份而設。此本最主要是城隍發五猖拿寒林的部分，為各地目連戲重要祭祀除邪祟的主體，推測這些戲份無法演足一天，只好增加呂后斬韓信演義題材加以湊合。

浙江紹興定型本目連，最後一齣〈黃巢〉置於〈救母昇天〉、〈大團圓〉之後，調腔前良本以〈出黃巢〉為結局。將黃巢視為目連轉世，以收回救母時掛燈致使地獄眾多逃出的餓鬼，曾是某些地區普遍流行、認知所演「目連後傳」，〔註6〕豫劇〈佛山見子〉最後聖旨部分：

> 天旨下：餓鬼係目連所放，還讓目連去收。命他轉生山東省闌丘縣，
> 姓黃名巢字遺仙，殺人八百萬，血流八百關，收回鬼魂。惡人劉甲，

〔註4〕戴不凡〈目連戲和道士〉《浙江省目連戲資料匯編》，頁322～323。

〔註5〕相關齣目為：〈胡迪罵羅〉、〈觀詩擎魂〉、〈一殿望鄉〉、〈二殿奈何〉、〈三殿洋煙〉、〈四殿刀山〉、〈五殿油鍋〉、〈六殿鏡臺〉、〈七殿腰鍘〉、〈八殿拔舌〉、〈九殿破肚〉、〈十殿轉輪〉，《目連資料編目概略》，頁351。

〔註6〕胡天成〈豐都「鬼文化」及其對目連戲的影響〉註11，《民俗曲藝》77期，頁218。

> 罪過非小，轉生黃土寺和尚作爲黃巢祭刀之鬼。劉氏青提被人陷害，
> 受盡折磨，今日罪滿，歸入菩薩原位。〔註7〕

其後並無黃巢故事，但是可以知道以黃巢爲目連轉世，殺人收回餓鬼的見解，曾經爲民眾大幅度所接受。福建莆田有二本《黃巢》十二齣，演至〈登基改號〉止，爲歷史演義的一部分。任光偉以目連化身爲黃巢，爲了召喚黃巢歸位，安排李存孝逼死的歷史見解，與黃巢被視爲「惡人」，李存孝是割據一方武夫的論點不合，故而推測編劇者是歷史的知情者，應當不會距唐末、五代過遠。因爲北宋中、末葉隨治史風氣大盛以及明朝理學派崛起，從君君臣臣的角度來看，自然將黃、李視爲惡人、武夫。這樣就將目連戲產生的時間定位爲「不會晚於北宋中葉」。〔註8〕

任氏的時間推測似乎太過於樂觀，畢竟黃巢故事爲歷史演義的一部分，四十八本目連戲的《梁傳》、《岳飛》等劇目，都受明清同類演戲小說和戲曲的影響而形成，可見四十八本目連是明清之間的產物。〔註9〕民間素樸的認知十分簡單，將黃巢視爲目連轉世，僅僅把握放出餓鬼、收回餓鬼這個連接點，只要放出的餓鬼數與黃巢殺人數目相吻合，即能用「轉世」觀點加以聯繫，無需說明，觀眾自能了然於心，戲班即可將黃巢、李存孝故事納入目連戲演出之中，何樂而不爲？紹興戲以〈出黃巢〉爲目連戲結局，可能接受了清代《目連三世寶卷》的影響。〔註10〕

二、向前向後擴展羅卜父祖、投胎轉世故事

向前擴展羅卜父祖故事的目連戲，目前有資料齣目作爲依據有辰河本、四川、湘劇本、紹興救母本、浙江調腔本、開化本。

辰河本《前目連》情節內容較爲豐富，傅崇爲富不仁，梟煞二星降生以敗壞傅家。雷誅二子後，傅榮勸兄行善，崇生下二子，取名傅相、傅林。崇死後，相、林兄弟分別，再以傅相立功開戒，杭城受戒，桂枝羅漢思凡被罰下凡而羅卜出生等等，共有七本情節。

〔註 7〕 豫劇《目連救母》，《民俗曲藝》87 期，民國 83 年 1 月，頁 258～259。

〔註 8〕 任光偉〈目連戲三題〉《民俗曲藝》78 期，民國 81 年 7 月，頁 255～263。

〔註 9〕 流沙〈從南戲到弋陽腔〉，頁 17。

〔註10〕 徐斯年，〈漫談紹興目連戲〉《目連戲學術座談會論文選》（長沙：湖南省戲曲研究所，1985），頁 80～99。早在徐氏說法之前，民國 66 年臺大陳芳英碩士論文已提及民間流傳的《目連三世寶卷》和《目連寶卷》以黃巢、賀屠爲目連投生轉世，強烈述說因果關係，頁 2。

　　川目連以四本交叉演出三段重要內容：一是桂枝羅漢點化善士乾元、白氏夫婦，白氏剖腹挖心，佛祖責備桂枝，桂枝言日後白氏地府受罪，願往救渡；後來佛祖講經，桂枝思凡被貶落凡塵，轉世成為羅卜，隱含白氏轉世成劉氏，日後遊十殿受苦，目連往救前因。第二段為傅崇為富不仁，二子敗家，等崇改行歸善後，雷殛金哥、銀哥，又生傅相、傅林，為娶劉氏四娘。崇去世後，相、林分家，傅相遷回王舍城，吃齋持修。第三段是納入王魁負桂英故事，以王魁轉世成為金奴終下地獄受果報；桂英成為益利，隨主向善同登仙界。〔註11〕三段主要情節，第一段題材歸屬於佛教故事，第二段為羅卜父祖故事，第三段題材來源於民間盛傳、盛演的故事。

　　湘劇《大目犍連》本以傅相仁慈，於傅榮生時勸父，父亡後改父之過，因而雷殛嚚煞二星轉世的金哥、銀哥，蒙寶誌公指點依舊修行持齋。與弟傅林分別回鄉後，遭舅爺誣告充軍，於洪鈞作亂時建立軍功，恰好傅林尋兄，將官誥給予兄弟後回鄉，即赴杭城受戒。拾被謫降桂枝羅漢所變白螺，劉氏毀螺，吃蘿蔔而生子，取名羅卜。祁劇祁陽老本、鼓師劉道生手抄殘本與此大略相同。〔註12〕

　　浙江調腔本與紹興救母本關於傅相的齣目、內容相同，為同一本子。將傅相刻劃為剝削百姓鄉里的地主，而有金哥、銀哥敗壞家產。劉氏勸焚斗秤，修善後，金哥、銀哥觀龍舟落水而亡，喜真星化為僧人上門求濟，吞吃蘿蔔落水而亡，投胎轉世成為羅卜。傅相於護福寺焚香，遇曹京兆而訂下兒女親事。相父傅榮只出現於託夢一齣，但於佃農口中是位敦厚長者，與其子傅相苛刻有別。這一本的傅相形象與前述各地發展不同，改過遷善獲得回報短時有效。浙江開化目連戲正目連含《傅榮逼債》、《傅榮昇天》，齣目已揭示傅榮的苛刻。

　　以上目連前傳故事不盡相同，歧異性較大，但是基本上有些情節架構相同：傅相或其父傅榮原為苛刻不良人物，後改心向善；桂枝貶降凡塵投胎；

〔註11〕川目連演出路子各班略有不同，川劇藝人許音送藏清光緒三十二年（1906）鄭紫儒抄《川劇《目連傳》江湖本演唱條綱》十本，內容含有《梁武帝》以及此三段目連父祖事、正目連。

〔註12〕湖南「祁陽老本」舊時演出七天，共192場，其齣目、編排順序與湘劇《大目犍連》本大體相同，但少了五齣；已故名鼓師劉道生手抄殘本，又稱《目連外傳》的《前目連》，與祁陽老本第一天齣目略有不同。此三本由齣目看，大體相同。《目連資料編目概論》，頁305、306。

傅相爲舅父誣陷充軍，於神助之下，以文人立軍功得官位，後讓與其弟傅林而歸家修行；杭城受戒拾螺，夫妻吵鬧。

這樣的基本架構，於福建又產生歧異：莆田目連上部《傅天斗》，演目連前三輩事，含梁武帝被困餓死臺城，傅天斗殉死，其子傅崇襲長沙太守，破財二星投崇家，散其財。崇悟其非，恤孤濟貧，雷殛二子，另生傅象。傅象娶劉素貞，劉賈誣象私藏國寶，岳父助齣朝廷免象罪，歸家途中，臺山遇菩薩點化，賜贈仙果，妻食而受孕。仙遊目連亦有《傅天斗》，齣目內容互有出入。《傅天斗》實際上即是《梁傳》，但既然劇名更改，註定內容有所變易。

所述有不少歧異之處，但是雷同情節亦復不少，如破財或梟煞二星投生，等盡改前非後才收回二星，再生羅卜，顯見前傳題材應該也是有所依據。各地所演前傳齣目情節差異較多，不如本傳各地所演大同處多，這是鄭本定型之後影響的結果。

前述歷史演義和羅卜父祖產生聯繫是《梁傳》，與羅卜後世相關爲《黃巢》，後者僅簡單使用「轉世」概念，與將王魁桂英故事納入目連戲手法相同，毋須說明，觀眾即輕易接受其間的必然關係。

三、橫向取擇當世風情故事的題材

發展目連本傳中某些內容、人物有關聯的情節，如王魁、桂英與金奴、益利的轉世關係，具有強烈的世俗性色彩和地方性特點。目連戲插演與本傳無關的折戲部分，題材來源爲當時其它受歡迎的戲曲齣目或歌舞小戲。

（一）插演與目連本傳完全無關的戲

插演與本傳無關的獨立折戲名爲「花目連」，於精省的鄭本保留著〈尼姑下山〉、〈和尙下山〉、〈插科〉三齣，藉死後地獄受審就將這些折戲與目連戲產生聯繫。明清時期關於雙下山的戲曲選本，除了註明來自於《目連記》、《勸善記》、《救母記》之外，尙有出自於《思婚記》、《昇仙記》、《出玄記》、《孽海記》。尼姑、和尙雙下山故事有獨立於目連戲之外的發展脈絡，在民間長期流傳過程中，產生相關戲文劇本，並被目連戲部分吸收成插演的戲齣。〔註13〕〈插科〉演老人粧成少女哄騙和尙背負，以避盜匪搶掠、順利逃難的小戲。以演出性質來看，是獨立散齣，但是鄭本巧妙安置於觀音化身道人以度脫佔

〔註13〕雙下山戲文爬梳，見廖奔〈目連戲文系統與雙下山故事源流考〉《民俗曲藝》93期，民國84年1月，頁32～34。

據金剛山爲王的張佑大、李純元之後，張李下山擄掠捉住羅卜、益利之前，雖然獨立，但是可與前後情節相互聯結。

考察鄭本關於地獄各齣眾鬼犯受審梗概，可以知道不少折戲曾經插演於目連戲之中：

〈城隍起解〉一名偷盜鐘鼓犯林刁；一名違誓開葷劉氏；一名不守清規淫尼靜虛；一名姦宿尼姑和尚本無。〈過耐河橋〉諫主而死的忠臣光國卿；因父親聽信繼母之言，遭父親賜死的安于命；夫死，被婆婆逼勒改嫁的節婦耿心貞。〈一殿尋母〉審問不孝打罵爹娘的趙甲；不孝舅姑，打婆罵公的錢氏乙秀。〈二殿尋母〉爲開酒店，因圖財殺死人命的孫丙；李丁香與人通姦，謀死親夫。〈三殿尋母〉偷雞婦奚在眞，自述丈夫爲何有名。〈四殿尋母〉殺人放火茅山麂；鬼婦秋狗奴，專一偷盜，搬唆構成大禍。〈五殿尋母〉一名忤逆不孝鄭庚夫，調戲繼母；被控與人通奸，打罵婆婆陳氏癸英；財主富喧天取高利，逼債賣男賣女。〈七殿見佛〉騙人餓鬼程氏辰秀；殺人餓鬼張如虎；一名偷牛放火，打劫殺人犯；一名犯婦偷雞養漢，搬唆鬥舌。〈十殿尋母〉刁騙婦人程氏來生變牛還債；罵白馬廟神像的狂秀才。

特別以線條作爲記號的人名，係各地目連戲插演的情節。以上眾多被審鬼犯，雖然鄭本實際演出犯案情節只有尼姑、和尚雙下山兩齣，但是這份簡單審問書，透露了許多可以發揮、或鄭本刪編之前即已存在的情節：打罵爹娘的趙甲，各本有〈打父〉、〈逆父〉、〈削金板〉齣目，〔註14〕辰河本插演五段花目連，其中兩段見於鄭本敘述，《火燒葫蘆口》又名《匡國卿盡忠》，匡國卿與光國卿爲一音之轉，同爲盡忠而死。《打子投江》一名《蜜蜂頭》，即忤逆不孝調戲繼母的鄭庚夫，宮廷目連以3－6、3－7兩齣演其事，故事最早可以追溯到春秋時代，晉獻公夫人驪姬爲使親生子奚齊成爲太子，便設蜜蜂計譖殺太子申生，故事題材來自於演義小說。偷雞婦奚在眞，即《偷雞罵雞》、《王媽罵雞》，盛演風潮反映於臺本齣目上，同時也是各劇種演出的獨立小戲。〔註15〕遭控與人通奸、打罵婆婆的陳癸英，鄭本寫下眞正實情，以證陰

〔註14〕 有此關目者多，江蘇、浙江、安徽除穿會本外各本、泉腔本皆有打父齣目。以〈削金板〉作爲打父齣目只見於安徽郎溪目連戲。
〔註15〕 湘目蓮本、江蘇超輪本、高淳兩頭紅本、浙江胡卜村本、調腔本、舊抄本、救母本、皖南高腔本、池州大會本等出版臺本有此戲。《王婆罵雞》也是各地劇種常演的生活小戲，劉禎《〈王婆罵雞〉與中國民間文化》《民間戲劇與戲曲史學論》（臺北：國家出版社，2005），頁263～281。

司查證人間善惡翔實無誤：婆婆沈丑奴與外人通奸，反要媳婦學她作爲，陳氏寧可受屈而亡，不忍心張揚婆婆過失。這段情節齣目，其它民間本未見，宮廷目連戲以 3－17、3－18、3－19 三齣加以演出，配合上吊、求替情節，將民間熱烈的上吊求替，並將通奸對象落實爲「劉賈」，以加強劉賈爲惡的人物形象。

其它與本傳無關折戲插演其中，辰河本有《龐員外埋金》、《耿氏上吊》、《攀丹桂》三段情節。《耿氏上吊》由於表演方式的驚險，形同於特技，因此各地目連戲演出相關齣目頗多。〈耿氏上吊〉原本屬於不相關折戲，但是因爲演出受歡迎，故而浙江地區又增出〈男紅神〉的男吊，與目連本傳故事同樣無關，還是屬於插演的折戲。《龐員外埋金》僅一齣，以龐員外贈銀五十兩給長工羅和，讓他回家，但羅和夜間夢見酒、色、財、氣四鬼奪金導致未能安眠，因而還金於龐員外，內容與元雜劇《龐居士誤放來生債》第一折大致相同，差別在於火燒、水淹、兩人搶銀的不同。《攀丹桂》七齣，即《侯七殺母》，演侯七誤殺親生母親，誣蔑繼父、繼妹殺人，致使王桂香慘遭絞刑而死，經金剛救助而活轉，最後清官藉助神明之力重新審案得知實情，將侯七處刑，爲一公案劇。

（二）利用既有情節插演小戲、增添齣目

利用既有目連戲情節架構插演各類小戲，幾乎隨處存在，最醒目可以添加之處有以下數項：第一是傅相、羅卜父子分別博施濟眾，第二爲劉氏打僧罵道、開葷。

鄭本「濟貧」插演小戲有：啞背瘋；瘋子、害腳病論三品人；孝婦求濟葬姑；何有名、何有聲兄弟求濟；瞎子求濟；諸（朱）子貴賣身葬父；買青螺放生；追妓趕妓、替妓贖身入空門。〈劉氏開葷〉安排乞丐演唱「十不親」曲以助飲宴之樂；開葷前〈遣買犧牲〉與牙人買賣還價、或是《勸善》3－14 兩位廚子爭相吵鬧廚藝高下。幾齣小戲於演出時，戲班隨時調整順序，或於每段小戲中再添加枝葉，形成具地方特色的表演。

以何有名、何有聲求濟爲例，鄭本二何唱〔吳小四〕敘餓餒情況，以白簡述祖產富厚因貪花戀酒而敗家，〔半天飛〕曲爲白的重複抒情，傅相唱同曲叮囑二何忠厚存心，本分經營。安徽青陽腔大會本特立〈二何〉齣目，增添大量對白於〔吳小四〕曲間，求濟前兄弟互相埋怨當初不曾勸解嫖妓、好賭，以致淪落至此；待二何「先後」與傅相會面，以銀、酒、菜、飯相贈，又憑

空增添許多言語，以增趣味；傅相勸勉後，兄弟有如切如磋，如琢如磨的文章經解，歪解正理摻雜對比形成趣味，已非原來鄭本面目，雖然情節架構是一樣的，但更強調表演和調劑場面的功用。

　　上列幾段情節演出，並非固定於開葷或濟眾時演出，如傅相作壽，有時敷衍「十不親」、「戲中串戲」、「啞背瘋」等歌舞科諢節目；圍繞劉氏焚廟，插入「疊羅漢」、「耍龍」、「竄刀」、「竄火」等雜技表演，而疊羅漢等表演有時亦安插於〈觀音生日〉齣。

　　統計所有目連戲於傅相、羅卜濟眾所插演小戲，除鄭本所有之外，尚有鵝毛雪；癩子拜入丐幫；丐夫試探瞎妻的〈打罐別妻〉；鄭元和蓮花落；為追妓贖妓善事而增出〈訓妓〉、〈趕妓〉〔註16〕，若如調腔本再為〈訓妓〉插演〈遊景〉、〈鬧院〉於前，可說增衍更多關目。浙江胡卜村本與調腔本再衍生羅卜離家至西天求佛、地獄救母之後，益利以傅家名義濟貧，情節依然豐富：乞兒唱蓮花落數河南風情，贈銀與喪父、賣子、賣妻各路人，多了四段貧窮求濟的社會風情。

　　插演各種齣目，同是利用目連戲既有架構，編者借一點緣由，使之與本事掛上鉤：〈匠人爭席〉係羅卜為齋貧濟眾而招石工、木工、泥水工建造橋梁、齋房而演，莆仙本於三匠爭席之前安排羅卜、益利〈觀看齋房〉一齣；浙江演出時有〈泥水匠打牆〉，因劉氏開葷作惡，拆橋拆廟，就可讓泥水匠出場，圍繞劉氏焚廟，插入〈疊羅漢〉、〈耍刀〉、〈竄刀〉等雜耍表演；〈請醫救母〉醫人與徒弟科諢，為常見「請醫關目」，安排於益利請醫之前；傅相死亡，安插益利接請僧人，因羅卜與曹家婚約，又安排曹家派人前來弔慰。〔註17〕劉氏下陰之前，鄭本保留了〈司命議事〉、〈閻羅接旨〉、〈公作行路〉三齣預寫劉氏即將死亡，派命鬼卒捉魂，各地演法維持祭叉、調五方等儀式，〔註18〕至傅府捉劉氏前，或有〈後掛號〉、〈家堂〉寫鬼卒遇門神、傅家祖宗，〔註19〕兩者都無法保全劉氏的情節，以強化罪過。花園盟誓之後，劉氏病重，浙江

〔註16〕鄭本追妓、贖妓較為簡略，後來增出或名〈逼妓〉的〈訓妓〉，內容更為強化，江蘇超輪本、兩頭紅本、浙江胡卜村本、皖南高腔本、池州大會本都有此齣目。

〔註17〕安徽青陽腔大會本、皖南高腔本、上海目連全會本有請僧和曹家弔慰一齣情節，泉腔本名為〈請和尚〉。

〔註18〕以臺本齣目而論，浙江胡卜村本有〈調五傷〉、救母本名〈調五方〉、皖南高腔本是〈拜神祭猖〉、池州大會本是〈請五猖祭叉〉。

〔註19〕浙江調腔本有此兩齣，救母本僅有〈後掛號〉。

地區安插特有的〈白神〉、〈邋邊〉兩齣,藉白神口藉罵狗罵盡世間人,純以方言,形成具地方特色的目連戲表演齣目。劉氏過孤悽埂,與金奴相遇,插演鬼醫醫治劉氏眼疾,以及焦先生扛轎等關目。

鄭本〈遣將擒猿〉、〈白猿開路〉觀音會同張天師與溫、趙、馬、關擒住阻斷西天路的白猿精怪,爲羅卜開路,浙江胡卜村本、調腔本相關情節另有〈鬧龍宮〉、〈符官〉、〈後天門〉、〈鬧海〉妖猴孫猛張鬧龍宮被馴服事,描述較爲詳細,較簡的鄭本,可能刪削與本傳較不密切關連的枝節部分,再與其它民間本相參看時,反而認爲各本以鄭本爲基礎而增添關目。

傅羅卜出外營生,途中碰上逆子打爹,勸其孝順父母,使〈張蠻打爹〉與本事掛上鉤,再增衍出爲遭毆打的父親安排〈投水〉、〈逼父行乞〉齣目,[註20]添加〈雷打十惡〉懲處惡人以勸善的主旨,使逆子故事成爲目連戲受歡迎的表演關目。江蘇超輪本爲思凡雙下山之前增出了〈梳粧〉一齣,係各本所無:二公子遊庵,雙尼感歎落入空門的薄命,強化逃出空門下山動機。演出〈偷雞罵雞〉之後,爲順利讓偷雞賊進地獄受審,加寫一段或一齣小鬼巡風,聽到王媽媽說及雞不見了,「難道天偷去,地偷去,鬼偷去?」覺得受枉屈而將王、奚二人拘入陰司,[註21]皖南高腔本安排〈審問偷雞〉齣目詳細審問此事。[註22]只要能夠將插演故事與本傳加上聯繫,以最寬鬆尺度視之,可說尚有些根苗相關,若如浙江目連戲並無巡風鬼一段,偷雞之後接演設計出騙,導致捨釵求子婦人被丈夫誤解而上吊自殺,偷雞與上吊情節各不相干,由於未能導入地獄受審,屬於插演與本傳不相干的折戲部分。

(三)宮廷精心將不相關題材與本傳產生聯繫

宮廷目連《勸善金科》明確以唐代爲背景,插演相關歷史人物事蹟,題材也是有所本,然而這種人物事蹟,卻與民間將歷史演義連臺演出數本的形式不同,有技巧地插入其中,忠臣段秀實、李晟、琿瑊與奸賊李希烈、盧杞、姚令言、朱泚等人的對比,此條情節線和目連本傳相互交差演出,並設法和

[註20] 浙江胡卜村本名〈出金剛〉,調腔、救母本稱〈投水〉,泉腔本無投水情節,但有〈逼父行乞〉。

[註21] 湘目連本、皖南高腔本、池州大會本都有〈巡風鬼〉或〈下鄉巡風〉齣目,某些臺本雖無相關齣目,卻有相關情節安插於〈罵雞〉之後,如江蘇超輪本、高淳兩頭紅本。

[註22] 池州大會本審問偷雞情節與皖南高腔本相同,置於〈三殿〉劉氏訴三大苦之後。

目連情節線巧妙產生關聯，雖然關聯性還是十分薄弱。以兩個例子說明：

第一，〈化強從善〉懷器待時、隱身盜窟的軍師，搶掠傅家之後，因爲白馬口吐人言，了解善惡終有報，於是改過向善，民間本自此消聲匿跡，再無他出場的演出場合。宮廷本將這名軍師定名韓旻，安排於3－4闖入營帳，以劍誅殺朱泚成爲有功於朝廷，爲民除害的義士，就將兩條情節縮合在一起，以呼應改過向善和早有建立事功的大志，不致於成爲無關的獨立演出。

第二例子，民間目連戲常演的朱子貴賣身葬母事，僅一齣求濟助演完，再無登場機會。宮廷改爲賣身葬父，加上與華素月訂有鴛盟，因此生出許多齣目情節：4－9演朱紱、朱紫貴因亂事逃難，4－10華素月和母金氏逃難，4－11演華氏落入賊手而毀容，4－15寫羅卜歸家途中以金贖取金氏母女，讓她們住在近家尼菴，4－22朱紱患病身亡，賣身葬父，得羅卜周濟，也因此得以和華素月成婚。7－17朱紫貴成爲劉賈之子的教師，10－11參與科考，10－14登榜，替同年陳肇昌作伐娶劉巫雲爲妻。至此又將7－12、7－13劉父將女兒托與劉賈照顧，卻遭劉賈霸佔家產，將劉巫雲趕逐出門的情節聯絡起來。10－14朱紫貴說明劉女認岳母金氏爲義母，劉賈自遭燒滅家產死亡後，被霸佔家產復歸原主始末作一補敘。民間插演不相關的〈耿氏上吊〉，宮廷以3－17刻劃劉賈和沈氏奸情，沈氏逼媳通奸，致使兒媳上吊身亡，成爲描寫劉賈負面形象的齣目，依然和目連本傳相關。

除了朱泚、李希烈這條線之外，宮廷本另外穿插四個完整故事：一是陳榮祖被張捷逼迫至家破人亡；二是鄭賡夫爲繼母蜜蜂計設殺至死；三爲李文道圖財害命；四爲莫可交忘恩負義。四段故事並非憑空杜撰，而是有所依據，前已述及「蜜蜂頭」題材來自於春秋史傳，元朝鄭廷玉《看錢奴買冤家債主》就有周榮祖落第還鄉，雪天衣食無著而賣兒，慳吝財主賈仁不提付錢事，而在立約之後只付一貫錢，反過來要挾情節。元孟漢卿《張孔目智勘魔合羅》，河南人李文道妄想圖謀兄嫂並奪財，在五道將軍廟毒死經商途中遇雨受寒病倒的堂兄等情節。兩本元雜劇情節和宮廷本目連相似度高，有時連劇中人物姓名也相同。〔註23〕四個完整故事有兩個與目連戲相聯繫：張捷害陳榮祖事之後，經傅相出面解決孤兒寡母困境；莫可交成爲叛賊李希烈捎帶書信的奸細。蜜蜂計、李文道事和僧尼下山一樣，成爲宣揚善惡因果的戲齣，可見不論宮廷或民間，將原本流傳的戲劇題材與情節加以改編、納入目連戲演出，

〔註23〕戴云〈試論康熙舊本《勸善金科》〉《戲曲研究》第64輯，頁392～393。

都是條相當簡便的捷徑。只是宮廷相對於民間，重視將不相關題材和本傳之間的聯繫。

第二節　目連戲情節線分析

　　安置關目與安置情節並非一事，情節是前後相連，不可分割的，關目所指為「關鍵、節目」，意指具有代表性且有特殊意義價值的「點」，除了顧及情節因果關係之外，更考慮表演上的需要，或是讓某些腳色有主場機會，或讓演員展現其它表演技藝的機會，或是為了調劑場面。被選定演出的關目是分離而集中，有高度可供表演的價值，又能提綱挈領使觀眾了解到完整發生的劇情。〔註24〕關目的安插牽涉及全本以及單一齣目，全本關目設計，是劇作家將能表現情節又能兼顧表演的點連接起來。中國戲曲的表現，常以人物為中心，在故事框架下考慮分配場次，設定各腳色主場的齣數，並將這些場次相連，構成「情節線」。情節線越多表示情節越豐富，同一情節線的場數越多，表示該人物演出比重越重。

　　學者研究情節線有主線、旁線、輔線之別，許子漢以以主情節線、次情節線、反面情節線及武鬧情節線加以論述：「主情節線」指主要扮演的人物所構成的情節線；「次情節線」指其他人物構成之情節，大部分為正面人物，有些情況則在正反之間；「反面情節線」指反面人物的情節線，大部分由淨、丑二行扮演，亦有例外情況；「武鬧情節線」指武戲或諢鬧場面的部分。〔註25〕情節線的構成，必須不只一齣，有連續發展的情節，方能構成情節線。必須說明是：許氏「武鬧情節線」所指以武戲為主，是以表演類型集合而成一條線，不屬於同一人物情節。由於狀況特殊，並不諱言稱「關目線」更為恰當。〔註26〕以目連戲而言，最重要的武戲是捉拿劉氏，依然歸屬於主情節線，可以說目連戲整體並無「武戲」部分，雖然宮廷本有武戲情節，但分析之後應

〔註24〕許子漢《明傳奇排場三要素發展歷程之研究·論關目》（臺北：臺大出版委員會，民國88），頁26～27。

〔註25〕主線、旁線、輔線見林鶴宜《阮大鋮石巢四種研究》，民國75年東海大學碩士論文。主情線線等為許子漢《明傳奇排場三要素發展歷程之研究·論關目》，頁30～31。

〔註26〕只是因為前人既以情節線命名，亦較順口，因此襲用不變，《明傳奇排場三要素發展歷程之研究·論關目》註3，頁31。

歸屬於反面情節線，因此「武鬧情節線」只剩下「諢鬧」部分。本文即用主、次、反面情節線加以分析，而將諢鬧歸屬於關目。

　　目連戲因應各地演出，添加或省略部分齣目之後，一定具備的情節線有一：生腳羅卜的線，圍繞與父母的家居生活，劉氏開葷下地獄歷盡諸刑，與救母的種種歷程的主情節線。次情節線則隨地區不同或演出時間長短，而有所保留或減省至不成線程度；部分地區增添了其它反面情節線，使內容更爲豐富。現將目連戲正、次、反面情節線的安置列表如下：

〔表2－1〕各本目連戲情節線表

版　本	主情節線	次情節線	次情節線	反面情節線	反面情節線
鄭本	生（羅卜） 夫（劉氏）	旦（曹賽英）	淨（張佑大） 丑（李純元）		
南陵本	羅卜 劉氏	曹賽英	張佑大 李純元		
池州大會本	生（羅卜） 旦（劉氏）	貼（曹賽英）	丑、淨、 眾（張佑大、 李純元）		
皖南本	正生（羅卜） 正旦（劉氏）	貼（賽英）	淨（張佑大）		
安徽池州 穿會本	生（羅卜） 旦（劉氏）				
郎溪本	生（羅卜） 正旦（劉氏）				
辰河本	（羅卜） （劉氏）	（曹賽英）	淨（張佑大） 丑（李純元）		
祁劇	（羅卜） （劉氏）	（曹賽英）	淨（張佑大） 丑（李純元）		
湘劇	生（羅卜） 旦（劉氏）	占（曹賽英）			
高淳兩頭 紅本	生（羅卜） 旦、夫（劉氏）				
超輪本 陽腔本	生（羅卜） 旦（劉氏）	占（曹賽英）			

版　　本	主情節線	次情節線	次情節線	反面情節線	反面情節線
上海全會本	生（羅卜） 正旦（劉氏）				
紹興舊抄本	正生（羅卜） 正旦（劉氏）				
紹興救母本	正生（羅卜） 正旦（劉氏）				
浙江調腔本	生（羅卜） 旦（劉氏）	小旦（賽英）			
胡卜村本	正生（羅卜） 正旦（劉氏）	小旦（賽英）			
莆仙本	（羅卜） （劉氏）			劉賈	
新加坡 莆仙本	（羅卜） （劉氏）	（曹賽英）			
泉腔本	生（羅卜） 貼（劉世眞）	雷有聲			
打城戲	羅卜 劉世眞	雷有聲			
豫劇本	金波 劉氏			劉甲	
川四十八本 連臺場次	羅卜 劉氏	曹賽英	十友		
川劇江湖本	羅卜 劉氏				
宮廷本	生（羅卜） 旦（劉氏）	旦（曹賽英）	淨（張佑大）	副（劉賈）	淨（李希烈） 淨（朱泚）

　　由於諢鬧情節線穿插於各情節線之中，因此不在表列之內。清代宮廷目連的情節線最多，表示劇作負載的內容量最豐富。繼而鄭本的一條主情節線、兩條次情節線是民間本最為完整的部分，其它各地即使增加一條反面情節線，卻相對將次情節線摒除不用。因此能夠維持鄭本三條線的目連戲演出，內容上已是相對豐富了。

一、主情節線

目連戲主情節線爲羅卜救母，「一生一旦」相互對應的組合，生、旦兩者關係於劇中爲「子、母」。不論縱橫演出史傳演義或神佛故事，不論演出時間長短，都需以演「目連救母」爲名義，表示救母主幹爲民眾所認知。

鄭本的主情節線包含羅卜的家居生活，最基本出腳色以介紹生腳相關家人的〈元旦上壽〉，父母齋僧救助貧苦，至死亡昇天，超薦亡魂，此時生旦情節線是合而爲一。母親劉氏遣子經商，打僧罵道，在家開葷，羅卜、益利行路經營，生、旦的主情節線因而分開。繼而羅卜歸鄉，復整齋濟事，直至劉氏死亡，此時生、旦兩條線又相互重疊。劉氏遍遊各層地獄，羅卜修行西天求佛，並至地獄救母，大段情節，生旦兩條線又是分開，雖然〈六殿見母〉兩線相合，卻是短暫的。最後劉氏超生變犬，目連尋獲以盂蘭盆會超度，又是屬於兩線合一。分屬於生、旦的兩條線的分合狀態，可以簡化爲「合——分——合——分——合」形式，若以《琵琶》生旦「合——分——合」和《荊釵》、《浣紗》「分——合——分——合」相參看，目連戲的處理狀況曲折複雜多了。

以目連救母爲主情節線的「軸」爲民眾所熟悉，演出一宵夜目連戲或有殘缺的抄本，只列出要演的齣目搬演即可見大概，大致上能保持主情節線，江蘇高淳兩頭紅本是此類，另存齣目的，莆田殘缺抄本三十七齣，主情節線即佔了二十二齣；莆仙傀儡戲清末民初抄本，劇名《尊者》臺本兩冊四十齣，主情節線即佔了二十五齣。〔註27〕

目連戲於後來演變，有時因「軸」太細弱而被認爲不用此軸貫穿，浙江上虞啞目連演出本二十二齣目，全劇無臺詞、唱詞，全憑身段、手勢、表情、舞蹈以及武技表演，伴以鑼鼓、目連號，敷演劉氏獲罪，被五鬼捉拿並打入地獄受罪的故事。以齣目看，幾乎全是「鬼」戲的表演，眞正與劉氏情節相關者只有少數，〔註28〕其它情節都是靠民眾所認知的目連故事自行加以補足。而後部分發展是將目連戲中的鬼魂戲穿插至某些劇目之中，亦是在七月

〔註27〕《浙江省目連戲資料匯編》，頁 287、295～296。

〔註28〕由齣目和徐宏圖、叢樹桂撰寫〈上虞的《啞目連》〉對二十一場內容介紹，可見以劉氏爲主場僅有〈前柯劉氏〉、〈後柯劉氏〉兩齣，〈閻王發牌〉、〈牌頭送牌〉、〈家院請醫〉、〈瞎子下課〉、〈閻王差五鬼〉、〈吊孝出喪〉雖與劉氏有關，但是劉氏幾乎可以不用出場，其餘各場全是與鬼相關的表演《浙江省目連戲資料匯編》，頁 370、406～408。

半演出的浙江大戲，因應原本目連戲以家庭爲核心，因此這類型穿插，少演歷史演義，多演《雙合桃》、《紫玉壺》、《倭袍》、《玉麒麟》、《龍鳳鎖》等與家庭相關的戲，不論採用那個劇目，總得有上吊、死人的情節，以利穿插目連戲原有的表演。〔註29〕

二、次情節線

目連戲出現的次情節線有三：一是羅卜訂婚妻曹賽英；二爲金剛山落草爲寇，後稱十友共修的張佑大情節線，三爲雷有聲改邪歸正，與羅卜共赴西天。這三條線並未在同一目連戲臺本中同時出現，最多只出現兩條，如表格所列，有時只存其一，甚至完全沒有次情節線。

（一）曹賽英次情節線

以旦腳曹賽英與父母生活，未婚守節的次情節線，鄭本直到第三本才出現，以十三齣寫曹家情節，〔註30〕或擴增爲十七、八齣之數。〔註31〕雖然大多數地區目連戲皆有此情節線，但是也有少數地區演出加以淡化或乾脆取消，其重要因由之一爲：只演一宵夜的刪節本，僅能就三宵夜演出中選擇部分齣目演出，於是原來第三本方才登場的曹氏情節線自然被犧牲不演。第二個原因可能是地區性對釋教推崇有關，〔註32〕莆田、仙遊只有〈入庵遇妻〉一齣，根本無法成線，〔註33〕雖少了次情節線，卻多了以劉假爲主的「反面

〔註29〕浙江大戲穿插目連戲中的鬼魂戲，只演於七月半中元節時，《浙江省目連戲資料匯編》，頁368。

〔註30〕鄭本十三齣：〈議婚辭婚〉、〈曹府元宵〉、〈曹氏清明〉、〈公子回家〉、〈見女托媒〉、〈求婚逼嫁〉、〈曹氏剪髮〉、〈曹氏逃難〉、〈曹氏到庵〉、〈曹公見女〉、〈曹氏卻饋〉、〈犬入庵門〉、〈曹氏赴會〉。

〔註31〕「曹家十八折」見裘士雄、黃中海、張達觀〈社戲〉《浙江省目連戲資料匯編》，頁375。安徽南陵本齣目曹氏情節計有：〈曹公議婚〉、〈辭婚〉、〈標帛〉、〈踏青〉、〈遊玩〉、〈思春〉、〈託媒〉、〈逼嫁〉、〈斷髮〉、〈搶親〉、〈巡查〉、〈逃姨〉、〈到庵〉、〈別女〉、〈曹氏却饋〉、〈犬入庵門〉、〈曹氏赴會〉共十七齣，爲目前所見曹家齣數最多者。

〔註32〕劉禎〈莆仙戲目連救母概述〉《莆仙戲目連救母》，頁7；林慶熙〈福建莆仙戲《目連》〉，《戲曲研究》37輯，頁85。

〔註33〕民俗曲藝叢書《莆仙戲目連救母》由於缺第三夜上本，因此只剩〈入庵遇妻〉一齣，實在很難說曹氏情節線不存在，與鄭本齣目對照，第三夜上本即是曹氏情節線齣目所在。但是以《目連資料編目概略》頁284～288所列仙遊本齣目兩種，都只有〈入庵遇妻〉或〈入庵尋母〉齣目，莆田本兩種皆有殘缺，

情節線」；紹興救母本、福建泉腔本無曹氏情節線，後者加添雷有聲次情節線。再次整理各本曹氏齣目由多至少情形如下：

1、內容齣數相近於鄭本或更豐富的，計有安徽南陵本、皖南本、池州大會本、湖南辰河本、祁劇本、江西弋陽腔本、青陽蒲同本、四川金本。宮廷本曹賽英情節線共十齣：7－10、7－11、8－14、8－16、8－17、8－18、8－19、8－20、8－22、10－6。十齣之中，8－19 為段公子與媒婆謀搶親事，7－11、8－18 兩齣為賽英父兄事。

2、情節淡化、減省於五齣內者計有：福建莆田、仙遊本只存一齣〈入庵見妻〉；紹興救母本存〈遇母〉、〈犬入庵〉兩齣，〈遇母〉打獵的公子被安排為曹水英之兄曹水連，對目連口稱「妹丈」，並簡略敘及妹子因逼嫁入空門的過程。川劇江湖條綱本三齣；新加坡莆仙目連戲中尚有〈曹氏嘆世〉、〈求婚逼嫁〉（含〈曹氏剪髮〉、〈曹氏逃難〉、〈曹氏到庵〉內容）、〈曹公見女〉、〈入庵相認〉四齣；江蘇超輪本、陽腔本保留〈曹家〉、〈踏青〉、〈逼嫁〉、〈剪髮〉、〈庵門〉五齣。

3、完全無曹氏情節的為泉腔本、豫劇本。

以上曹氏情節能夠成線者為第 1 項，至於第 2 項中，僅一、二齣，自然無法成線，三齣和五齣者因保留了基本情節，至少兩場或四場是以曹賽英為主場人物，可以成線。

佛經之中的目連故事並無羅卜與曹賽英的情節線索，曹氏情節非常合乎中國提倡的「節烈」觀，因此當是日積月累演出之後逐漸添加進去的結果。即使羅卜退婚，曹氏依然無怨無悔為他守節，拒斥段公子求婚，並因而有逼婚、逃婚、剃度出家等「守節」，最後同時成佛受封，〔註34〕不失為皆大歡喜的團圓情節。除了內容考量之外，戲劇排場須穿插變換，才能使看戲的不生厭倦，串戲的勞逸平均，既以生飾目連，不得不插入曹賽英情節替旦腳謀一相當地位。〔註35〕目連戲以「夫」或「旦」飾劉氏，與「生」羅卜組合成一

亦未見其它有關曹賽英情節。倒是新加坡莆仙目連戲中尚有〈求婚逼嫁〉（含〈曹氏剪髮〉、〈曹氏逃難〉、〈曹氏到庵〉內容）、〈曹公見女〉、〈入庵相認〉三齣，和其它各地目連戲相比，僅管保留曹氏情節，但相對也減弱許多。

〔註34〕認為曹氏情節線為後加進去，提倡節烈觀，使連戲所勸的「善」多了一項的學者很多，如朱萬曙〈鄭之珍與目連戲劇文化〉2000 年《藝術百家》3 期、文憶萱〈三湘目連文化（三）〉認為此線為鄭氏所加，《藝海》2007 年 6 期，頁 43。

〔註35〕錢南揚〈讀日本倉石武四郎的〈目連救母行孝戲文研究〉〉，《浙江省目連戲資料匯編》，頁 316。

生一旦的形式，但是明、清時以生、旦對位組合爲夫妻的架構十分普遍，鄭本將劉氏以「夫」扮，曹賽英以「旦」扮，應該是合乎當時戲曲演出生、旦配爲夫妻的慣性思考。

（二）張佑大十友情節線

張佑大等人佔據金剛山爲盜，經觀音指點而成羅卜修行「十友」。鄭本以十齣之數加以鋪陳，〔註36〕以十友爲主場計有五齣：〈觀音勸善〉、〈十友行路〉、〈十友見佛〉、〈師友講道〉、〈十友赴會〉。雖然十友以據山爲王的強盜行徑出現舞臺之上，卻無武戲部分，僅有捉羅卜、益利情節，打鬥武戲應是減省的，因此將之歸類爲「次情節線」。宮廷本以十齣之數演張佑大等十友事，並增加羅卜之前於客店救助情節，使金剛山蒙塵時自然感謝恩人，再經觀音點化而修行。〔註37〕

同於鄭本有川目連四十八本連臺本戲、湖南辰河本、祁劇本以及安徽池州青陽腔大會本維持十友情節線，皖南高腔本雖有所減省，但依然存在。除此之外，各地目連戲只存三齣之內，以兩齣爲最多，只演佔金剛山爲王，觀音救助羅卜，與十友結拜止。〔註38〕

十友的情節線比起曹氏線更容易被省略，只取其片段。鄭本精心安排十友任次要腳色的場次如〈見佛團圓〉、〈目連坐禪〉等齣，在其它各本或以「佛子」、「行者」之名加以取代。〔註39〕正因爲人物名字可替代性高，十友赴西天修行艱險路程又是羅卜救母過程所必經的，內容重疊，或許即是部分目連戲演出時加以刪減至不成線的原因。

（三）雷有聲情節線

此線爲泉腔本所獨有。泉腔目連傀儡齣目有〈山寨賊李純元坐寨〉等三齣，即上列張佑大情節，但因無後續發展，無法成線；而後〈雷有聲坐

〔註36〕 〈觀音勸善〉、〈羅卜回家〉、〈觀音救苦〉、〈十友行路〉、〈觀音渡阨〉、〈十友見佛〉、〈見佛團圓〉、〈師友講道〉、〈目連坐禪〉、〈十友赴會〉共十齣。

〔註37〕 宮廷本張佑大情節齣目見2-19、4-16、4-19、7-1、8-7、9-13、10-5、10-9。

〔註38〕 超輪本、莆仙本、紹興舊抄本、救母記、調腔本只存兩齣；江蘇高淳本、池州穿會本只剩〈金剛山〉，且和羅卜無關，成爲一般觀音勸善齣目；胡卜村本有三齣，保留了鄭本〈十友行路〉內容；湘劇、豫劇、郎溪本、目連全會本完全無此內容。

〔註39〕 超輪本〈參禪〉名佛子；調腔本名行者。

寨〉等齣，山寨賊名爲雷有聲和純佑，而後故事接續發展，雷有聲和羅卜同時挑經以救父、救母，於是次情節線和主情節線在〈羅卜有聲雙挑〉時合而爲一，又立即在下一齣〈出虎趕散〉時分開，並且於〈試雷〉有主場機會。〔註40〕打城戲目連戲齣目與泉腔本大同小異，無李純元事，而有雷有聲情節線。〔註41〕

三、反面情節線

　　具有反面情節線只有豫劇、莆仙本和宮廷本。宮廷本甚至還包括其它兩條反線：一是同前兩本一樣是劉賈形象的增加；二是最爲獨特的朱泚、李希烈等人的叛唐。

（一）劉賈情節線

　　莆仙本的劉假，以〈劉假訓子〉、〈和尙題緣〉、〈官府公判〉、〈劉假鳴鐘〉、〈討銀俥店〉、〈教姊開葷〉、〈安人開葷〉、〈劉假索詐〉、〈劉假暴死〉、〈劉假變驢〉加以刻畫，大大豐富鄭本僅用〈勸姐開葷〉、〈議逐僧道〉、〈過昇天門〉、〈益利見驢〉四齣描寫。劉假成爲賴帳不還、怙惡不悛的惡人典型。福建福順班臺本、仙遊本上部《傅天斗》已然刻劃劉賈之惡，貪利而誣告傅象（相）私藏國寶，致使象被拘補，只是兩三齣內容，但是劉賈之惡是前有所承。〔註42〕

　　宮廷《勸善金科》於詞臣結構緊嚴安排下，劉賈形象之惡，同樣被加強；2－2 劉賈向姐夫傅相借貸以往福建販賣貨品；3－17 與沈氏通奸，又設計謀騙沈氏媳婦，衍生陳桂英被逼吊死；7－12、7－13 接受族兄劉廣淵臨死托孤，卻圖謀姪女全部家產，趕逐出門；7－14 羞辱羅卜葬母未知會，有辱親長，以訛詐錢財。7－17 劉賈因訛詐羅卜未成，至學堂訓子，而後家遭焚毀。凸顯劉賈貪財、奸淫無行與辜負所託的惡人形象。

　　豫劇目連救母中的劉甲很大不同點在於有意識施計破姊齋戒，並且惡人先告狀，使青提在陰曹吃罪非淺。別本目連，劉假雖惡，與姊情誼深厚，於

〔註40〕泉腔提線木偶《目連》，又名《目連嘉禮》，齣目見《目連資料編目概略》，頁293～295。
〔註41〕打城戲齣目見《目連資料編目概略》，頁297。
〔註42〕福順班本兩齣：〈誣告藏寶〉、〈受禁助餉〉，仙遊本三齣：〈無辜受罪〉、〈解銀助餉〉、〈助餉赦罪〉，《目連資料編目概略》，頁282～284。

破戒一事，只是慫恿開齋，而非如豫劇惡意乘人不備。〈劉甲受審〉即使在閻王面前，依然一付刁鑽樣，〈劉甲逃棚〉演不甘受剝皮刑的劉甲逃走，大小鬼合力捉拿。三齣刻劃劉甲形象已然生動飽滿。〔註43〕

以上三本為對劉賈形象增補發展較多的，其它小人物的發展僅限於一、二齣，為劉氏開葷買犧牲的安童，辰河本衍出〈李狗盜韓〉，吃住不付錢的無賴漢李狗為劉賈收留，成為辦廚的李旺，再增〈益利逐狗〉了結李狗在傅家生涯。清明掃墓遇見佳人，請媒議婚的叚公子，託媒之前增出數段公子與家院猜心事、笑鬧科白，顯然依鄭本原有曲辭對白，將笑鬧科諢插入其中。宮廷本處理更為特別，8－20 於曹賽英逃婚之後，安排媒婆以己代嫁以解決搶婚，為各本所無，民間本強調花花公子謀婚，宮廷本轉化成為老媒婆代嫁，等同報應的懲處。這些小人物形象被開展加強，但是因為後來不再出現，而無法成為一條情節線。

（二）宮廷特有的朱泚、李希烈情節線

宮廷目連戲朱泚、李希烈「反面情節線」，雖然圍繞此線亦有正面人物李晟等忠貞將領與之對抗，但是應當將之歸入反面情節線部分，理由在於如無叛唐行為，自然無與之相戰的情節產生。

朱泚等人的反面情節線總共有二十一齣之數：叛將部分九齣，忠義將領部分計有五齣，兩者相重疊部分有七齣。8－15 和 9－3 兩齣是閻君「專門」審理叛將，其它與劉氏眾鬼先後受審齣目亦有多齣。

宮廷目連戲曹賽英次情節線的設置恰好接於反面情節線眾叛將「死亡」之後，可以說以次要情節線接替反面情節線的結束而另起波瀾。

四、全本情節線穿插評議

情節線越多，表示劇情越加豐富。戲劇離不開衝突，正反兩面衝突的產生與解決，是構成一本戲劇情節的基礎，因此戲劇上正、反兩條情節線形成相當

〔註43〕此依據鄧同德整理豫劇《目連救母》本，河南另有武豐登、陳景濤整理本齣目有《奸計害親》、《五鬼鬧判》、《五鬼拿劉氏》、《審劉氏》、《拿劉長基》、《懲劉長基》、《目連下山》、《酆都救母》八場，劉甲改為劉長基，以齣目看，羅卜母親開葷下地獄都是娘舅的奸計。見呂珍珍〈世俗化、娛樂化與農民化——簡論目連戲在中原民間的變異〉《信陽師範學院學報——哲學社會科學版》27 卷 4 期 2007 年 8 月，頁 87～89。

早。〔註44〕正反對立，使戲劇產生衝突，劇情才有轉變而致高潮。大多數地區演目連戲並無反面情節線，顯然戲劇不一定要有反面壞人作為對比，依然能夠讓劇情有轉折變化的方法在於兩代（人）之間的觀念差異。主要衝突點在劉氏違誓開葷、打僧罵道，與丈夫遺言和兒子羅卜信佛不疑行徑產生矛盾、不合，最後導致下地獄受苦刑，衍生救母情節。即使殘存的目連戲齣目，都有劉氏開葷的處理，〔註45〕或用「暗場」處理，而觀念衝突依然清楚浮現。〔註46〕

　　由於目連戲僅具備主情節線即已完足，因而次要情節線的增加，在於使情節份量更形豐富；曹賽英線僅於最後團圓時與主情節線相縉合的特點，顯示後來添加進目連戲的結果；張佑大改邪修行的線亦是如此，可能它們原本的形態是以一二齣形態出現的簡單情節，根本無法成線。

　　在只有主情節線的基本上，目連戲穿插不少吸收自當時民間故事的題材加以發展，或擴充原來情節，成為「人情世態」的戲，一齣內可插演數段，每段各自獨立。因為不相關的獨立性，使這些齣目無法連接成為線，演完即結束，並無延續情節發展，前節所述取材於當時風情的戲齣內容即是此類。張佑大的線於鄭本是完整的，但是各地目連戲演出時或和羅卜不相關，或是只有鄭本兩三齣內容，因此不排除原本張佑大的情節也如一般人情世態戲，短小且無後文，也是不成線的情形，直到鄭本方才擴展成為一條情節線，又為地方展演時吸收，或再次減省為不成線情況。

　　雷有聲次情節線局限於福建泉州地區，且完全無曹賽英、張佑大線，可以當作一個例證說明此三條情節線原本可能都是一段無法成線的世態人情戲，而後逐漸擴大內容而成線。

〔註44〕許子漢《明傳奇排場三要素發展歷程之研究》對關目研究的結論，對明傳奇全本情節線分析，可見《琵琶》、《拜月》、《五倫全備》少數幾本僅具有主情節線，頁37～50。

〔註45〕目前所見除非殘存僅剩十齣之內者，幾乎都有開葷齣目，如安徽村湯村托目連本、義順托目連本、郎溪定埠陽腔二十四齣過錄本、東至高腔魏光禮老師傅四十二齣手抄本、福建莆田三十七齣抄本、已成絕響的詞明戲本戲。唯一演出長達二十齣以上，卻無開葷者，只有1985年重新組織老藝人演出的浙江上虞啞目連，《目連資料編目概略》，頁270～274、287、302、370。

〔註46〕暗場，指事件未在舞臺上真正演出，利用上場人物的說白作交代，使觀眾了解未演出的劇情。安徽旌德目連戲口述本據傳原有百餘齣，經老藝人口述回憶後，現只存六十九齣，〈勸開葷〉、〈三官堂〉、〈益利掃地〉、〈發誓〉，無開葷的具體齣目，但是〈三官堂〉應是演打僧罵道等情節，或帶有開葷情事。《目連資料編目概略》，頁270。

反面情節線的擴增，無疑使目連故事內容更形飽滿。加深刻劃劉賈之惡，為莆仙、豫劇、宮廷本突出面；宮廷更因政治教化立場，加入叛唐線，包含大量兩軍交戰武戲部分，就表演和情節兩方面來看，無疑是豐富許多。

就目連戲演出歷程而言，在盛演時期，以近乎一個月演出長度的目連戲，戲班自然得將不相關的戲齣納入，才能應付且賺得該有的戲資。龐雜成為特色，即使以目連本傳而言，也因為採用太多無法成線的人情世態戲，導致佈局無嚴整線索。

只具備一條主線，即無穿插是否得宜的問題。現就曹賽英次情節線與劉賈反面情節線論與主情節線的是否穿插得宜。

目連戲有不少難以成線的「人情世態」戲，這些戲因與本傳無關，又為人所喜愛，因此被納入成為目連戲一部分。由於不成線，民間演法一律是一個故事完整演完，再接演目連本傳或其它人情世態戲。這些齣目，有簡略至一齣演完的〈僧背老翁〉和〈龐員外埋金〉；或將原齣目析分開來，或再增加部分情節，使一齣增為二、三齣，如〈王媽罵雞〉。〔註47〕雙下山故事，鄭本以兩齣處理，大部分地區處理成三齣，更有如池州大會本增加〈思春數羅漢〉，使得雙下山成為四齣之數。施釵、女吊至少兩齣演完，池州穿會本是三齣，浙江加上男吊成為四齣，湘大目犍連、辰河本用七、八齣演足耿氏家庭各項情節，是關於女吊最豐富完整的內容情節。鄭本僅用一小排場處理的追妓，辰河本成為一齣，如超輪本等大多數臺本加一〈訓妓〉（〈逼妓〉）成為兩齣，調腔本再增加〈鬧院〉成為三齣。辰河本《匡國卿盡忠》五齣，《打子投江》、《侯七殺母》各七齣。

由與目連本傳不相關的穿插，即是只是一齣之數，都被視為岔題，更何況是三齣以上。三齣通常是多數的表徵，因此以三齣為一個基準，除了主情節線之外，其它情節線的安插，若是接連三齣處理，即是奪去主線光彩而顯得失焦。

〔註47〕〈王媽罵雞〉調腔本增加偷雞情節，成為〈偷雞〉、〈回罵〉兩齣；紹興舊抄本三齣，〈偷雞〉情節簡略，〈罵雞〉、〈回罵〉是將原本被偷者與偷者輪流交叉對罵的方式，全部集中成被偷者唱完所有〈罵雞〉曲文後，再由偷者唱完〈回罵〉曲子，這樣的表現方式，就戲劇效果而言，自然不如輪流對罵來得緊湊有趣味。

（一）曹賽英次情節線穿插妥貼與不妥處

以曹賽英情節線而言，民間本大多有穿插不妥之處，以接連三齣形式演曹氏情節，忽略了主線的安排，僅以鄭本安排主、次情節線說明如下：

〈師友講道〉（主線——生）－〈曹府元宵〉（次線）－〈主婢相逢〉（主線——劉氏）－〈目連坐禪〉（主線——生）－〈一殿尋母〉（主線）－〈二殿尋母〉（主線）－〈曹氏清明〉（次線）－〈公子回家〉（次線）－〈見女托媒〉（次線）－〈三殿尋母〉（主線）－〈求婚逼嫁〉（次線）－〈曹氏剪髮〉（次線）－〈四殿尋母〉（主線）－〈曹氏逃難〉（次線）－〈五殿尋母〉（主線）－〈二度見佛〉（主線）－〈曹氏到庵〉（次線）－〈曹公見女〉（次線）－〈六殿見母〉（主線）－〈傅相救妻〉－〈七殿見佛〉（主線）－〈曹氏卻餃〉（次線）－〈目連掛燈〉（主線）－〈八殿尋母〉（主線）－〈十殿尋母〉（主線）－〈益利見驢〉－〈目連尋犬〉（主線）－〈打獵見犬〉（主線）－〈犬入庵門〉（主、次線）－〈目連到家〉（主線）－〈曹氏赴會〉（次線）－〈十友赴會〉（另一次線）－〈盂蘭盆會〉（主、次線）

〈曹氏清明〉至〈曹氏逃難〉之間，以三齣次線相連，僅以一齣主線與次情節線交錯配搭，不能說次情節線勝過主情節線的份量。大部分地區曹氏故事和鄭本相近，處理手法自然也接近，演曹賽英故事，安插情節最多即是三齣接連書寫，[註48]雖然不甚妥貼，但是和皖南高腔本、池州大會本、湘劇本以九齣將〈清明掃墓〉至〈父女相會〉次情節線一氣呵成連演相互比較，可算是主次線搭配得當。皖南、池州、湘劇演法，不免於主題岔出集中於曹氏線上，而忽略了主線所在。相對而言，胡卜村本將曹氏線與十殿內容分別處理成規律相互交錯的模式，似又太過整飭：

〈一殿〉－〈遊春〉－〈二殿〉－〈上墳〉－〈三殿〉－〈回家〉－〈解殿〉－〈說媒〉－〈四殿〉－〈逼嫁〉－〈五殿〉－〈六殿〉－〈剪髮〉

應該即是為了避免次情節線佔去主情節線份量所形成的規律，或者認為生、旦相對應，自然也得輪流插演故事的心理所致。

再看宮廷本安置曹氏情節線情形，7－10、7－11 兩齣寫曹家元宵與奉詔離家，8－14 曹賽英清明祭掃遇惡公子，托媒一事以暗場處理，8－16、8－17 曹賽英因為逼嫁、剪髮投庵，8－19、8－20 惡公子至曹府搶婚，8－22 曹公與女兒賽英庵中相會，10－6 賽英與師商議共赴盂蘭盆會，最多只有兩齣相連

〔註48〕另有調腔本〈謝媒〉、〈剪髮〉、〈追尋〉三齣相連。

以演出，中間穿插地獄冥判等各種劇情，更爲講究次線不宜搶奪主線風采。

（二）劉假（賈）反面情節線穿插妥貼與不妥

劉假反面情節線的存在只見於莆仙本、豫劇和宮廷本。莆仙本以「連續」五齣「集中」刻寫劉假反面形象：〈劉假訓子〉、〈和尚題緣〉、〈官府公判〉、〈劉假鳴鐘〉、〈討銀俥店〉，安置於傅相行善與傅相歸天之間，而後〈教姊開葷〉和〈劉假索詐〉安置於傅相、劉氏死後。正因爲連續且集中刻劃，使得反面情節線過於明顯、強烈，搶奪了主線光彩，與上述皖南本處理曹賽英情節線有共同不妥的缺點。

這種情形於宮廷本則未見：2－2、2－14、3－8、3－17、4－5、7－12、7－13、7－14、7－17。較爲密集安排劉賈線爲 7－12、7－13、7－14 三齣，由於 7－12 共有三排場，劉賈於最後一排場上場，受托照撫姪女，〔註49〕7－13 毀諾侵吞財產並趕逐姪女出門，7－14 羞辱外甥羅卜，又和主情節線羅卜合而爲一，因此不至於如莆仙本反面情節線，暫時掩蓋主要情節線，穿插可說得宜。

豫劇反面人物劉甲登場在 4、6、17、18 四場，其中 6、17 兩場和姊劉氏主線合一同場，劉甲爲主場是 4、17、18 三場，情節線安插亦屬恰當。

莆仙和豫劇同具劉甲反面情節線，兩本只具主、反兩情節線，而無次情節線。宮廷不但保留曹氏次情節線，而且發展劉賈反面情節線，再增添朱泚、李希烈一線。三本具劉甲反面情節線的作用，一是爲了豐富劇情，尤其莆仙本和豫劇本如無反面情節線，就只剩下主線，雖然只具主線依然能夠演出，究竟不比兩條情節線來得曲折變化；二是彰顯劉甲之惡，唆使開葷導致（或設陷）其姊下地獄惡果，減輕劉氏罪惡，這應是目連戲長久演出以來群眾同情劉氏，共同塑造的結果。

（三）朱泚反面情節線穿插妥當

朱泚、李希烈等人的反面情節線於全劇總共佔二十一齣：叛將部分計有九齣：1－5、1－14、1－15、2－17、3－4、4－4、7－4、8－15、9－3。忠義將領部分計有五齣：1－17、1－24、4－8、6－21、6－23。兩者相疊部分計有七齣：2－4、2－18、3－3、4－7、6－4、6－24、7－7，另有 8－15 和 9

〔註49〕7－12分三排場：第一是劉廣淵與女兒、乳母敍說病情沉重，擔心女兒日後孤獨無依；第二排場爲駝醫前來看診問病；第三排場爲劉廣淵對族弟劉賈托付照顧女兒至出嫁。

－3 為叛將死後於地獄接受冥判的「專屬」戲齣。由所列齣數來看，最多只有兩齣相臨演此反面情節線，再區隔出叛將與忠義兩部分，那麼劇作家著重於安插騰挪，使主情節線受不至於為次、反面情節線所掩蓋。

由以上較為顯目情節線分析，可以看到宮廷處理時對於主情節線的重視，絕不至於產生次情節線或反面情節線凌駕主線之上的情形。為了戲劇效果著想，也為演員演出勞逸作考量。民間本處理各有千秋，時有妥善之處，但是往往有不少情節齣目超越、淹沒主情節線，致使結構配搭輕重失衡。

第三節　目連戲單一關目

單一關目與全本關目同樣兼顧「情節」、「表演」兩個目的，全本關目著重在主要、次要、反面情節線的穿插；單一關目著重於一齣或數齣組構而成的情節、表演上的配合。本節主要分兩方面加以論述：其一是以情節或表演檢視單一關目的目的性，第二以單一關目的情節內容進行分析。

一、關目因表演、情節目的而配搭有別

舞臺上的一切都是表演，但是就表演難度而言，曲、科、白三項中，曲、科兩項的表演性質高於白，有韻的白比起無韻的白表演性較高。只以「科」進行表演，無曲白，亦能推展劇情，〈九殿〉一齣通常僅註明「九殿過場」、「九殿不語」、「閻王不語」〔註50〕，是啞劇的表演，都市王、判官、鬼使上場審問金奴、李狗兒，均緘默不語，一切情節，均以紙條寫字或是動作表演。宮廷同樣有啞判一場，但不是九殿，詳細寫下以身段動作表演的情節內容，現錄其中片段：

> 雜扮長短二啞皂隸鬼，各戴皂隸帽，穿窄袖，繫皂隸帶。長皂隸鬼先從右旁門上，作望見日出，向下點手喚科。短皂隸鬼從右旁門上，作方睡醒科。長皂隸鬼向下牽馬隨上，短皂隸鬼向下取鞍轡隨上，二皂隸鬼全作飾鞍絡轡科。長皂隸鬼向下跪請科。淨扮啞判官戴紫紅幞頭、穿圓領、束角帶，從右旁門上，作方睡醒、喚牽馬赴衙科。

〔註50〕祁劇目連戲有〈九殿不語〉一齣，超輪本僅書〈九殿過場〉，弋陽腔本為〈閻王不語〉，浙江諸本有實質上九殿閻王審案曲、白，除此之外，其它各地九殿內容未見。

> 二皂隸鬼全牽馬，啞判官作欲乘馬、跌倒、復起，隨乘馬科。二皂
> 隸鬼向下取板子，隨上，全遶場，作到衙科……（9－7）

以上只是啞判官到衙門的片段表演，而後審問劉賈、劉氏、本無、靜虛之後，
長短皂隸鬼和啞判官由左旁門下，結束一排場表演。此齣之後接續另一排場，
為威伏使者敘明日為九華山教主得道之日，齊集各司同赴慶賀，有白有曲，
因係不同排場，與啞劇表演有別。可見即使只有科也能推進情節，並非完全
依賴曲、白。

依表演、情節配搭結果，關目依其目的性可簡單分為「表演與情節並重」、
「情節為主」、「表演為主」三類。

（一）表演與情節並重的關目

即使情節與表演並重，處理手法有稍有不同，有先表演而後推展情節，
亦有情節推展置於前後，中間安插表演者。

〈劉氏憶子〉屬感歎思憶，先演劉氏思念遠離兒子之後，安排益利返鄉，
開始推展未來情節，可以說是先表演而後再演情節。宮廷本於思憶和益利返
家之間有安童回覆問卜一事，情感上依然接續思憶；〈曹氏卻餒〉由曹賽英出
家修行，思想羅卜救母事的感歎之後，才是益利以白金十兩、白米一擔敬送
情節，表益利替主人盡道義。〈劉氏回煞〉亦是先表演，羅卜唱曲思親，而後
才演劉氏回煞情節。以上三例屬於先進行表演而後才是推演情節。

第二類，將表演安置於中間，前後為情節敘述。豫劇目連戲〈劉甲逃棚〉，
劉甲乘押解的大小鬼不注意時逃走，展開鬼尋找、捉回劉甲情節。劉甲逃走
之間，一邊串演《五鳳嶺》中旦腳吳鳳英、《燒紀信》的紀信，又演唱花鼓、
《大登殿》、拉魂腔、大鼓京腔、拉洋片等，雖然中間夾著劉甲擔怕鬼找到他
的臺詞，但是這些臺詞只做為改換另一種表演的過場而已。所以此齣首尾是
劇情，中間大部分為表演。

〈劉氏開葷〉於筵宴之間插入表演作為娛樂，既是在情節規範之下，同
時也是著重表演的關目，這種表演可以隨機加以更換，辰河本記錄以下提示：

> 玩猴的從臺下上，玩猴、打筋斗，劉氏賞銀，復下。打花棍的從臺
> 下上，打花棍，劉氏賞銀，復下。唱三棍（應為「棒」）鼓的從臺
> 上，唱三棒鼓，劉氏賞銀，復下。其它任何民間藝術均可上臺表演。
> 〔註51〕

〔註51〕辰河本，頁488。

目連戲主要宴席關目有五：〈元旦上壽〉、〈觀音生日〉、〈劉氏飲宴〉、〈壽母勸善〉〈曹府元宵〉，其中〈元旦上壽〉、〈曹府元宵〉具有出腳色的作用，亦即讓生、旦與其相關家人能夠迅速登場，介紹其親屬關係，通常以唱曲為主，進行歡樂團圓的氣氛表演。

（二）以情節為主的關目

戲內大部分齣目都是情節與表演並重，少數以情節為主的關目，並不講究表演，通常只以簡單的對白帶過，以推展情節。檢視鄭本、宮廷本，竟然全本每一齣必然是曲、白兼具，可見安插關目對以曲為「表演」的講究。如果全齣僅有一曲，如宮廷本 1－20 安排急覺神上場說明未來白馬口吐人言，以見善惡報應，只唱一曲，其在劇作中的作用還是以情節為主，預示未來情節之用。

然而眾多民間本則不然，許多齣目只有對白而無曲，以情節為主的郎溪本〈開殿〉判官、閻羅、天官奉旨迎接傅相歸天，劇情迅速推展至傅相死亡，以口白為主。池州大會本〈搶親〉，至曹府搶親商量得銀費用，將情節迅速推展為曹氏逃難。超輪本〈七殿〉以簡單對白，將劉氏解往八殿，對尋母而至的目連提示八殿夜魔城，非得師尊賜與的神燈無法前去。調腔本〈趕虎〉土地化作凡身，指引羅卜往西天去路，以上諸齣都是屬於以對白迅速推展劇情的例子，不是那麼講究表演的作用。

（三）以表演為主的關目

與目連本傳相關的表演性關目，如感歎思憶類型與主要情節相關，但是對情節推展幾乎是沒有，通常以曲抒發相思，著重在唱曲的表演之上，〈羅卜描容〉因畫母親形貌而思親；宮廷本多添加一齣〈傅羅卜月夜思親〉（3－5），行商未歸期間於旅邸思念母親；〈挑經挑母〉為行路關目，行路之間，唱長段曲子思母情懷，也是屬於表演性高的關目，畢竟羅卜挑經挑母至西天求佛已於〈主僕分別〉完全交代完畢，這一齣只是補充性，以表演為主的關目。

〈匠人爭席〉僅借著羅卜脩砌橋梁，起造齋房原由演出，主場人物為三匠，益利、羅卜作為次要腳色登場，於情節相關性極低，是屬於這類型表演。

有別於以曲、科為表演，民間安插表演性質的關目常以「對白」取勝，以「請醫」關目而言，有安插於劉氏過孤悽埂如湘劇、皖南本、池州大會本，

亦有安插於劉氏花園發誓之後，如浙江諸本，〔註52〕若如安徽池州青陽腔大會本有曲、有白，以白佔較長篇幅，常以斷氣、死人諸詞掛在醫生口中，形成語言上的錯愕製造趣味。請醫關目通常安插於此二處，雖然各地處理方式不同，卻大致可看出〈請醫救母〉的醫生科諢比起孤埂來得簡短，超輪本僅簡短數句，不失為嚴正情節。其它各自發揮。真正大加渲染請醫關目，為孤埂一段，連著數頁對白，形成獨特風格。

湘劇〈孤埂〉演鬼頭、鬼腦於孤埂打劫鬼犯，情節言語較略，安徽池州大會本則詳加鋪陳為祿媽媽過埂的強盜打劫行徑，除上場四句當作引子唱詞之外，全齣還是以「白」為主；超輪本的描述又不同於以上兩本。

前面論及目連戲以救母為主要情節線，加入許多人情世態的故事作為穿插，這些人情世態戲因為彼此之間無法貫串成線，但又為數眾多，也不單純是以武鬧科諢為目的，因此就單一關目加以討論應該比較恰當。以救母為主軸而論，穿插入的世態戲全是以表演為主，而非以情節為主。雖然如此，單獨看人情世態戲「本身」，通常是表演與情節並重的，但是這裡的「情節」並非與目連救母相關，而是自成獨立單元。

〈王媽罵雞〉最主要人物為偷與被偷兩位婦女，一個罵，一個回罵，以「偷雞」為情節，唱曲為主要表演手段：〔浪淘沙〕、〔粉紅蓮〕、〔清江引〕三曲罵、回罵，再以曲牌名、生藥名、書裡文、古人名、〔駐雲飛〕對罵，單純對罵曲子至少有十六曲，尚未包括兩人上場引子曲。而後部分地區增加調解者，以「白」為主爭辯。

〈討飯打罐〉以乞丐夫妻日常生活對白、唱曲相互幫腔訴說結婚原由，於婚後生活，自比西楚霸王與美人身份，同是有白有曲的表演性質，無關於向傅相父子求濟場合。

籠統論目連戲表演性關目，應該所有插演進去，無關目連本傳而又為人所稱道的人情世態戲都是表演性的，〈雙下山〉、〈啞背瘋〉、〈僧背老翁〉、浙江地區插入〈女吊〉、〈無常〉、〈阿仙嫖院〉、〈泥水打牆〉、〈鬼抽渡船〉、〈張木匠窺媳洗浴〉、〈崇禎帝縊死煤山〉〈遊地府〉（又名〈調鬼王〉、〈施食〉），〔註53〕以及上虞《啞目連》全部用啞劇進行表演等。

〔註52〕 胡卜村本、紹興救母本、調腔本。安徽池州青陽腔大會本亦有〈請醫救母〉
　　　　 齣。
〔註53〕 《浙江省目連戲資料匯編》，頁239、241、367。

這些表演性關目因應目連戲演出時間長短加以伸縮，伸縮之後是否依然是「以表演爲主」的關目，那就因情而異了。以常爲人稱道的浙江〈女吊〉、〈無常〉關目而論，〈無常〉完整演法可析爲四小段：第一段是自白身世的長篇乾唸，第二段爲唱四段曲子的嘆世，第三段被狗咬了之後藉罵狗罵盡心中不順的事，有白有曲，第四段演和人爭吃「夜頭」的戲。〔註54〕如時間不允許，可以只演乾唸的自白身世，或只演到嘆世，即接演無常奉命勾魂，雖然不如全演時淋漓盡致，但是還算生動引人，依然是「表演型」關目，究其原因應是原來劇作爲長篇動人的作品，如爲短篇，去除兩段不演，可能成爲情節性關目，〈女吊〉即是明顯例子。〈女吊〉連同唱詞不足五百字，完整演法是：剛上場唸上場詩與自我介紹，不足一百字，而後唱嘆生前死後事數支曲子，抒發渲染往事，再接以簡短口白敘找替代。若只演上場白與唱主要幾段，還可算表演型關目，若是自白身世後不唱即接討替代，〔註55〕那眞是成了情節性關目。

二、目連戲單一關目的情節內容類型

茲分三項加以說明，其一爲民間、宮廷共有的目連戲獨特單一關目，其二爲民間獨特專屬目連戲單一關目：其三民間宮廷共具與明傳奇類同的單一關目，其四爲宮廷特有與明傳奇類同的單一關目。

（一）民間、宮廷共有目連戲獨特單一關目

目連戲的鬼戲、勸善性質，與容納各種歌舞小戲，受歡迎散齣，雖與目連本傳的關聯性低，但因長期依附於目連戲中演出，無形中被認定屬於目連戲中的一齣，成爲表演性高的單一關目。

1、冥判

冥府或天界審案事，目連戲地獄審案最多，依十殿、冥府、天界諸官審問，因此冥判成爲目連戲最重要的關目，而且各地演出或多或少有不同改變，有以下幾種處理情形：

〔註54〕此齣名爲「白神」，依調腔本、紹興救母本、胡卜村本等臺本記載，具前三段情節，而無爭吃「夜頭」。爭吃夜頭是齣啞劇，因此只見於文獻資料而未記錄於臺本之中，見肇明〈目連戲白神（耀無常）的思想與表演特色〉《民俗曲藝》100 期，民國 85 年 3 月，頁 181～201。

〔註55〕〈女吊〉、〈無常〉因應時間長短而掐去部分情節的各種演法，見戴不凡《百花集三編》，頁 478。

第一種是專門審理一案：宮廷6－5〈遊地府法罹慘毒〉、9－4〈對神明巨奸俯首〉、9－9〈不恕饒縋城法重〉（六殿）、9－14〈夜魔城訴情免罪〉（八殿）是此類，鄭本無此類型，其它民間本湘劇〈五殿〉、豫劇〈劉甲受審〉，皖南高腔本〈三殿訴苦〉、〈審問偷雞〉，紹興救母本、泉腔本自一殿起至十殿，胡卜村本、調腔本自五殿起，每殿僅審罰劉氏一案。

第二種審理多個案件，前面數個案件都很簡短，最主要案情最後審，審者與被審者曲白皆重，如〈一殿尋母〉、〈二殿尋母〉，宮廷8－23〈愛河沉溺浩無邊〉（即三殿），湘劇〈四殿〉，莆仙〈五殿會審〉，皖南高腔〈追尋四殿〉，浙江胡卜村本〈三殿〉、〈四殿〉。

第三類也是數個案例同審，但主要犯件於前，而後一或數個小案件置後，如鄭本〈三殿尋母〉、〈四殿尋母〉。池州大會本〈四殿〉主要犯件於中間審，前後有數個小案件最此型的變化。

第四類一齣中審數案，每案情節份量幾乎相等相近，這類型最多，神道設教的懲處效果以此最醒目，如〈過耐河橋〉、〈五殿尋母〉、〈十殿尋母〉，泉腔〈審三人〉、〈捉金奴、過孤棲徑〉、〈審五人〉，莆仙〈一殿審解〉、〈十殿轉輪〉，皖南高腔〈一殿尋母〉、〈追解二殿〉、〈追尋五殿〉、〈劉氏變犬〉，池州大會本〈五殿尋母〉。宮廷6－12〈造業緣自畫供招〉、8－12〈嚴旌別案主分明〉、8－13〈重勘問業鏡高懸〉（即一殿）、8－15〈森羅殿積案推情〉、8－21〈歸地府眼前報應〉（即二殿）、8－24〈劍樹崚嶒森有象〉（四殿）、9－3〈定律法諸犯悔心〉（五殿）9－7〈守清規啞判行文〉、9－11〈被嚴刑周曾斷體〉（七殿）、9－19〈翻公案鐵面無情〉（十殿）。

第五類是審問者只用一二句言語交代審判結果，或如〈七尋見母〉演殘酷行刑、〈八殿尋母〉，宮廷9－17〈黑獄十重將徧歷〉（九殿），池州大會本〈十殿〉，超輪本〈七殿〉、〈十殿〉作為過場迅速推展劇情之用。

由分類結果，鄭本處理審案時有著規律性，相臨兩殿處理手法大致相同，五類是依鄭本而分，積極變化的用心可見。宮廷本重視每個案件詳加審查，是以嚴刑恫嚇，警告世人用意。部分民間本將某些審案，將劉氏開葷案「縮」為小案，主要案件代之以其它犯行，池州大會本〈四殿〉主審耍兒郎被妻害死的「情」案，已非勸善主題。

2、鬼（神）捉人

目連戲最有名氣的神鬼捉人關目為打叉捉劉氏，大部分為純武技展現。

浙江特有的〈邋遢〉，眾鬼商議捉拿劉氏，眾鬼嚇得逃走，只因懼怕劉氏。豫劇本有三次鬼神捉人，配合被捉者逃棚，形成聲勢浩大的趕鬼行列，是目連戲最刺激、熱烈的關目。

鬼卒所捉者若不是劉氏，通常具科諢性質，超輪本〈打狗〉，鬼捉狄狗奴，狄狗奴不服，反控鬼犯法，全以對白進行打諢表演。池州青陽腔〈巡風鬼〉以鬼將人隨口說說之語當真看待而捉拿至地府，全以對白進行。豫劇〈劉甲逃棚〉將劉甲自鳴得意逃脫演成熱鬧、具濃厚娛樂性，唱曲與說白、做表並重，與其它人物被捉以口白表演有難度上差別。

宮廷本有不少鬼魂索命，重在因果報應，冤有頭、債有主的償還方式，6－8〈賭局外劈遇冤魂〉鬼卒帶領黃彥貴魂前來捉拿害命凶手李文道；6－22〈莫可交冤債相纏〉李翠娥、驚鴻、鬍鬍三鬼魂因莫可交而死，因此纏住附身，於將軍李泌前密報軍情前先訴冤，以報死仇。7－6〈拘黑獄怨鬼追尋〉董知白魂奉閻君命到陽間向田希監、臧霸索命。

3、地獄受苦

地獄受苦與冥判相重疊部分為一殿至十殿，之前已歸為冥判。劉氏地獄受苦，尚有〈過望鄉臺〉、〈過耐何橋〉、〈滑油山〉、〈過孤悽埂〉等齣，每項都可以獨立成為一特別關目，可定名為「過望鄉臺關目」之類，重於唱、作表演。過孤悽埂加入了「請醫」和「抬轎」關目，表演以口白為主。

4、遊覽、遊觀

遊覽指遊玩行樂之事。宮廷本於劉氏超升之後，遊覽月宮、地獄諸景，具行動性質，時空轉換，人物多次上下場最為典型，相關齣目為 10－10〈遊月宮祥光溢宇〉、10－15〈刀山劍樹現金蓮〉。遊覽時，或歌舞，或樂器演奏，或配合筵宴。10－13〈舊遊十地化天宮〉、10－16〈苦海迷津登寶筏〉、10－20〈遊海島恰遇獻琛〉、10－23〈觀法會齊登寶地〉。民間本有遊覽行樂者為〈傅相升天〉一齣，金童玉女引導見地獄景致，觀賞金山、銀山、破錢山、滑油山和金橋、銀橋、耐河橋等。

遊觀為遊覽形式的「變化」，較為簡略。〈目連坐禪〉以唱曲為主的表演，「虎上」、「二旦引外過」、「丑帶夫過」為目連五更所見景象。〈四景〉、〈觀四景〉或〈香山四景〉，為鄭本所無，眾佛於觀音普陀境「坐」觀香山四景，以唱曲為主；透過圖中人物上下場表示觀賞景色變化，並寓含善惡懲獎，以對白為主，曲為點綴性質。遊觀，具行動性質為「圖中人物」，觀賞者反而是不動的。

5、啞劇

祁劇〈九殿不語〉為啞劇，都市王、判官、鬼使上場，均緘默不語，一切情節，都用紙條寫字介紹。李狗、金奴被押前來，李狗說了一句：「跪見閻君」，因違反不語規定，挨了一頓嘴巴。〔註56〕超輪本〈九殿過場〉無任何對白曲文，鄭本並無九殿內容，以上述兩本來看，可能係因啞劇表演，故而被省略。存留下來的目連戲齣目，江西贛劇弋陽腔本有〈閻王不語〉、青陽腔蒲同本〈九殿不語〉，依齣目知為啞劇，另安徽南陵本、周組吾本、江蘇陽腔本都有〈九殿〉齣目，〔註57〕可能為啞劇形式。宮廷9－7〈守清規啞判行文〉眾鬼、啞判官由睡醒、乘馬到衙升殿，至審問劉賈、劉氏、僧本無、尼靜虛之後，結束整個審問排場，全部用肢體動作、表情加以表現。

6、出吊

欲上吊婦女、討替代的鬼魂以曲為主訴說身世，如浙江眾口交譽的〈女紅神〉。超輪本增加「吉利鬼」順道祝賀東家和勸說夫婦和諧的，則以口白為主進行表演。〔註58〕浙江因應〈女吊〉增衍出〈男吊〉，純為雜技特技演出，而無相關情節，只是男吊和女吊爭替代權簡單情節。

7、白神、無常

為浙江所特有，調腔本記載最為詳盡，曲、白皆重，但表演份量上口白重於曲。泉腔本〈會鬼捉犯〉嘆無常一曲，因狗吠而唱罵黃狗、白狗二種，與調腔唱二十一種狗、口白罵一百種狗相比，簡直是小巫見大巫的強烈對比。

8、乞丐求濟

傅家救濟齣目，不少乞丐前來請求周濟，因此有各式唱曲、雜耍表演安插於救濟之中，乞兒所唱有蓮花落曲、鵝毛雪等民間小曲，不乏勸世、勸善文，劉氏開葷穿插的雜戲娛樂表演的十不親曲，〈二何〉富貴子孫何家二公子落魄求助以唱、白為主，紹興舊抄本、超輪本、湘劇大目犍連本等添加口白以增趣味性。

〔註56〕劉回春〈祁劇目連戲縱橫談〉《目連戲學術座談會論文選》，頁41。

〔註57〕各本齣目見《目連資料編目概略》乙篇〈臺本・齣目〉，頁260～371。浙江胡卜村本、調腔本、紹興救母本亦有〈九殿〉齣目，內容為都市王掌寒冰地獄，有白有唱，與祁劇〈九殿不語〉啞劇路數不同。

〔註58〕超輪本吉利鬼奉勸世間夫婦，浙江調腔本〈打吊自歎〉內容相近，只是增加了「吉利鬼」一名與祝賀「到一方，吉利一方。到一村，吉利一村……」等大段吉祥話。

求濟關目附帶展現乞丐生活，湘劇大目犍連本〈花子求食〉寫下丐子頭率領眾丐的派頭，領著至傅家求濟。同是受濟者，得米糧後，害腳瘡者搶奪更爲弱勢的、以雙手雙腳貼地而行者的米糧，鄭本〈博施濟眾〉最後一個排場演出弱肉強食的現實，通常以對白爲主進行表演。至於〈打罐〉，又名〈假霸〉，口白、唱曲並重。

9、試煉

羅卜出家修道，不乏試煉關目，元雜劇度脫劇常有三度形式，或者以酒色財氣四項試煉出家者。以女色試煉者，有母喪期間的〈才女試節〉、挑經挑母至西天〈過黑松林〉觀音以美色和變化猛虎加以試煉。豫劇〈觀音點化〉觀音變爲年老婆婆，命金童玉女端酒、肉以試目連，女色試諫只有玉女「給你肉你不吃，你是個傻僧，走上前把目連懷中摟抱」唱詞，而後如來急上解救目連告終。單以文辭看，美色試煉較弱，然而送酒飯時，有「做調戲動作」、「作輕佻動作」等提示，足見美色含藏於把盞飲食之間。泉腔本另有〈良女試雷有聲〉，以雷有聲修道不堅對應出羅卜堅定不移心志。以唱曲爲主。

〈過寒冰池〉、〈過火焰山〉是正面寫羅卜西行途中艱難關卡，〈過爛沙河〉與〈擒沙和尚〉羅卜則是不重要襯腳，鄭本只於最後通過羅卜之口敘通過爛沙河，眞正主場人物爲觀音所變淨扮錦羅王和丑扮沙和尚。〈梅嶺脫化〉或名〈羅卜登仙〉，讓白猿搶走經擔並丟下萬丈深坑，羅卜隨之跳下懸崖行爲，是最後脫化成仙的關鍵，爲試煉最後的關卡。層層表現，塑造羅卜純然孝心形象。

10、賣身

以貧而賣身，〈孝子賣身〉爲葬父，幾乎各本都有此關目。調腔本〈賣子〉、〈贈銀〉爲特有關目，因夫喪難以度日的婦女，將親生子出賣；調腔本〈賣妻〉、〈勸贈〉呂尙秀欠官債，衙門將呂妻逼賣以求還債。以上爲賣身而得周濟，最後毋須落得賣身爲僕的命運。湘劇大目犍連本〈送女折租〉金可重因欠租稅而將女兒金奴送至傅家折算爲奴，屬賣身關目。此關目重曲唱以抒窮苦、遭難、受逼的苦難情境。

賣身關目另一變化是逼迫欠租者將妻子押在債主家中爲奴使喚，調腔本〈別利〉以對白進行逼債、求情等壓迫情節。宮廷本1－9〈憐貧困鬻子養母〉係賣子，又結合富豪惡霸強佔人妻，因情節份量重而有數個關目、數齣加以表現。

11、僧尼下山

鄭本作〈尼姑下山〉、〈和尚下山〉，與許多地方版本的內容、表現手法、思想觀念有所不同，如調腔本齣目爲〈思凡〉、〈落山〉、〈相調〉。〈思凡〉以大篇唱做爲主，〈落山〉曲文之間穿插入大量口白，與〈相調〉是屬唱工、念白、做表三者兼備。

12、啞背瘋

〈啞夫馱妻〉或名〈一枝梅〉，以一人扮飾老夫少妻兩人，唱勸世歌求得傅相周濟，爲民間各劇種普遍共有的小戲表演，以曲、作爲主，是旦腳關目。

13、逆子

重在描寫忤逆父親過程。齣目名稱爲〈訓父〉、〈打父〉、〈削金板〉，口白爲主，曲文爲輔的表演。

14、匠人爭席

石匠、木匠、泥水匠起造齋房完功，飲宴爭坐首位，以口白各誇己功。東家出面調解時，以唱曲爲主。

15、訓妓、逼妓

超輪本、高淳兩頭紅本、胡卜村本、調腔本、皖南高腔、池州大會本皆有。其中以超輪本訓得特別有趣，貼扮鴇母唱曲教小旦如何送迎客人。

（二）民間獨特專屬目連戲單一關目

民間特有的單一關目，因地區而異，數量上遠較民間、宮廷「共有」者還多：扯謊過關、兩頭忙、追妓之前的數南京城門；泉腔本「代母繞枷」；四川巫娘數花、李狗上茱、川北耍獅子；湖南燒拜香、艄子打網、李狗盜韓；浙江白神、嫖院；安徽邎遢四相公、摸羅漢、疊羅漢等。各關目處理重點和細節有別，劉氏回煞關目以唱工爲主；〈僧背老翁〉以拐騙爲手段，誆僧背負逃難，以機謀趣味科諢爲主。〈王媽媽罵雞〉是民間許多劇種所演的小戲。〔註59〕罵雞、回罵以唱曲爲主，部分目連戲加入調解者以雞蛋或雞饋贈彌補失雞者損失，三人以口白爭執、調解，如皖南高腔本，形成前曲後白的表演關目。

民間特有的、透過齣目比對即能發現民間本特有的表演型關目相當多，

〔註59〕劉禎〈《王婆罵雞》與中國民間文化〉《民間戲劇與戲曲史學論》（臺北：國家出版社，2005），頁 263～281。

有處理細節的不同，亦有根據原有情節添加對白以潤色、增加發展人物形象塑造。

（三）民間、宮廷共具與明傳奇類同的單一關目

許子漢研究明傳奇關目，發現高達百分之六十的關目創生於明朝嘉靖前期，時間相當早而且為後來劇作家沿襲、加以變化的原因，是因為人生大抵是悲歡離合，大多數劇情骨幹是雷同的。此書未討論鄭本目連，原因是弋陽腔本子之故。目連戲圍繞羅卜一家而演及社會風情，雖有劇種、腔調上的不同，劇情骨幹不脫離人生則是相同的。此處僅借用許氏對明傳奇單一關目的「名稱」討論，而不取「較常用套式」的分析，畢竟「所用套式為何，並非同一關目的必要條件」，〔註60〕加上所分析明傳奇已明確排除弋陽腔劇本。由這兩個因素，僅取其關目名稱而論表演著重於曲或白，而不談所用曲牌套式。

1、酒宴

演出宴飲之事，如賀節、賞玩等，〈元旦上壽〉、〈曹府元宵〉，宮廷 2－2〈香茗筵大舅貸金〉、3－6〈鄭虔夫春朝侍宴〉、10－17〈遊杏苑初會同年〉、10－20〈盤獻果會赴西池〉等齣為單純飲宴事，以唱曲為主。另一種宴飲中加入穿插式的表演，有歌舞、雜耍之類，如〈劉氏飲宴〉、宮廷本 5－6〈獻名姝陡驚獅吼〉。

2、說法

講經論道之事，〈齋僧齋道〉、〈劉氏齋尼〉、〈齋僧濟貧〉、〈師友講道〉，上海目連全會本、皖南高腔、池州大會本〈談空〉，宮廷 8－3〈談經佛鳥悟因緣〉等齣。曲文、賓白並重。

3、請僧

傅相死亡後有請僧關目，皖南本〈請僧超度〉和〈修齋追薦〉，前者看曆書擇日以做齋事，後者洒全、海慧於修齋前互揭對方瘡疤、法事所需物件以取笑，全以對白進行表演。目連全會本科諢相似而較為簡略。

4、道場法事

消災祈福，祭奠超度，有打諢與非打諢兩類型。表演內容有作法、唱頌、念咒。目連戲演出原本即具有消災祈福，祭奠超度的性質，因此，其中〈修

〔註60〕《明傳奇排場三要素發展歷程之研究》，頁 247。

齋薦父〉、〈痛哭夫靈〉（宮廷《傅羅卜傳奇》）、〈水陸修薦〉（宮廷《傅羅卜傳奇》）有作法、唱頌等等法事儀節，以哀悽爲主。若增添請僧至家超度，以及曹公派人或左右左鄰右舍相偕作吊情節，通常兼具肅穆與打諢兩種類型排場，如超輪本、青陽腔本、皖南高腔本，名稱或稱〈齋堂〉、〈修齋〉、〈修齋追薦〉、〈弔慰〉、〈曹公弔慰〉等。宮廷本法事尚有6－7〈道場中虔修法事〉。

5、感嘆思憶

以唱曲爲主，可分兩種：一是單純思憶，並無劇情推展，如宮廷〈傅羅卜月夜思親〉。另一是思憶在前，之後爲劇情推展，如〈劉氏憶子〉、〈曹氏卻饋〉。

6、慶壽

演出祝壽之事，皆以酒宴方式進行，以唱曲爲主。如〈壽母勸善〉、宮廷9－24〈祝無量仙佛同登〉、泉腔〈四海賀壽〉觀音聖誕。

7、行路

演出人物在路途中的情況，爲何行路與路途所見，〈十友行路〉、〈白猿開路〉、〈挑經挑母〉三齣皆以唱曲爲主。另有〈行路施金〉前一排場是以唱曲爲主的行路，而後再接「施金」排場以推展情節。雖有兩類，單獨看行路都是以曲貫串行路過程。

8、奏朝

人間或天界上朝奏議之事，兩者處理方式相同，〈三官奏事〉爲天界奏朝。宮廷6－4〈折奸佞身請勤王〉、9－1〈賞奇勳階卸甲〉朝臣上奏，由黃門官或內官宣告皇帝最後旨意，10－2〈聆帝旨一門寵賜〉上奏玉帝可歸於此類。民間目連本傳由於少和朝廷有所關連，因此僅調腔本〈爭朝〉、〈天門〉、〈回朝〉有此關目，前二者安排末扮唐眞宗、正生扮玉帝上場，有曲有白的重要齣目，後者僅以賓白作一簡單敷演，以黃門官傳旨意。

9、送別

劇中人物送別景況，表現離別當下情感，〈主僕分別〉、泉腔〈送別〉。宮廷本另有7－11〈奉旌功匆匆就道〉曹獻忠奉旨勞軍，送別叮囑以一齣敷演，比較能渲染分離該有的情感。鄭本接續於〈曹府元宵〉之後，以三曲刻劃賀高升與敘別，情感份量遠不如歡娛。

10、逃難

以賊寇侵擾，眾人倉皇奔逃情形，宮廷本描寫較多，2－2〈姚令言乘機劫庫〉眾逃難者與賊寇輪番上下場的急遽場面，4－9〈幸乘機朝紳出走〉、4－10〈遭慘切愛女分離〉亦寫逃難事。民間目連註明逃難只有〈曹氏逃難〉，是為逃婚，深夜而走，著力描寫黑夜中驚惶而行情況，鄭本以唱曲為主；新增插科演出「僧背老翁」雖然以「逃難」為前提，但主要並非描繪逃難，而是重在「誆騙」，因此無賊寇、人物上下場緊湊頻繁形成的緊張感。

11、設陷謀害（騙）

〈拐子相邀〉、〈行路施金〉造假銀騙取真銀，〈女吊〉亦是拐子行詐化緣導致家庭糾紛而來。調腔本〈探子〉為朝臣設陷；宮廷本1－10〈恃富豪陷夫謀妻〉害人者全以賓白表演，被害人以曲訴冤無效，1－14〈盧杞用計陷忠良〉、3－9〈李幫閒害命謀財〉。以蜜蜂頭設陷謀殺前妻之子於辰河本是〈打子投江〉七齣，宮廷本3－7〈施毒計撥蜂殺子〉。民間本和宮廷本相較，前者重於生活上的陷害，可能導致生命死亡；然而和宮廷本機心用詐相比，誠為小詐小騙。

12、寫真

描繪真容，〈羅卜描容〉藉寫真傳達思憶深情，以唱曲為主的抒情性表演，並無推展劇情的作用。

13、窺探、請媒

窺探為奸人巧遇佳人，跟隨窺伺，大多由旦和淨（丑）合演，通常帶有遊覽或行路。請媒是喚媒婆說親，媒婆由淨或丑扮，打諢型居多。〈見女托媒〉將窺探與請媒兩項關目結合，於托媒前，以曲著重淨扮公子唱思念佳人之曲，詞句文雅，[註61] 不屬於一般淨丑所唱粗曲。而於請媒說親則是簡單處理，非打諢型的表演。其它民間演出時，通常於淨思念佳人處，插入不少賓白打諢以增加舞臺樂趣，為此，浙江調腔本另擬一齣目〈空相思〉，顯然所加賓白已足夠單獨成為一個場次份量。若說皖南高腔本窺探行路中加入淨與梅香「一段」打諢，以調劑場面，那麼安徽池州青陽腔本、超輪本是插入「一大段」科諢，將窺探轉換成科諢型的表演。

〔註61〕淨唱中呂〔粉蝶兒〕、〔迎仙客〕、〔珠履曲〕、〔天下樂〕、〔那吒令〕、〔上小樓〕、〔尾聲〕七曲，以〔尾聲〕唱詞為例，可見文辭典雅之狀：「月轉西廊影，盼殺銀河織女星。天！何不遣仙姬早早遇劉晨？」

14、辭婚

由生主演，與媒人、說客演出對手戲，議婚對象通常是豪富之家，生辭謝婚事，呈現婉謝、勸說。〈議婚辭婚〉分議婚、辭婚兩排場；宮廷本多了 4－2〈孝心再四卻婚姻〉羅卜行商，拒絕媒婆議婚。

15、拒嫁

旦與淨（丑）對手戲，演出女主腳與家人、媒人、奸徒之間的抗爭，具強烈衝突性。女性為表示堅貞，往往以死明志，甚至自殘，〈求婚逼嫁〉與〈曹氏剪髮〉兩齣，以剪髮明志。宮廷本另有 4－11〈全節操烈女含悲〉拒嫁賊兵的華素月，自毀容貌。

16、投庵

逃難中投身尼庵，改名出家，〈曹氏到庵〉演此內容，只是以逃走以免連累乳母親姊。

17、團圓旌獎

〈盂蘭大會〉、〈大團圓〉即宮廷本 10－9〈迎天詔善氣迎門〉，先團圓，而後使臣宣讀玉帝旨令，謝恩總結，作為末齣，有曲有白。10－19〈帽簪花筵開東閣〉聖旨旌獎在前，配合婚禮增添團圓歡樂。超輪本〈陰團圓〉只上羅卜和下旨官兩位，只以簡要宣讀玉帝旨令敘旌獎封贈結束，最為簡省。

18、打圍

演出圍獵之事，上場人物眾多，表現具行動性的熱鬧氣氛，〈打獵見犬〉、宮廷 9－22〈清溪口哀尋變相〉演同一情節，皆以北套演唱。

19、鬧醫

醫生診病之事，以打諢型居多，鄭本〈請醫救母〉以良醫進行非打諢型表演，其它民間本另有如皖南高腔過孤埂時的〈馬郎醫眼〉，全部是淨丑以賓白表演。

20、鬧廚

以賓白敷演，淨丑為主打諢關目，為排宴備膳而吩咐廚子。真正演出此關目為辰河本，沿續〈遣買犧牲〉情緒，安童奉劉氏命，與淨、丑買賣犧牲、議價，再以〈大開五葷〉承接，以廚子談論烹調過程，打諢為主。〔註

〔註62〕其它各本重於遣買，大部以鄭本為主，或將曲去除全出之以賓白，或更省略，雖是淨、丑所演，只略加敷演打諢情節而已。

62）宮廷 3－14〈調美味大鬧廚人〉曲白並重，表演勝過各個民間演出本。

21、追趕

基本模式是被追趕者與追趕者各自上下場演出一段行路過程，可交錯進行多次，最後追趕者趕上，雙方相會。宮廷本 4－14〈烟花隊慷慨償金〉即民間趕妓，最能表現追趕情景，民間僅辰河本〈追趕芙蓉〉有追趕之情，其餘是點到爲止的表演。〔註63〕

22、進諫

演出進言勸諫而不被接受，如〈李公勸善〉、〈優尼復諫〉、〈僧道勸解〉，爲曲、白並重的表演。

23、拜月燒香

才子佳人故事通常以旦爲主，然而目連戲重要關鍵的拜月燒香卻是傅相，齣目〈花園燒香〉，演出燒香時以曲祈求心願，此一排場結束，接演金童玉女接引傅相升天。

（四）宮廷特有與明傳奇類同的單一關目

宮廷目連增添不少情節線和關目，特有而爲民間所未有的單一關目有以下十種。

1、敘志

表白個人抱負胸懷，通常置於全劇開頭數齣之內，1－5 李希烈敘背唐稱帝，以賓白自敘。

2、探獄

先演獄卒拷打索賄，再進入探獄主戲，1－11〈賄獄卒屛儒殞命〉、7－6〈拘黑獄怨鬼追尋〉兩齣索賄爲賓白，探獄以曲進行哀傷悲情或鬼魂索命的怨恨表演。

3、試場

考場應試，宮廷本 10－11〈入棘闈才量玉尺〉，無關於打諢。

〔註63〕辰河本演出多次上下場的急遽追趕情形，宮廷的《傅羅卜傳奇》上下場一次即表達完足追趕之意，其它各本追趕部分不被強調，鄭本、池州青陽腔本、皖南高腔本、高淳兩頭紅本、調腔本、浙江胡卜村本只有被追趕者上場敘即將出逃，追趕者敘要追趕，而後被追趕者只一上場即以被追趕上，因此無法構成追趕關目。

4、起兵

傳令起兵，1－24李晟傳令各部將分頭領兵，每下一令，李晟唱一曲，曲末由眾將合唱。

5、演陣

演出操練軍隊，4－4〈僞將相同耀軍威〉。

6、交戰

演出戰爭，2－18〈琿瑊奮身戰渭橋〉、3－3〈奮軍威令言受縛〉、6－24〈鼓天兵崇朝決勝〉共三齣。

7、商議托付

具有聯絡過渡前後情節的作用，使劇情發展另起線索，7－12〈臨絕命草草託孤〉即此關目。

8、觀燈賽社

觀燈結合飲宴，並無賽社，7－10〈家人綠酒正開懷〉爲曹府元宵，百姓上場觀燈，「隨意科諢」外，穿插「眾雜技」的表演，製造熱鬧歡愉氣氛。

9、講學

宮廷本 7－17〈三炁神慧炬揚颷〉，講學與測試，打諢表演呈現丑扮劉保未來必然窮困行乞。

10、審案

人世間官府審案，民間演目連戲無人世審案一節，僅宮廷 5－8〈錯判斷糊塗官府〉一齣，係專審一人。

以上四種單一關目，一、二兩項爲目連戲特有關目，因有這些關目使目連戲有獨特面貌；三、四兩項同時爲明傳奇所常見。兩者份量多寡相當接近，但以目連戲特有單一關目稍多。茲再將上述單一關目列一簡表，使條目更爲明晰。

〔表2－2〕目連戲單一關目表

目連戲特有單一關目		與明傳奇類同單一關目	
民間、宮廷共有	民間特有	民間、宮廷共有	宮廷特有
冥判	提傀儡	酒宴	敘志
鬼神捉人	數城門	說法	探獄

目連戲特有單一關目		與明傳奇類同單一關目	
民間、宮廷共有	民間特有	民間、宮廷共有	宮廷特有
地獄受苦	兩頭忙	請僧	試場
遊覽、遊觀	扯謊過關	道場法事	起兵
啞劇	僧背老翁	感嘆思憶	演陣
出吊	罵雞	慶壽	交戰
乞丐求濟	巫娘數花（四川）	行路	商議托付
試煉	李狗上茱（四川）	奏朝	觀燈賽社
賣身	耍獅子（四川）	送別	講學
僧尼下山	邐邐四相公（安徽）	逃難	審案
啞背瘋	摸羅漢（安徽）	設陷謀害（騙）	
逆子、訓父	疊羅漢（安徽）	寫眞	
匠人爭席	嫖院（浙江）	窺探、請媒	
訓妓、逼妓	白神、無常（浙江）	辭婚	
蜜蜂頭	燒拜香（湖南）	拒嫁	
	背鞍祈禳（湖南）	投庵	
	鮹子打網（湖南辰河）	團圓旌獎	
	火燒葫蘆口（湖南辰河）	打圍	
	龐員外埋金（湖南辰河）	鬧醫	
	侯七殺母（湖南辰河）	鬧廚	
	李狗盜韓（湖南辰河）	追趕	
	代母繞枷（福建泉州）	進諫	
	上刀山（青海）	拜月燒香	

　　由此表格可以得到數項結論：第一、特有單一關目，是目連戲之所以爲目連戲的重要標誌。民間與宮廷同時具備特有單一關目，表示這些關目合乎朝野兩方面的藝術欣賞角度。雖然宮廷多少對民間這些關目進行修改潤色，但是大前提仍是合乎宮廷品味。第二、廣大民間與狹隘宮廷空間的對比，民間特有單

一關目更多，顯現演出時的地區性差異與特色，表格所列有不少齣目內容見諸研究或文人筆端，於現今臺本有些未見，是目連戲齣目有所演化更替。第三、宮廷以崑弋兩腔演唱大戲，一部戲裡，大致崑腔七成，弋腔三成，〔註64〕宮廷目連和明傳奇相類同的單一關目與目連特有關目比率，接近於七比三，吻合崑弋聲腔比率。既然崑腔佔多數，不能不沿用能以崑腔演唱的明傳奇關目。第四、類同於明傳奇單一關目眾多，顯然戲劇所演不外乎人世悲歡離合，相似度高。雖然目連戲有其獨特關目，但大多數仍不脫離人間情節內容。

第四節　民間、宮廷目連戲的思想旨趣差異

不論宮廷或民間，情節關目與語言透顯而出的佛教思想大要有三：一為因果報應，二為戒殺生與肯定持齋把素，三為重視樂善布施。

第一，因果報應。《中阿含經》卷三：

> 隨人所作業，則受其報，如是不行梵行，不得盡苦。若作是說，隨人所作業，則受其報，如是修行梵行，便得盡苦。所以者何？若使有人作不善業，必受苦果地獄之報。云何有人作不善業，必受苦果地獄之報？謂有一人不修身，不修戒，不修心，不修慧，壽命甚短，是謂有人作不善業，必受苦果地獄之報。〔註65〕

說因果業報是佛教特質，偏重於宗教信仰方面。談因果業報時有兩大肯定，第一，現象的存在有一定原因，萬法緣起。第二，生命不拘限於一期生滅，主張三世因果。佛經說業有三報：現報、生報、後報。業為造作之意，凡是造作活動（作業），造作所殘餘勢力（業力），造作所得結果（業報），都可以稱之為業。〔註66〕因果報應於民間產生的衝擊與影響極大，東晉王謐〈答桓太尉〉說：

> 夫神道設教，誠難以言辯，意以為大設靈奇，示以報應，此最影響之實理，佛教之根要。今若謂三世為虛誕，罪福為畏懼，則釋迦之所明，殆將無寄矣。〔註67〕

〔註64〕范麗敏《清代北京戲曲演出研究》（北京：人民文學出版社，2007），頁61。
〔註65〕僧伽提婆譯（東晉）《中阿含經》（臺北：全佛文化，1997），頁82。
〔註66〕曾錦坤〈佛教的特質：說「因果」與「業報」〉《佛教與宗教學》（臺北：新文豐出版社，2000），頁115～117。
〔註67〕釋僧佑輯（梁）《弘明集》卷十二（上海：商務印書館《四部叢刊》縮印明刊本，民國25），頁158。

因果報應是佛教用以說明世界一切關係並支持宗教體系的基本理論，強調因果律的普遍性，在時間上，因果遍及過去、現在、未來；空間上，宇宙結構中的人類社會、天界和地獄，因果律都發生作用。

目連戲一再強調因果報應，〈博施濟眾〉害腳瘡乞丐唱〔駐雲飛〕論上中下三品人，為市井口吻，上中品將相、萬戶侯享富貴，下品沿街乞食，最後歸結為「這是我前世不修，故得今生受，也是同天共日頭。」歸納出的前世、今生因果，普遍為庶民所接受的宗教觀念，行善得善報，惡者得懲，而且必然得報，於劉氏遊地獄，閻君審問各犯鬼時透露的果報思想。善惡昭彰，不容相混，相對產生許多俗諺，諸如：「欺得人時欺不得天」、泉腔本〈查簿遣鬼〉「人心纔起鬼先知，更有青天不可欺。善惡到頭終有報，那是來早共來遲。」豫劇〈會仙濟貧〉癩子唱〔流水〕：「世事輪迴可明鑑，仇報仇來冤報冤。奉勸世人想一想，莫欺人來也莫欺天。」胡卜村本〈二殿〉楚江王「咫尺之間有神明，神明體察不差分。人間善惡總有報，加刑不怕你不認。」類似臺詞不勝枚舉。若有善行，即使今生不得報償，來生必得相應回報，劉氏行惡化為犬，劉賈轉世為驢，劇中人物行惡者遭受各式不同懲罰，都是善惡有報的具體實例。〈香山四景〉藉觀音、地藏看四景中人，募化修造崩斷橋梁者，論斷「下世必上天堂」，殺人放火者「下世必墮地獄」，看牛牧童居心毀壞鄰居田稻，是「必墮地獄」，不願毀稻的水牛「必轉人身」。胡卜村本〈一殿〉判官報十殿閻君之名後，說「天上活佛也是人，地下淒蟲是何人。神佛俱是修善的，畜生都是惡人身。」至於行善的傅相、目連、益利和曹賽英得以超升天界，分別代表善孝義節。

第二，戒殺生與肯定持齋把素。殺生食肉報應產生於佛教傳入之後，殺人有報、殺禽獸有報。既然殺生罹報，食肉者也不能倖免，虐待畜牲同樣受罰，泉腔本〈三步一拜〉「心好強念千聲佛，行歹枉燒萬炷香。勿說開葷無憑據，重重地獄受災殃。」古老的放生習俗經佛教而廣泛流佈和承代延續，〔註68〕超輪本〈蜘螺〉、皖南高腔本〈齋公放生〉、莆仙本〈打雀釣蛙〉為習俗反映。整本目連戲圍繞劉氏違誓開葷於地獄受苦難，勸開葷的劉賈、金奴，亦受地獄刑，報應昭彰可說到達怵目驚心程度，皖南高腔本〈主僕相會〉地獄中的渡夫，自稱為「齋公」，只因走堂的捧錯菜肴，將一碗銀魚端上席，又誤

〔註68〕劉道超《中國善惡報應習俗》第四章〈佛教的影響與殺生報應習俗〉（臺北：文津出版社，民國81），頁91～100。

認為蘿蔔絲吞吃一口，而被罰死後擺渡三年，才得上升仙界。此段係打諢玩笑話，但是卻能看到吃齋破戒者的懲處十分嚴屬。

第三，重視樂善布施。佛家將僧尼向人求布施稱「化緣」，認為布施者與佛存在緣法關係，因緣法之故，人們有義務向僧尼布施。目連戲強調布施有數齣，一是〈齋僧齋道〉傅相的十大布施：一是人家丟棄兒女，顧倩奶娘撫養；二是無倚貧人寒冬冷月，給予衣糧；三是有效湯藥救人疾病；四無依死漢給與棺材；五是賣身子女替他贖身；六是害病生靈替他買命；七是荒年飢歲，米價如常；八是道觀僧房香燈不絕；九為佛像朽壞，彩畫金粧；十是橋梁崩頹，修完補砌。〔註69〕另外〈劉氏齋尼〉、〈博施濟眾〉、〈齋僧濟貧〉等齣都是布施行善之下的內容；藉布施之名行騙而有〈拐子相邀〉、〈行路施金〉；〈耿氏上吊〉雖非行騙，卻因布施求子所致。

作為通俗宣傳佛教的目連戲，順應觀眾理解能力和興趣，揭示演出必然不是高深佛經道理，而是普遍世俗化的簡要法則，因果報應為大前提，殺生食肉得惡報，持齋修行得善報是目連戲最基本的宗教思想，亦是世俗最易接受與宣揚的佛理。

簡易宗教思想為民間、宮廷目連戲共有的基礎，折射於關目安排所呈現的思想旨趣，在不違背因果報應、戒殺生與肯定持齋把素、樂善布施前提下，宮廷精心轉換部分內容，已使因果報應的「善惡」標準異於民間，其思想與勸善旨趣因此有所不同。

一、序與題詞見勸善旨趣的差異

目連戲思想旨趣以「勸善」二字可以概括，由鄭本題《目連救母勸善戲文》，宮廷本名為《勸善金科》即可得知。所勸「善」的精神內涵，葉宗春於「敘」直指而出：

> 感傅相之登假，而勸于施佈矣；感四真之幽囚，則勸于業蘇矣；感益利之報主，則勸于忠勤矣；感曹娥之潔身，則勸于烈節矣；感羅卜終慕，則勸于孝思矣。

除了佈施、因果報應屬於宗教範圍之外，強調為人僕的忠勤、婦女節烈、子女孝思，為勸善主要內涵，於世教人心大有助益，以宗教、社會立場勸善懲

〔註69〕鄭本〈齋僧齋道〉。

惡首要，進而「愛敬君親，崇尚節義」〔註70〕。屬於民間立場的「善」，最多以「愛敬君親」攏括，若是「忠」字，鄭本〈花園燒香〉傅相燒香祈禱是爲了「上祈君壽萬年，下保民安國泰」的臺詞，於其它民間本被刪除乾淨，只有安排燒平安夜香的交代，〔註71〕所求爲「平安」的基本庶民願望，而後鄭本〈羅卜辭官〉封賞羅卜爲河南刺史的聖旨：

> 朕惟臣子之道，忠孝一理，天人之際，感應一機。爲子而孝可格天，
> 爲臣必忠能報主，此古人所以求忠臣于孝子之門。

旌獎的聖旨，官階獲得係因孝爲前提，忠孝連稱，實際著重於孝，泉腔本去除聖旨部分，只剩下被封爲官的暗場處理，更多地區無辭官情節，顯然對一般百姓而言，「忠」是遙遠而抽象的德行，〔註72〕不像宮廷立場特別強調「忠孝」，而且忠置於孝之前，此齣宮廷本的下旨官上場唸：「忠爲臣之分，孝乃子之先」爲印證加強語，全劇〈卷首凡例〉與〈題詞〉：

> 假借爲唐季事，牽連及于顏魯公、段司農輩，義在談忠説孝。
>
> （卷首凡例）

> 月有盈虛弦魄，時分中興盛衰，其間只有忠和孝。（題詞〔集賢賓〕）

1－1〈樂春臺開宗明義〉透過開場人對全劇內容梗要的敘述，勸善的思想旨趣已和民間本不同而有所轉移，係編劇者因立場不同，刻意爲之所形成的差異：

> 這本傳奇，原編的不過傅門一家良善，念佛持齋，冥府輪迴，刀山
> 劍樹，善者未足起發人之善心，惡者不足懲創人之惡志。……使天
> 下的愚夫愚婦，看了這本傳奇，人人曉得忠君王、孝父母、敬尊長、
> 去貪淫，戒之在心，守之在志。上臨之以天鑑，下察之以地祇，明
> 有刑法相繫，暗有鬼神相隨。出處語默，天地皆知。天不可欺，惟
> 正可守，日中則昃，月盈則虧。善報惡報，不昧毫釐。

〔註70〕葉柳沙、胡天祿二人〈勸善記跋〉分別提及對劇情內容關於世教者不小。陳瀾汝〈勸善記評〉：「志於勸善，是第一義。故其愛敬君親，崇尚節義，層見疊出。」

〔註71〕鄭本「上祈君壽萬年」臺詞，宮廷本自然加以保留，民間本僅辰河本、湘劇兩本保留。民間本所唱曲詞有「祝吾皇萬壽無疆」、「箇箇臣賢國祚長」等依循鄭本〔甘州歌〕曲詞，曲詞較難於創作改變，對白更改較易，民間表演者自然將不關痛癢的臺詞加以變化。

〔註72〕皖南高腔本、池州青陽腔本、福建仙遊七十七齣本、紹興救母本、調腔本、超輪本皆無羅卜被旌獎爲官和辭官情節。

依然將忠君王置於最重要位置，連演十天的情節，不時揭櫫「忠孝」與「不忠不孝」的對比，特別是忠、不忠的歷史人物穿插其間，並以神明唇吻一再加強忠君思想，9−5〈採訪使號簿詳查〉以神道設教，人世私語全部記載清楚，不容混淆：

> 所有那些忠臣孝子，義夫節婦，和那不忠不孝，淫邪貪暴等罪，逐
> 一記載分明。

整體性說明勸善主題宮廷、民間有所不同，配合情節內容，隨時提揭、獎善懲惡，能夠比較出民間不同於宮廷的立場，以〈雷打十惡〉和眾鬼犯於地獄所受審判加以比對說明。

二、宮廷「雷打十惡」強化懲處影響面大的惡行

除了直接揭櫫勸善旨趣不同之外，「雷打十惡」的情節內容，直指「十項」惡行為世人所不允許，鄭本〈雷公電母〉的十打內容是：

> 一打不孝不弟，二打不良不忠，三打欺心賊骨，四打騙人扁蟲，五
> 打公門不法，六打牙行不公，七打挑唆使嘴，八打偷盜成風，九打
> 養漢婦女，十打輕薄兒童。

十項之中涉及較大範圍事務為「公門」和為買賣雙方議合說價、抽取傭金的「牙行」，其它八項為「個人」行為。戲班演出偶有改變其中一二字即有不同意涵，或變更一、二項內容，以郎溪本而言，所打「不忠不孝、不善不良、欺心謀主」三項與鄭本相似，「用鐵用銅、大秤小斗」兩項與鄭本有別，但在紹興舊抄本卻有這兩項。〔註73〕高淳兩頭紅本以不同文字寫下：「不仁不義、打爺罵娘、脫空拐騙、利嘴挑唆」惡行，浙江胡卜村本有「慣造假銀」，紹興救母本與調腔本雷打項目「無禮無義、暗人謀命、淫人妻女、不敬神明」，辰河本「偷盜風流」一項為各本所無，莆仙本「海洋強劫、為富不仁、謀財害命、唆訟擾害、高抬時價、行使假偽」，沿海地區，百姓所厭苦痛恨的「海洋強劫」，具鮮明地方色彩。

平心而論，鄭本「輕薄兒童」該受雷殛，的確懲處甚嚴；「養漢婦女」為人不滿，卻未如調腔本標明懲處「淫人妻女」者，顯然有所偏頗，因此辰河本將「偷盜成風」改為「偷盜風流」，與「養漢婦女」置放一起，能彌補鄭本缺憾。

〔註73〕高淳兩頭紅本、浙江胡卜村本同時有「大斗小秤」一項。

宮廷目連於 2−24〈快人心雷公霹靂〉提出的十打內容如下：

> 一擊不孝不弟，二擊不忠不良，三擊陷人酷吏，四擊妖言惑眾，五擊毒藥害人，六擊欺心賊盜，七擊謀死親夫，八擊行使假銀，九擊調唆鎮壓，十擊賄賂貪官。

「十打」配合實際受雷打懲處的人物情節，彰顯惡行爲天地不容。民間本演出有時省略成只有造假銀的騙子、或是逆子一人被雷打死，演出較多雷殛內容是鄭本，出場有造假銀的騙子兩人、逆子、調唆惡婦、節婦各一人。宮廷本另有不同巧思安排，將惡人「湊足」十名，其中六人以無臺詞的繞場形式進行表演，詳細批寫罪狀以吻合十打內容：

> 不孝不弟張三，不忠不良宵爲仁，陷人酷吏包可達，妖言惑眾溫清虛，毒藥害人賈氏，欺心賊盜張爲有，謀死親夫強氏，行使假銀段以仁，調唆鎮壓李氏，賄賂貪官錢茂選。

宮廷本並未刻意強調「不忠不良」一項，但是其它稍微改變的文字，和民間本最大不同有數項，其一，「妖言惑眾」中的溫清虛，宗教上的煽惑、影響力勝過「唆訟擾害、挑唆使嘴、利嘴挑唆」等小範圍的傷害；其二，「調唆鎮壓」屬於傷害面廣大的軍事行爲，因此雖然僅誅殺女性李氏一名，卻直指避免大範圍災禍；以上兩項帶者政治上的利害恐嚇，其三，「賄賂貪官、陷人酷吏」直指官員本身行爲，影響民間百姓廣泛，民間本僅以「公門不法」籠統稱呼。可見宮廷本在政治之下，所提十惡絕非百姓切身之感之痛。

三、宮廷本強化「勸忠」首善

地獄審判眾犯，獎賞受封人數遠少於嚴刑被罰，不論宮廷或民間皆然。鄭本以「善人」、「善女」或「信女」兩名人物籠括行善可嘉，判過金山、銀山、登望鄉臺能望見故鄉的好人，〔註 74〕〈過耐河橋〉、〈過昇天門〉兩齣中有「僧、尼、道」籠統指稱行善人物，亦有名姓的忠臣、孝子、烈婦，其它民間本姓名或有不同，都維持著上場人物三名，獎善同爲忠、孝、烈事項。〔註 75〕以目連本傳論「忠君」人數，民間本都是「一名」之數，並無「不忠」人

〔註74〕〈過金錢山〉、〈過望鄉臺〉兩齣中的人物。

〔註75〕鄭本〈過耐河橋〉忠臣光國卿、孝子安于命、烈婦耿心貞，辰河本名爲王銑、張平、鄭氏，超輪本的「光國親」或「萬光親」顯然是光國卿音近字，「愛育明」即「安于命」的音近字。

−111−

物登場受懲處，且盡忠情形是「只因諫主，有忤權，臣死不敢辭」，為「愚忠」行為，不似宮廷本大量忠、奸對比，「忠」的行為更為積極、有判斷思考，與「不忠」更是顯明對立。

　　宮廷本除了以朱泚、李希烈反唐戰事，極力刻劃段秀實、顏真卿等忠於唐室，眾唐將領平亂功勞，形成對照之外，也通過地獄審判，將曾演出的情節內容，具體敘出「生前」過失並處以各式恐怖嚴刑，一再強化「忠」於王室的必要，與「不忠」的後果。平亂之後的唐將，並未身死，卻透過精心安排至民間採訪善惡的神鬼使者，說明忠於王室「必然」得到陽間獎賞：

> 那忠良李晟、渾瑊，竭力勤王，奮身討賊；陸贄、李泌忠誠事主，多立謀猷，自應福祿綿長，功名顯赫。……那為惡的，如朱泚、李希烈，謀反叛逆；源休、姚令言、周曾、李克誠，助賊興兵，忍作殘害，既受陽間顯戮，還須受陰府重刑，百劫輪迴，不得超生。
> （9-5）

朱泚等人不忠而遭受死後惡刑，至此處已審判多次，以李希烈死亡後為例，[註76]於8-15、8-24明判其罪，其它從逆黨羽，也分別有一或二齣加以審問，[註77]可說一再揭示強調朝廷立場，不容許任何不忠、叛逆舉兵、助叛行為。「陣亡將士」等無名人物也分別成為兩類：一是盡忠而亡，二是投降叛將，各自受著不同結局的果報：

> 那頭一起，都是為國戰死的忠義之人，當得超生；這一起，都是從逆的，雖然被殺了，陰司裡還有他的罪。（7-19）

忠烈的段秀實早已取代民間本忠臣光國卿之名為「六善人」之一，登金橋，受閻王等人禮敬，顏真卿則受玉帝封為「敢司連苑宮大將」[註78]，使觀者立即明白因忠而亡的榮耀。

　　以上為宮廷目連次要情節線所演出的歷史相關人物的忠奸立場，既有地獄之刑，甚至將不屬於情節線相關的歷史人物也「提出」加以審判，被審人物不拘任何朝代，可以在地獄同時受審，計有：奸佞、毒害廷臣的盧杞，巧詆誣衊、興師動眾的楊國忠，反叛唐室安祿山，此三人涉及反叛，被處刑罰

〔註76〕李希烈於7-4為冤魂索命而亡。

〔註77〕8-21審擔任朱泚奸細莫可交；8-24審私通反叛的田希監；9-3審源休、姚令言；9-11將助叛周曾行鋸解刑。

〔註78〕7-20，宮廷本顏真卿、顏杲卿名相混。

最重，分別是腰斬、上刀山、下油鍋。屢興大獄的酷吏來俊臣被打入酆都；冊立武后時未勸諫阻止的李勣遭另行看守命運；〔註79〕進讒言的江充，善於攀援的董賢，名利迷心的董卓，笑中帶刀的許敬宗，忙於趨利的張昌宗，狠毒李林甫，有文彩而無行的宋之問，妄自尊大的魚朝恩，分別被判轉世成為各式飛禽走獸與畜類。〔註80〕

這些人物，全部與各朝代王室相關，即使李勣一生善行無數，僅冊立武后未加諫止一項，造成日後武后專政一項，已足夠將所有善事功勞全數抵消，尚不足以彌補過失，劇本內容站在政治立場加以陳述刻劃，以對來俊臣審判而言：

> 你巧伺女主，屢興大獄，芟夷巨室，翦削宗支，罪已上通於天。何況貪婪淫穢，受賕枉法，謀吐蕃之婢，奪段簡之妻，自比石勒，中懷反叛。（8－15）

由李勣和來俊臣罪惡，可見與「女主」相關在撻伐之列，揭出女性不能為君的傳統立場，目連戲嚴懲的女性亡魂，除宮廷「陳六娘」一例之外，全部與政治無關，呼應女性不得參與政治的觀點。陳六娘係巫師，被判「受陰司刑」的罪名是：替反賊李希烈治病。〔註81〕凡是附和或未與反賊對立者，等同於反叛，必受嚴屬罪刑懲罰，清廷捍衛自身統治權力立場，明確宣告勸善首重於「忠」於朝廷。

「啞背瘋」至會緣橋求傅家濟助唱「勸世詞」，民間本唱三曲分別勸諫子女孝雙親、勸兄弟和諧和夫妻相敬愛，宮廷4－21〈傅羅卜行善周貧〉除了更改部分文字使更和於音律、更添文雅外，還增填一曲置於三曲之前，內容為奉勸官宦：

> 我勸為官為宦人：我勸為官須是做忠臣，十年窗下無人問，一舉成名天下聞。文官把筆安天下，武將持刀掃烟塵。爾俸爾祿君恩重，切莫要念財虐下民。為官的，聽也波聞，須要赤膽忠心答聖君。

宮廷勸世觀念果然與民間相距甚遠，即使改編民間作品，不忘隨時填加或變更部分文字，以合乎官家標準。

〔註79〕 審案見8－15，為東嶽大帝會同十殿閻君共審積年大案；盧杞受審另見於9－4，於9－5再透過採訪使之口，確認加強其罪。

〔註80〕 9－19十殿閻君將江充等人貶入輪迴，各變飛禽走獸之類。

〔註81〕 陳六娘於7－4替李希烈治病，8－12受審，罪名「相從叛賊難饒恕」。

　　據山爲王、爲盜的張佑大、李純元等十人，改過西天修佛之後，被稱「十友」，成爲放下屠刀、立地成佛最佳註解，宮廷本除演出相關劇情之外，亦透過採訪使口中，說明其善：「張佑大知過能改，證果西方」，只怕觀者不明白劇情旨趣，需一再揭示主題思想。

　　益利忠於傅家的義僕形象，與忠於國君有別，莆仙本另外形塑銀奴，使她勸諫主母開葷不成之下而上吊身亡，同屬於民間常見認知的主僕之間的忠，與宮廷目連勸忠於朝廷有別。

四、宮廷本強化無辜致死的補償並納入功名價值體系

　　傅相吃齋濟眾，恤寡濟貧、造橋修路的善人，賣身葬父的孝子，貞烈婦女等生前行善眾人，死後得善報爲目連戲所歌誦。

　　如無明確善心善行，卻無辜致死者，劇中安排給與相對生前不幸的死後安排：昇天逍遙。民間、宮廷「賞善」標準相同一致：被繼母、婆婆陷殺而死的孝子、媳婦，或是不明善行爲何？籠統稱爲善男信女的，以「成仙逍遙」或「托生富貴之家」成爲好的報償。

　　宮廷本以眾多人物劇情，說明無辜受戮者在陰司受審，或在陰司投遞狀紙控告無辜死因，自有閻王做主安排：

> 那陳桂英潔身自縊，鄭廣夫順命身亡，亦許逍遙蓬島……朱紫貴賣
> 身葬父，得占科名……董知白一生淳樸，陳榮祖懦弱安貧，被人殺
> 害，令其子嗣克昌，可見天道昭彰，毫釐不爽。（9－5）

由於事例較多，使宮廷目連呈現出更加強化無辜良民應該得到的好處，亦是神道設教方式之一。一生淳樸和懦弱安貧，爲朝廷企盼人民的表現，除了子孫克昌外，還安排來生富貴。朱紫貴病死父朱紱，被藥殺而死的黃彥貴，由於無辜而死，且無任何惡行，這等人即是宮廷心目中值得獎賞的「良民」，獎賞給與轉世後的來生富貴以補償今生之失。

　　無辜受冤屈致死或有善行人物，於地獄審判必然冤情昭雪，且得到相當補償，作爲無害於世的良民報償，民間、宮廷態度一貫，但是兩者的區別是，宮廷以更多案例加以強調。

　　另一特別之處是宮廷本強調爲官富貴的「獎賞」，討賊有功李晟等人，聖旨命兵部尚書曹獻忠前往賞功（7－11），回轉朝廷面駕，除賞與爵位之外，命曹王李皋代替皇帝爲諸將解卸盔甲，以示恩寵（9－1），此齣還著力描述諸將

謙遜，不願王室子孫、朝廷高官代為解甲，最後退出朝房後由內侍官代勞。

　　富貴籠絡人心，唯有宮廷有此立場，因此，宮廷本有舉子應試、登科，得佔功名齣目，以六齣演出，〔註82〕中或不中科舉的原由，10－12 透過關聖帝君翻查該中舉子姓名冊籍，敘寫明白：賣身葬父的朱紫貴；陳肇祖得中大魁是因為父親被謀死於獄中，母親守節不嫁，教子成名，作為無辜致死、苦節的獎賞；曹文兆得中，是因父親曹獻忠為官清正，而又勤力攻書的結果；顧汝梅得中是夫妻行善，篤守信義，屈抑許久。至於不中的，都是言行有虧：有負義忘本，欺寡凌孤；與鄰婦通姦；曾代人寫離婚書。能否得中的宣告形同於地獄閻君的審判，同是賞善罰惡，曉喻忠於朝廷必有重賞，及於自身或是子孫，受冤苦者亦然，除受冤者得來世富貴或成仙逍遙之外，子孫亦能得到報償，而這些報償最實惠為科舉得名，名利兩方面的獎賞。

　　民間目連戲演出，於獎賞一項只有「來生」富貴、「死後」成仙的虛幻，而無現世「朝廷」功名的思考，鄭本還能找到一個「讀書秀才」受審案例，其它各本皆無讀書人的影子在裡面。〈十殿尋母〉直到四十歲依然無法登第，自認才名人罕比的狂秀才，經閻君義理曉喻後宣判：「超生人世，依舊還做秀才。除去狂暴，推廣德器，早中三元，官居一品。」遭遇是鄭氏自身寫照與內心期盼。

　　鄭之珍如非困於場屋，放棄功名，亦無法將心力放在民間熱烈演出的目連戲改編之上。因此，各地臺本受審人物之中無秀才是理所當然的，畢竟秀才不是日常生活所常見。目連戲所演除傅員外一家之外，無非販夫走卒，引車賣漿之流的人物，和觀賞者身份地位相同，民間只求解決生活周遭難題，無法追求科舉功名的榮耀，與掌握賜與、剝奪功名利器的宮廷立場截然不同。

五、民間本重視生活上的善惡懲處

　　鄭虜夫、陳桂英等安順於父親、婆婆，而不辨是非的「愚孝」行為，於宮廷、民間同時受到褒揚。主要人物如傅相、劉氏、羅卜、益利、劉賈、金奴等今生來世的獎懲，隨劇情展現於觀眾眼裡。

　　偷雞婆或被砍去一隻手還陽，或者來生變蛆、或判斷筋下血湖；張三在陽間賣酒摻水，被罰來世成為烏龜；虔信佛教的和尚，來生將成金山寺長老；

〔註82〕10－11、10－12、10－14、10－17、10－18、10－19 數齣。

家貧賣身葬父的孝子,得到成仙的獎賞; 〔註83〕劇中動物也在輪迴之內,一頭牛在人間吃草未吃青苗,來生轉世爲人。種種犯行與〈雷打十惡〉除去籠統不忠不良等惡行之外,不論大斗小秤,或是挑唆使嘴,都是百姓日常生活間常見情態,可說是當時社會的縮影,編入故事之中,使百姓觀看後,覺得熟悉、親切。斤斤計較於柴米瑣事,而這些瑣事於生活、心理的影響,可輕可重、有大有小,不乏錙銖小事犯行而給予嚴厲處罰,與宮廷本重視家國之間的大事價值觀相差千里。民間價值觀在宮廷本對照之下十分清楚:「生活」才是最重要、最眞實課題;「今生」受的委屈,做的壞事,都能於死後或來生得到補償或懲罰。

爲合乎宮廷教化準則,刪去民間本不合宜處,有其蹤跡可尋:《勸善金科》康熙舊本穿插數個故事,其中有民間〈香山四景〉,亦有奚再貞偷雞故事,另一爲秦門許氏嫁一痴呆丈夫,三年過後,實在不堪忍受,將丈夫推下樓去,自己也跳樓身亡。她想在閻君面前討個公道,判官判二人還陽,還是夫妻,不過位置顛倒。 〔註84〕即民間被妻所殺的耍兒郎故事。這三個故事,在張照編寫時被刪除掉了,顯見此三段情節不合宮廷時宜,尤其痴呆丈夫被殺致死,凶婦卻未得到應有的懲罰,還討公道,佔在個人情慾立場,有違宮廷教化;養雞偷雞,於富貴高官心目中,何其瑣碎,內容與富貴生活相距甚遠,自難有共鳴之處。改編之後,是非顛倒的情節,僅見於受冤而死的董知白,然而立即得到糾正,明辨其間善惡:8-21 二殿閻君一時誤被莫可交狡詞所欺,審查不明而行碓搗刑時,董知白胸前忽然現出一朵五彩光華的金蓮花,立刻使閻王省悟他是含冤善人而改判。如此情節已是宮廷本中相當大尺度的昏昧不清閻王形象,但是和民間本相比,如此閻君只能歸類爲嚴正不阿類型。宮廷本每殿閻君都是正經無比、是非不相混淆的威嚴形象,這是經過一再修訂之後的結果。

宮廷本特有的思想主題,有其演出功能目的,除了戲劇一般所具有的娛樂性本質外,因取材源自民間,所以有了解民間、民情的功能性。第三功能目的是爲了「教育啓化」:題詞所見勸忠勸孝,雷打十惡將影響面大的惡行列入懲處,題材情節上對李希烈、朱泚等「亂臣賊子」地獄嚴厲殘酷懲處,將忠心良臣升入天界爲神,以及讓無辜致死者得到來生富貴,和子孫高中科舉,

---

〔註83〕 張三、被砍手的偷雞婆、和尚、孝子獎懲見毛禮鎂〈弋陽腔的目連戲〉一文。
〔註84〕 戴云〈康熙舊本《勸善金科》管窺〉,《湖南社會科學》2004 年 5 期,頁 143。

納入宮廷功名價值體系的思想主題，無一不在教化臣屬：唯有忠於皇帝才是正道。如1−1〔玉女搖仙珮〕曲文：「試娓娓、塵世窮通，幽冥禍福，迷津施渡。人應悟，大家莫負當今主。」開章明義揭示劇作主題與目的。

　　第四項，可能也是最主要功能為「頌聖」。前段所錄曲文，「當今主」三字特別高出一字書寫，為尊崇之意。劇中「設朝」僅設高臺帳幔，由金童玉女或內官代傳旨意，玉帝或皇帝本人並不上場，〔註85〕是天無二日的尊崇現世皇帝。唯一玉帝出場為10−24最末一齣眾仙齊聚朝賀，指稱下界「化行俗美，講讓型仁，孝子順孫，忠貞節烈，所在皆有和氣致祥，因此福深似海。」並以眾曲祝賀皇圖無疆，天上人間祝聖清，皆為頌聖內容。其它頌聖文字，時而散見於各齣，以兩齣為例：10−21〈遊海島恰遇獻琛〉八蠻王至神州朝貢，以輸誠意，源於「恭逢聖皇御宇」之下的沾沐教化、仁風；10−22〈過田家尚思焚券〉王舍城外田家〔豆葉黃〕唱詞：「追呼無吏，飽食煖衣，皆聖德湛恩時布」。頌聖與教育啓化兩項目的，遠高於觀民風民情，而以娛樂性為最基本目的。

小結

　　四十八本龐大體製的目連戲，題材來源有數種：一是來源於道釋、神怪和歷史演義，藉演出目連戲之名而演出如《岳傳》、《香山》、《西遊》等戲；二是由藝人們創造，向前發展羅卜父祖先輩行善或行惡事蹟的《前目連》，向後發羅卜轉世之後的情節。三是橫向取擇當世風情，使內容題材更為豐富，辰河目連《火燒葫蘆口》即是此類。四是利用既有情節插演小戲，通常利用一點小根由或以陰司審判將〈偷雞罵雞〉等小戲納入目連戲題材之中。

　　目連戲的主情節線為生（羅卜）和旦（劉氏）組合而成的子母關係，次情節線各地目連戲略有差異，羅卜未婚妻曹賽英為鄭本所有，亦為多數地區所共有；另張佑大十友次情節線，為鄭本所塑造，卻為各地目連戲所省略；雷有聲情節線則只見於泉腔本，顯現地區性特色。宮廷目連反面情節線較民間為多，有兩條：劉賈和朱泚、李希烈叛亂事，劉賈情節線在民間本僅豫劇、莆仙戲具備。情節線越多表示劇情內容越是豐富，宮廷目連的情節線最多，各線配搭最為講究，民間則是隨興演出，有時主情節線成為觀眾心中自存的主軸，或刪或縮，演出時未必佔最主要份量。

〔註85〕玉帝設朝見於2−1、10−2；皇帝設朝見於9−1。

關目講究情節和表演的搭配，全本關目著重於主、次、反情節線的穿插；單一關目著重於一齣或數齣組構而成的情節、表演上的配合。關目或以情節為主，或以表演為主，或者兩者兼具。戲劇演出人情世態，不免有與明傳奇關目相同者如進諫、酒宴、道場法事、感歎思憶、送別、設陷謀害、寫眞、辭婚、拒嫁、鬧醫、鬧廚等等；宮廷目連則多了探獄、審案、講學、交戰、演陣、起兵、試場等關目。至於目連戲所特有關目如冥判、鬼捉人、地獄受苦、試諫、乞丐求濟、僧尼下山、啞背瘋、啞判和賣身等；亦有具民間地區性如提傀儡、扯謊過關、罵雞、巫娘數花、僧背老翁等單一關目。

目連戲宗教思想以因果報應爲最主要，其次是宣揚戒殺生與持齋，第三爲樂善布施。宮廷與民間目連戲有不同勸善思想旨趣，宮廷強調勸忠勸孝，忠在孝之前，對君王之忠，〈雷打十惡〉嚴懲影響面大的擾亂時局之惡，對無辜致死者的補償，含對其子孫，以及未來世的輪迴轉世，納入宮廷功名科舉的富貴「善報」，一再勸化臣民作個順民，凡此種種都和民間有別。民間目連戲重情節內容上關於傅相之善，羅卜之孝，益利之義，曹賽英的節，地獄審判的因果報應，重視生活面上不孝、口舌是非等爲惡的懲處，對忠臣的描寫，只在匆匆過金銀橋，簡略情節，與宮廷本藉名目大肆渲染有別。畢竟宮廷目連除了戲曲娛樂性本質之外，另有藉目連戲觀民風民情，以及教化啓迪臣屬和頌揚聖明君王的功用目的。

第三章　目連戲的文學性

　　曾師永義《俗文學概論》針對學者對俗文學定義、所籠括範疇與特質作公允評論，認為鄭振鐸說法最為平正通達：〔註1〕

　　　　俗文學就是通俗的文學，就是民間的文學，也就是大眾的文學。換
　　　　一句話，所謂俗文學就是不登大雅之堂，不為學士大夫所重視，而
　　　　流行於民間，成為大眾所嗜好、所喜悅的東西。〔註2〕

俗文學的範圍與類別，更是林林總總。作為俗文學範圍之一的地方戲曲——目連戲，為人民所喜而盛演，民間遊藝無法脫離「講與聽」、「演出與觀賞」活動的娛樂方式，〔註3〕戲情內容含藏豐富俗文學資料，經過一代一代個人或群體增減修改，成為各具地方特色的表演。

　　曲科白三者構成演出主體，與劇情搭配的科，和曲白連結為關目表演一環，因應劇情需要插演的調弄傀儡、弄蛇、蹬罈、疊羅漢、上吊、打叉等項著重肢體表現的遊藝項目，與演唱曲調、笑話、猜謎、應用俗語、諺語等著重語言表現的民間遊藝有所不同。討論目連戲俗文學項目，曲、白含括俗文學項目較多為「俗諺」、「笑話」、「歌謠、雜曲」、「遊戲文字」和「對聯」五類。由於「歌謠、雜曲」屬於唱的類型，與對白口語有別，因此將二者區分開來，先論俗曲部分。

〔註1〕曾師永義〈民間文學、俗文學、通俗文學命義之商榷〉《俗文學概論》（臺北：
　　　　三民書局，2003），頁23。
〔註2〕鄭振鐸《中國俗文學史》（臺北：商務印書館，民國56年），頁1。
〔註3〕烏丙安《中國民俗學》新版（瀋陽：遼寧大學出版社，1999），頁346。

第一節　目連戲中的民間俗曲

　　戲曲曲詞，無不依附劇情而寫作。民間目連戲不少以鄭本曲詞為主而唱，但也因劇情、演員不同的體會而有隨心入腔的俗曲演唱，詞句時而俚白淺露。皖南高腔本〈香山四景〉觀看牧童放牛，所唱曲子幫牛嘆苦：

> 可歎前生前世不曾修呀！也麼溜丟。今生變了個溜打丟黑水牛呀！也麼溜丟。前面架了千斤碩呀！也麼溜打丟。後面拖了個溜打丟打溜丟鐵犁頭呀！也麼溜丟。叫你耕田耕不得呀！也麼溜打丟。大棍子打來溜打丟打溜丟小棍子抽呀！也麼溜打丟。剝你的皮來鞭鼓打呀！也麼溜打丟。聱聱黃昏擂到個溜打丟打溜丟五更頭呀！也麼溜打丟，也麼溜打丟。（頁53）

為民間俗曲改換為耕牛內容，而後又是唱點小調，卻是「小調不書」，再唱快板兩支，同樣具有俚白特色：

> 慌忙走，走慌忙，惱恨豁兒太猖狂。無父子逞什麼強，去往他家走一場。
>
> 這瘟牛，那瘟牛，一交跌我的個毬。我的個毬，好比你那個頭。
>
> （頁54）

鄭本所無的齣目，〈討飯打罐〉、〈王嬭訓妓〉、〈趕妓歸空〉、〈陳氏施環〉、〈出神趕散〉等齣，曲子為民間文人創造，大部分通俗平白，而由大段長篇唱詞，如皖南高腔本〈趕妓歸空〉鴇兒數唱南京十三城門長達三百八十字唱詞，又接唱奉命追趕以銅作銀的拐騙嫖客經驗，長達五百字，知目連戲不少曲調演唱節奏快速，略具抑揚或者腔調近似。

　　各地目連戲亦不乏文學素養較高的曲詞，莆仙本〈出外經商〉和〈張李下山〉：

> （羅卜唱）〔引〕野店雞鳴催客起，思憶後頭暗心悲。（益利唱）鄉關回首離家遠，一片白雲空自飛。（頁70）
>
> （張佑大唱）〔曼〕曉日貔貅萬竈烟，旌旗閃閃蔽青天。帳前惟有閑光景，略把兵符看幾篇。（頁93）

曲詞文雅與俚質，涉及作者文學素養高低，經一代代演出流播與修改，文雅與俚質交錯並陳，整體來看，目連戲既為俗文學，為民眾所喜，戲內曲詞質樸性遠超過文雅部分。以下僅以宣揚宗教、勸世、蓮花落等乞丐曲、和時間數字相關的民間俗曲進行討論。

一、宣揚宗教曲子

具勸世主旨的宗教曲，〈師友講道〉談過去佛、現在佛、未來佛，〔金字經〕宣唱佛經，〔閱金經〕、〔駐馬聽〕敘修行；〈目連坐禪〉〔浪淘沙〕、〔風入松〕、〔生查子〕為簡要佛理曲。〈齋僧齋道〉所唱〔寄生草〕、〔紅衲襖〕、〔閱金經〕、〔孝順歌〕等闡明儒、釋、道義理與三教一家見解，為典雅的曲牌體文字，與〈劉氏齋尼〉十二支〔佛賺〕七言四句曲子相參看，一雅一俗：

> 〔紅衲襖〕這雲鼓象太虛，這竹簡分兩儀，五音六律由茲起，宣化
> 平情自此推。集大成金聲玉振之，韶九成盡善還盡美。這便是大樂
> 與天地同和也，都在太音聲正希。

> 〔佛賺〕無男無女正好修，念佛看經捨燈油。（合：南無）命內孤星
> 推轉了，多男多女紹箕裘。（合：南無阿彌陀佛）

鄭本出之於典雅的宗教曲還散見於〈齋僧濟貧〉、〈十友見佛〉數齣，雅俗不同流，宣揚佛理修身的通俗而意義平淺曲子，更易為凡俗百姓接受，統計各本所收錄的宗教俗曲有以下之數：

（一）勸修行、承福佛曲

鄭本標誌為〔佛賺〕現有：〈劉氏齋尼〉〔佛賺〕十二曲勸修行。〈行路施金〉〔念佛賺〕二支，拐子所念唱。〈過耐河橋〉〔佛賺〕一曲，曹賽英母唱。〈目連掛燈〉九支〔佛賺〕。〈目連尋犬〉至黑松林，撮土為香，拜告觀音娘娘〔佛賺〕一支。

〈劉氏齋尼〉十二支〔佛賺〕，全部為四句七言詞，三句句末押韻，形成音韻美，結合佛號宣揚，曲辭為簡便宣傳佛理，以為百姓所接受：

> 佛在靈山塔上頭，時人都向外邊求。（合）南無。（唱）人人有箇靈
> 山塔，好向靈山塔上修。（合）南無阿彌陀佛。

奉勸世人修佛，含貧人、富貴、無男無女、童男童女、多男多女、有病者、無病者、出家者、夫妻。勸眾人修佛，不圓滿事各有不同，對有病者身體病痛最為迫切，請看勸修語詞：

> 有病之人正好修，一身危似浪中舟。（合：南無）修時浪靜舟平穩，
> 疾不期瘳也自瘳。（合：南無阿彌陀佛）

前二句言心中最深痛苦，後兩句則敘修佛之後的好處，以「無男無女」者而言，修佛可以「命內孤星推轉了，多男多女紹箕裘。」相信此十二支曲為佛

門編出以勸醒世人，有韻的勸善書而爲一般百姓所熟悉，文辭簡略，切中心理所求的好處多多。〈目連掛燈〉九支〔佛賺〕分別祝福普天下、君王、白髮雙親、讀書人、眾公卿、趁錢人、求子者、喫齋者、好善人等承蒙佛光普降福。〔佛賺〕之後〔煞尾〕，同是簡要宣揚佛理：

> 南無普光佛，降下普光燈；南無普光佛，註下普光經。念起經來點起燈，燈也麼燈，照。喏，一切眾生，點起燈來念起經，經也麼經，度。喏，一切眾生，佛言只在經，佛光只在燈，燈與經來都只在心，心便即是佛，佛便即是心，心地光明佛自成。（合）南無阿彌陀佛娑婆呵。

七言詞的〔觀音詞〕見於〈過黑松林〉、〈過寒冰池〉，各三十句，前者讚揚羅卜並賜聖像以救苦難；後者夾著佛與觀音名號，請觀音救苦。語詞通俗易解，爲「念詞」，僅錄其中一段：

> ……我今爲你促途程，一千行來抵一萬，一日行來當一旬。見佛前往地獄裡，救你娘親劉四眞。一齊成佛登天界，方表孩兒報母情。
> 我今賜你聖像去，一路將來護爾身。若是途中遇苦難，高叫南無觀世音。

前言〈師友講道〉有數支典雅宗教曲牌歌曲，也有三支宗教俗曲，目連手持《心經》《妙沙經》、《救苦經》各宣唱佛經，曲子名爲〔金字經〕，由文字知爲民間所唱念佛曲：

> 菩提薩埵心無罣礙，色即是空空即色，空即色，無至亦無得離顛倒，
> 度一切苦厄。（尾）羯帝羯帝，婆羅羯帝，波羅僧羯帝，菩提娑婆訶。

「佛家梵唄，如念眞言之類，必和其音者，蓋以和召和，用通靈氣也。」〔註4〕念眞言而和其音則似唱，皖南高腔本將三曲置放〈掛旛周濟〉齣，當爲民眾所熟悉。以上鄭本〔佛賺〕等俗曲，各地方本常加以繼承沿用，有時再增添數支，現將異於鄭本的宗教俗曲羅列如下：

　　皖南高腔本〈齋妮勸善〉增添了尼師唱「了空」二字：「嘆世人，來時不省去時迷」一曲，並增加兩曲回應修行的體悟。〔註5〕〈掛旛周濟〉述上中下

〔註4〕何良俊（明）《曲論》（北京：中國戲劇出版社《中國古典戲曲論著集成》四，1959），頁5。
〔註5〕鄭本〈劉氏齋尼〉於〔佛賺〕之後有〔江頭金桂〕和〔四邊靜〕曲，皖南本〈齋妮勸善〉沿襲部分曲詞，而增添大量鄭本所無的文詞，改動之後較爲通俗。

三等人，上等將相公侯，中等無憂無慮富貴人家，下等多慮多憂乞丐，俱是前世修或未修所造成，以〔駐雲飛〕三曲演唱。〈奉佛談空〉釋迦牟尼「談空」，註明爲〔數板〕，響動雲鐃而唱「天也空，地也空，人生杳杳在其中」，而後慈悲、教主、眾頭陀合唱，共計四曲，句式爲今日說唱快板體常見的「三、三、七」和「七、七」句式，〔註6〕再接唱〔駐馬聽〕三曲，嘆世人癡愚，勸念彌陀。〔註7〕莆仙本〈老僧點化〉〔嘆佛〕、〔詞〕簡易談陰魂善惡，詞句淺白：「善善惡惡不同流、同流，勞辱兩字自己求。天堂地府分上下、上下，善者上天，惡墜九幽。彌陀佛，陀佛。」

湘劇大目犍連〈誌公嘆世〉唱長篇〔哭皇天〕，亦是勸世修行曲：

> 歎人生在世如春夢（又），爭名奪利枉用功。南來北往走西東，看得
> 浮生總是空。天也空來地也空（又），人生渺渺在其中。日也空來月
> 也空（又），來來往往有何功。金也空來銀也空（又），死後何曾在
> 手中……誌公與你清虛氣，何不立心念阿彌。……善善善來也要善，
> 若不善，西天佛祖無人見。惡惡惡來也要惡，若不惡，地獄之中無
> 人坐。騙騙騙來也要騙，若不騙，四牲六道無人變。修修修來也要
> 修，若不修，癡聾跛瞎世間多（又）。（頁148）

泉腔本〈良女試雷有聲〉〔拋盛〕二曲之一：「急急修來急急修，燈火無心枉添油。前生作事今生受，今生作事來生受，來生受。」似此「急急修來急急修」語句，各本目連戲中或對白、或曲詞經常出現，可見係民間熟悉的佛教勸化詞句的運用。

（二）超渡孤魂曲

鄭本〈修齋薦父〉〔佛賺〕五曲渡孤，帶著悲涼氣氛，皖南本〈修齋追薦〉追薦亡魂，靈前三獻酒三唱曲，再穿插奉勸亡魂三曲，轉換成輕鬆語調文字，呈現不同風格：

> （鄭本）王舍城中，颯颯悲風起，庄家砍柴種田地，遇著那惡虎與
> 毒蛇，傷在深山裡。這便是咬死的孤魂。（合）來赴甘露會。

> （皖南高腔本）一張紙兒四角方，濛濛字兒寫幾行。拜上家中兒和

〔註6〕吳同瑞、王文寶、段寶林《中國俗文學概論》（北京：北京大學出版社，1997）談韻誦文學，頁173。

〔註7〕皖南本和目連全會本兩者相參看，〈齋妮勸善〉唱「了空」，整齣增添的曲文，〈遣等〉上中下三品人的〔駐雲飛〕曲也相同，〈奉佛談空〉曲亦同。

女，今生不得轉還鄉。孝子虔誠，酒當初獻。（奠酒，吹介，唱）奉
勸亡魂一炷香，在生之時畫夜忙，忙也麼忙，那見忙魂得久長。無
常到，只樂得南柯夢一場。（頁99）

〈拔薦賑孤〉將鄭本五曲渡孤增至七曲，形式相同，於每曲之後穿插不同形
式薦亡曲，共七曲：

清明時節雨紛紛，路上行人欲斷魂，借問酒家何處有？牧童遙指杏
花村。想古往今來，死眾孤魂，趁此今宵，今宵來受，來受甘露味。
（頁105）

將民間流傳七言四句曲子加上「想古往今來」曲調文字而成，尚有一例可為
印證：

暑往寒來春復秋，夕陽橋下水東流。將軍戰馬今何在，野草閒花滿
地愁。想古往今來，死眾孤魂，趁此今宵，今宵來受，來受甘露味。
（頁104）

此曲亦見於湘劇大目犍連本〈杭州受戒〉，為佛所唱九曲中的第三曲，為七言
四句形式。〔註8〕文詞詩味濃厚，被拈來添加薦亡文詞之後成為渡孤曲。

（三）與俗曲相結合的誦經曲

皖南高腔本〈香山四景〉三善人祝賀慈悲娘娘生日，路上誦經而行，所
唱曲為：

西方路上一顆茶，一寸三分開了花。此花如何開得早？只為三歲孩
童出了家。南無阿彌陀佛。（頁51）

民間充滿新鮮想像力，於此可見。類似文詞改為對白，超輪本〈齋僧〉：「西
方路上一隻鵝，口唧仙草念彌陀。畜牲也有修行路，人不修行總是空。」〔註
9〕也總合乎勸化修行之意，超輪本〈求子〉僧、道二人唱三支修行歌、三支
見知歌，戲謔之意與勸修結合為：

急急修來急急修，忙忙碌碌過杭州，杭州有個靈禪〔隱〕寺，寺內
和尚拋繡球。繡球搭在肩膀上，作怪和尚二個頭。南無。（合）孔雀
明王佛，燈光王菩薩，南無觀世音菩薩。（頁146）

〔註8〕九曲為七言絕句形式，清新風格一致，屬文雅筆墨，《目連戲曲珍本輯選》，
　　　頁235。
〔註9〕超輪本〈齋僧〉，頁22。

見知歌三支，分別寫到門堂、見門神、探向廚房、以及化得齋米情形，錄下第三支看得齋米：

> 左一數，右一數，盤子裡面米不多。盤子也是待賓客，爲何拿來搪塞我。南無。（合）孔雀明王佛，燈光王菩薩，南無觀世音菩薩。
>
> （頁 146～147）

爲順口自編語詞加上個念佛號數句固定旋律即成新的宗教曲，僧道化緣等同行乞，〔註10〕順口而歌爲勸修行、感謝濟助，順應善男信女心願而有：

> 子孫娘娘進門來，腳踏蓮花朵朵開。惟願善男並信女，引上蓬萊。
>
> 南無孔雀明王佛，燈光王菩薩。〔註11〕

《大智度論》卷三釋比丘有五種意義，首爲乞士，指清淨乞食活命：「比丘名乞士，清淨活命故，名爲乞士。如經中說：舍利弗入城乞食，得已，向壁坐食。」〔註12〕《大乘義章》卷十五談乞食者分下中上三品，上品之人不受僧食、檀越請食，唯行乞食。目的一是爲了自省事修道，二是爲他福利世人。佛經規定的苦行之一，即要「常乞食」，而且多食增長煩惱，所以要「節量食」。〔註13〕乞食可以省事修道，要求僧尼免除雜欲之累而苦修，亦能藉乞食廣結善緣，以遊乞方式廣泛宣揚佛家思想。對僧人布施則福德兼具，《大智度論》卷十一：

> 生死輪轉，往來五道，無親可恃，唯有布施。若生天上、人中，得清淨果，皆由布施。象、馬、畜生得好櫪養，亦是布施之所得也。
>
> 布施之德，富貴歡樂；持戒之人，得生天上；禪智心淨，無所染者，得涅盤道。〔註14〕

僧侶乞食爲修行本等，答謝布施，所唱曲與宗教佛法相關，或是祝賀布施者，於是曲詞內容就如上列所引，爲酬謝符合善男信女心願而來，除了佛號之外，曲詞傾向世俗化，與佛理的關係較爲疏遠。

以上三類宗教曲子，第一類誌公嘆世〔哭皇天〕以及各本常見「急急修

〔註10〕曲彥斌《中國乞丐史‧乞丐現象與習俗風尚》（上海：上海文藝出版社，1990），頁 204～212。

〔註11〕皖南高腔本〈陳氏施環〉，頁 200。

〔註12〕鳩摩羅什譯《大智度論》（臺北市：佛慈淨寺，1979），頁 105。

〔註13〕淨影寺慧遠（隋，523～592）《大乘義章》（北京：中國書店《佛學工具書集成》二十五，2009），頁 302～303。

〔註14〕《大智度論》，頁 421。

來急急修」的唱念,當為民間流行俗曲,明代嘉、隆間的時尚小令,就有〔哭皇天〕一曲,流行範圍是自兩淮以至江南,曲調略具抑揚而已。〔註15〕以流行小令改為佛理宗教曲,雖然失去民間俗曲的新鮮趣味和人民的思想情感,〔註16〕但不能不讚嘆為傳教而以民間喜愛曲調改換面目的用心,以擴大影響力。第二類超渡孤魂曲有不少已是將原與超渡無關的民間曲詞加上僧道法事結尾而成,與第三類和俗曲相結合,可見宗教世俗化過程是隨時隨地,無一時停止的。

　　將佛經內的文字語言當作對白或曲詞中的一部分,為民間對佛經的理解與應用。這個部分顯示某些宗教語言為民眾所熟悉,進而納入目連戲中,又因目連戲廣泛演出而更為熟知。〈李公勸善〉李厚德與劉氏處處引用佛經、古語古詞進行對話:

> （外）豈不聞佛經云:來也空,去也空,貧富不離三界中,勸君早
> 上修行路,莫到臨時路不通。還要修行。（夫）豈不聞:風隨氣,氣
> 隨風,一片黃皮裹臭膿。不信但看桃李樹,花開能有幾時紅?還要
> 享用。（外）豈不聞佛語云:人人知道有來年,家家盡種來年穀。人
> 人知道有來生,何不種取來生福。還要修行。（夫）孰如佛語云:牡
> 丹落盡樹枝空,來年枝上依前紅。如何人似花枝老,紅顏一去無回
> 踪。還要享用。（外）老安人口口只說享用,豈知殺生不可。（夫）
> 怎見不可?（外）豈不聞佛語云:麟甲羽毛無數,晤來物性皆同。
> 鋼刀宰剝血飛紅,碎砍爛煎可恫。奉勸世人省悟,休教惱犯閻翁,
> 輪迴改換霎時中,一樣爾身苦痛。還要修行。（夫）老身也記得古詞
> 云:世事短如春夢,人情薄以秋雲……

鄭本這段引用佛經對白,泉腔本置於〈收捕,駁佛〉觀音與雷有聲對白中。〈過耐河橋〉劉氏與鬼使同樣引用佛語、佛經相互辯解,劉氏所引為:「看盡彌陀經,念盡大悲咒。種瓜還得瓜,種豆還得豆。」鬼使則以劉氏未念的四句辯難:「經咒本慈悲,冤結如何救?照見本來心,做者還他受。」繼而劉氏又引:「看經未為善,作福未為願。莫若當權時,與人行方便。」以佛經文字作為

<hr>

〔註15〕沈德符《顧曲雜言》（北京:中國戲劇出版社《中國古典戲曲論著集成》四,1959）,頁213。

〔註16〕高國藩〈敦煌民間小調〉認為被和尚利用唱述和宣傳佛經的民間小調,已非真正民間文學作品,內容談不上進步,為糟粕。《敦煌民間文學》（臺北:聯經出版社,民國83）,頁173～190。

劇情對白，和引用數句佛理諺語作爲對白中的一小部分，有鋪陳繁簡的差別。〈勸姐開葷〉所用佛語：「勸你修時急急修，持齋把素是根由。生前享盡千般味，死後惟添幾點油。」爲各本常用，泉腔本〈弔紙〉亦引此語；四支〔紅衲襖〕勸葷與齋戒養心志各述立場，齋戒曲子爲宣揚佛理之用。

二、勸世詞曲

目連戲既爲勸善作品，自有不少勸世詞曲文字，幾乎隨處可見，圍繞劉氏下地獄受苦的情節關目，勸化對象將女性列爲首要，對家庭倫理、生活價值的勸化相對少了許多。

（一）對婦女勸化詞曲

〈耿氏上吊〉齣目之後有齣弔喪鬼勸世，主要爲勸姑嫂姨妹了解做公婆、丈夫、妻子該有的行事準則，主要焦點置於「妻子」身上，需恭順將丈夫茶、水侍候妥當，緊守三從四德，公婆、丈夫打罵，鄰居相罵，唯勸婦女「忍之」，若爲丈夫責打而尋死，遇弔喪鬼必然不饒。〔註 17〕凡事以忍處之，爲舊社會對女性的要求，超輪本勸化曲詞不同，以母死子女孤苦勸告毋輕易上吊，〔註18〕調腔〈後濟貧〉嘆懶媳婦樣態：面容邋遢無婦容，串門子談是非，烹調織布樣樣差，誇張描述此女死後嚇壞判官小鬼，最後歸結爲懶媳婦不可娶。懶婦容貌描繪誇大，令人難以想像，卻又覺得形象生動：

> ……清早起來頭不梳來面不洗，蓮花落。蓬頭赤腳蹌人家，山丹花。
> 頭上灰塵到有寸把厚，蓮花落。湯鍋煮粥使手爬，山丹花。身上衣
> 衫好像抹桌布，蓮花落。腳紗拖出好像烏梢蛇，山丹花。……
>
> （頁 435）

對婦女勸化，莆仙本〈一殿審解〉獄官對報答娘嬭生產之恩的回答是持血盆齋三年又十個月完滿，即有般若船載過奈河岸，得以超生。而後透過目連口中勸化：「我今解救汝等，可聽吾言。凡婦人行事，可孝於翁姑，順於丈夫，待妯娌和氣，視奴僕如己，專心向善，否則萬劫難迴。」〔註 19〕此齣因應專爲婦女生產而落入血盆地獄而有的勸化語言。

勸化婦女詞曲語言爲直接傳達的方式，若以情節內容爲單位，劉氏開葷

〔註17〕安徽池州穿會本〈勸送〉以「白」奉勸，頁 97。
〔註18〕超輪本〈還陽〉以「唱」勸婦人家，頁 154。
〔註19〕莆仙本，頁 159。

而下地獄苦刑罪罰,學者研究真正構成罪刑在於劉氏違反儒家綱常中的「三從四德」,而非違反佛教戒律。鄭本〈司命議事〉〔小桃紅〕曲敘劉氏罪有:願持齋永不開葷而違誓,殺害犧牲,拆橋梁,害及生靈,燬齋房,燒死僧人,殺犬做饅頭以齋僧,將犧牲骸骨埋在花陰。其中殺害犧牲、殺犬做饅頭、害及生靈、燒死僧人等項,不論殺害多少生靈,都犯了佛教十重戒中的「殺戒」,打僧罵道違犯「謗三寶戒」,燒毀齋房、拆會緣橋,違反四十八輕戒「放火焚燒戒」,背子開葷為劉氏主要罪刑之一,違反「食肉戒」。佛教戒律有其嚴謹一面,亦有寬鬆部分,佛教徒若「捨戒」,只要向一人說出不願再持守戒律,便生「捨」的效力,往後行為不受佛家戒律約束。劉氏開葷前正式向兒子羅卜、引導他修行的尼師提出捨戒,自然不能用佛教戒律論斷劉氏之罪。因此劉氏罪刑是「違誓」,違背傅相臨死前要求立誓持齋的誓;另一次發誓是因兒子起疑而來。兩次起誓非出於本心,而是從夫、從子之下的綱常要求。〔註20〕

(二)家庭倫理勸世詞曲

亦是乞討時所唱,以家庭為中心的勸善書文字,都是順口可歌的村坊小曲,〈博施濟眾〉啞背瘋被要求「你且念箇詞、唱箇曲來」,並未註明所唱曲為何,共三支,分別勸子女、兄弟、夫妻,其形式:

> (念)我勸人家兄弟聽:連枝同氣共胞生。弟敬兄如敬父母,兄愛弟如愛子孫。兄弟相和家自旺,莫因些小便相爭。(唱)兄和弟聽也麼聽,那雁鴻尚有弟兄情。

(三)對世俗價值的警醒勸化

鄭本〈益利見驢〉劉龍保討飯唱勸世歌六支:孝順雙親,休好酒漿,莫貪花,休苟取錢財,莫逞強,最後總結酒色財氣與人的包圍,其中一曲對「色」概括:

> 我勸好人莫貪花,貪花喪德敗身家。養漢老婆都是假,人前打鼓弄琵琶。呀!嘴喳喳亂蝦蟆,切莫聽他。喏!噯!切莫聽他。

高淳兩頭紅本〈賣身〉,夫早死,因親姑喪無棺槨殯殮的陳氏孝婦,得周濟後唱奉勸世人曲:

> 我今奉勸世間人,有兒不用歡喜,無兒不用煩惱。又道:穿破綾羅才是衣,白頭相送是夫妻;麻布掛壁方為子,送老歸山才是兒。這

〔註20〕陳翹〈援儒入佛,善惡別裁——從《目連救母勸善記》劉青提的罪與罰說起〉《藝術百家》2002 年第 2 期,頁 37～43。

> 亦信也（又）。婆婆，有子如同無子歸，你向黃泉我後隨，少不得一
> 路同行（又）侍奉你。……（頁55）

為生活經驗深刻體會，珍惜經營現有親人關係，何需血緣或執著於養兒待老的價值觀。這類勸世詞曲雖然不多，同樣具有警醒功用。

目連戲盛唱的「十不親」曲子，由乞丐所唱蓮花落，以天、地、父母、兄弟、老婆、兒子、女兒、媳婦、叔伯母、朋友為題說其不親，以反面加以敘說，同樣具揭示人情與警醒功能，僅舉其中一曲和最後總結曲：

> 兄弟親來也不是親，說起兄弟沒了恩情。幼小之時是兄弟，長大分
> 家細細爭。咳！咳！蓮花落。

> 十不親來果不是親，我今說與世人聽。世間若要人情好，惟有錢財
> 卻是親。哩！哩！蓮花落。（〈劉氏開葷〉）

盡數原本該是最為親近的關係人物，卻原來是不親的，而後以「錢財是親」為一突兀對比，極盡對某些人情世故撻伐能事，提揭乞丐以錢財為親的生活面貌。各地目連戲演出通常有此十曲，為鄭本所有，但刪去鄭本五支「錢財是親」曲子，僅舉一支曲文：

> 叔伯母有錢都和氣，朋友有錢盡知心。可見錢如親骨肉，可見錢是
> 性命根。哩！哩！蓮花落。

對於身居經濟弱勢百姓或惰民行列的乞兒，唯錢財是親的想法觀念，自有其深刻體會與無奈處。自覺鄭本十不親和五支唯錢是親曲是較為完整的段落，泉腔本有所保留，其它民間本刪除五支錢是親曲，削弱不少市儈氣。

三、蓮花落等乞丐曲

蓮花落原為乞丐乞討時唱的小曲，後來成為民間流行的曲調，曲文在唱詞間歇時夾唱「哩哩蓮花，哩哩蓮花落」。[註21] 目連戲蓮花落曲僅用於乞兒求乞時，圍繞傅家齋濟貧苦與劉氏開葷，有多次乞丐求助唱〔蓮花落〕曲，內容可以隨意生發演唱以求得財食。鄭本載的蓮花落曲有〈劉氏開葷〉演唱十不親；[註22] 安徽池州大會本〈鵝毛雪〉、〈濟眾〉、〈鄭元和〉各載一曲，[註

[註21] 調腔本肇明〈後濟貧〉校記17，頁438。
[註22] 泉腔本十不親曲無蓮花落的結尾形式，頁52～53。
[註23] 目連全會本的〈濟眾〉與池州大會本〈鄭元和〉詞曲相同，但缺少蓮花落的
　　　收尾演唱，頁60～61。

23〕超輪本〈搭罐〉唱「格人歌」一套，敘出身淪落爲丐經過，與乞丐一日、四季生活；高淳兩頭紅本〈開齋〉除十不親之外，尚有一「十字寫法」蓮花落一套，只是末句改爲「咳咳咳咳蓮花花開梅花落」；調腔本〈後濟貧〉乞丐唱懶媳婦。

蓮花落曲演唱一段曲詞後，即配合「花又哩蓮囉，囉又哩蓮花呀！鬧哈哈，蓮花蓮花落」或「蓮花落嗨嗨哩哼，嗨哩蓮花嗨哩哼」等詞彙旋律，而後再繼續演唱，此等曲末詞彙常隨演唱者而更動，想必旋律亦隨之而變：十不親於紹興救母本蓮花落結尾改爲「也麼哈哈哈哈三淡化」，紹興舊抄本「蓮花落」、「散蓮花」交錯使用，胡卜村本爲「蓮花落」、「也麼哈哈哈三但化」輪流交錯；調腔本則是「（散淡花）山丹花」、「蓮花落」輪用。數個浙江本，散淡花、三淡化、三但化和山丹花顯然係同一名物而以音記錄的結果，如以和「蓮花」相對舉，「山丹花」亦係花名，較爲合理，散淡花、三但化則不知爲何物。〔註24〕

安徽池州大會本〈鵝毛雪〉一齣，曲詞出自於《繡襦記・襦護郎寒》，改易成更淺白文字。改易文詞，爲伎人普遍現象，何良俊曾論樂府辭：

樂府辭，伎人傳習，皆不曉文義。中間固有刻本原差，因而承謬者；

亦有刻本原不差，而文義稍深，伎人不解，擅自改易者。〔註25〕

其實不單樂府辭如此，對文義稍深曲辭難解，或是根本無法識字的民間藝人來說，擅自改易或只取音同、音近演唱成爲必然狀況。

針對演唱曲詞內容，「胡謅蓮花落」一詞爲凌濛初對蓮花落曲的評價。〔註26〕由內容上看，敘乞兒出生富貴與淪落爲丐歷程、求乞、一天生活爲最多，間雜各式各樣自然、人事之間情景，鄉裡婆娘出門拜菩薩等等瑣事，訴語救濟者賞賜，「也強似南寺裡燒香，北寺裡看經」，〔註27〕或「我只顧唱你只顧聽，齋公銀子不開包，匠兒一味子不動身，銀子若還無半分，芝蔴綠豆量半升」，〔註28〕表明唱蓮花落必得聽者賞賜才起身離去，其中不乏粗俗、淫藝內容。求乞者應該祝福施捨者，亦有恐嚇不捨者：

〔註24〕肇明校訂調腔本〈弄蛇〉校記 11，頁 137。
〔註25〕何良俊（明）《曲論》（北京：中國戲劇出版社《中國古典戲曲論著集成》四，1959），頁 10。
〔註26〕凌濛初（明）《譚曲雜箚》（北京：中國戲劇出版社《中國古典戲曲論著集成》四，1959），頁 255。
〔註27〕安徽池州大會本〈鵝毛雪〉，頁 63。
〔註28〕超輪本〈搭罐〉，頁 127。

……有人賞我的錢和米，但願他，生兒子，產美娘。五男並二女，

七子擺成行。三個做知府，兩箇做都堂。才得我花子好風光。哎！

有人不捨我錢和米，但願他，生兒子，癩痢頭，瞎了眼，聾了耳，

缺了嘴，駝了背，彎了腰，瘋了手，爛了腳，跟隨我花子叫街坊。

〔註29〕

乞兒行乞方式，目連戲中呈現最多為唱曲行乞，曲子有蓮花落、格人歌，以
及結夥同說同唱祝賀詞語。另一種弄蛇行乞也唱曲，紹興救母本〈弄蛇〉唱
〔撲燈蛾〕「小小花蛇三寸長」。

四、與時間、數字有關的民間俗曲

目連戲內演唱曲子，有不少與時間相關，如嘆五更、十二月份，以數字
呈現時間觀念。帶有數字的曲子，尤其一至十為完整單位，民間常運用於曲
詞之中。清代無名氏輯《萬花小曲》收錄明人小曲，其中〔西調鼓兒天〕唱
五更一套，〔吳歌〕唱五更一套，〔銀紐絲〕為五更十二月，〔玉娥郎〕唱四季
十二月，又有〔十和偕〕二套，〔註30〕都是以時間、數字為開頭小曲，足見
配合數字的演唱曲為民眾所喜的創作方式。目連戲數字曲，依各本統計大約
有以下數類：

（一）五更調子

鄭本〈目連坐禪〉五支〔風入松〕為一更到五更的曲詞內容，起頭一句
形式為「一更裡打坐念彌陀」：

一更裡打坐念彌陀，玉盞燦金花，樹禽水鳥皆來和。這仙鶴他心能

契合，聽經言蹁躚自歌，禪定處，物諧和。

唱完五更即是天亮時分，開展另一故事主題。泉腔本〈放赦〉僅有一曲〔五
更子段〕，每一更段都是五句，第一句和時間有關，第四、五句為「勸君仔細
過，不如早早念彌陀（或其它佛名）」的奉勸詞語，現錄其中一首：

星移斗轉四更時，堪嘆人生知不知。黃泉路上無有定時，勸君仔細

疑，不如早早念勢至。（頁29）

〈良女試雷有聲〉則將五更改為唱三更，因應情節需求而來，良女三曲〔一

〔註29〕安徽池州穿會本〈遣三等〉，頁35。

〔註30〕《萬花小曲》（臺北：學生書局《善本戲曲叢刊》，民國76）。

江風〕「一更初，月色半窗臨」唱出思念丈夫之曲，暗藏誘惑，止於三更；皖南高腔本〈趕妓歸空〉鴇兒唱妓女五更，為大段曲詞中的一小段。

（二）十二月曲調

內容數唱正月至十二月的曲子，豫劇〈會仙濟貧〉啞背瘋唱小曲，自正月裡唱到十二月，為歲時曲，每段皆有〔太平年〕三字，〔太平年〕亦是曲牌名。唱段將月份與歷史人物事蹟相結合，成為如下形式：

> ……七月裡，七月七，法場綁下伍子胥，刀砍人頭城門掛，太平年，
> 英雄戰將死得屈，年太平。八月裡，八月八，將台坐下姜子牙，點
> 將先擺八卦陣，太平年，十萬大兵要出發，年太平。……十三個月，
> 一年多，西歧文王跑過坡，訪來了忠臣姜太公，太平年，保他周朝
> 八百多，年太平。〔註31〕

對照之前三支〔太平年〕六句句式，以舊曆連同閏月合計，由正月唱到十三月，共是十三支〔太平年〕組合而成。

（三）九蓮燈曲

浙江胡卜村本和調腔本有〈九蓮燈〉一齣，鄭本、辰河、湘劇、祁劇、皖南高腔本、池州大會本有〈目連掛燈〉，但曲文內容完全不同，顯然〈九蓮燈〉為浙江部分地區特殊獨有齣目。目連念佛上唱，曲文專門配合齣目名稱，由一盞紅燈唱至九盞紅燈，共九曲，胡卜村本註明曲牌名為〔一封書〕，首句形式為「一盞紅燈一卷經」形式，曲末宣念「佛」字，藉曲文祝賀風調雨順、五穀豐登、人口迪吉、國泰民安、安寧康泰等項，並且不忘說法勸修行，最後一曲縮結至救母主題：

> 九盞紅燈九盞經，照盡天下阿鼻地獄門。我母不知在何處？超度娘
> 親得放心。佛。〔註32〕

（四）一至十的數字唱

超輪本〈打店〉劉龍寶乞討「十字數唱」，以數字一至十結合歷史人物，數字和人物並無密切相關性，為一時興起給與新鮮組合：

> 說起一，就是個一，霸王手有千斤力。二莊皇，火燒白雀寺。三張
> 飛大戰虎牢關，四孟良放火燒答〔韃〕子。五武松上山去打虎，六

〔註31〕豫劇《目連救母》《民俗曲藝》87期，頁223。
〔註32〕調腔本，頁468。

岳飛大戰金兀朮。七宋江殺了閻婆惜，八李靖手中捧寶塔，九康王
手中來度〔制美〕酒，十好酒好菜來飲福。（頁259）

前五個數字可以了解和人物關係，後四人只是順應前五人而唱做。此段曲子
全以數字爲主，若是較爲長篇演唱歌曲，一至十的數字只是其中片段，超輪
本〈倒事〉羅卜齋僧，王瞎子唱〔倒事歌〕，將自然現象或歷史傳說人物顛倒
事蹟演唱，成爲歪曲但是新鮮有趣的曲詞，其中有一段結合數字成爲：

一個胖子二斤半，兩個矮子三丈長。三個秀才不識字，四個瞎子看
文章。五個啞巴能說話，六個聾子聽見了。七個瘸手來扒樹，八個
癱子扒粉牆。九個佳人無頭髮，十個癩兒巧梳粧。（頁124）

高淳兩頭紅本〈開齋〉，乞兒唱好調「十字調」由一至十的寫法，首句是簡易
漢字教學法，由一寫至十的形象，再以三句寫歷史演義人物遭遇，末五句與
蓮花落相似，卻變化成「蓮花花開梅花落」。十字寫法用形象語句唱出：「一
字寫來一管鎗」、「二字寫來有二橫」、「三字寫來三樣長」、「四字寫來四角方」、
「五字寫來半邊空」、「六字寫來兩邊擺」、「七字寫來往上翹」、「八字寫來分
兩開」、「九字寫來往上鈎」、「十字寫來隨心穿」，〔註33〕就字形特徵而寫，生
動有致，爲教人識字的訣竅。

劉氏訴三大苦，爲長編七言詞，第一大苦中穿插婦女十月懷胎之苦，由
一月至十月簡要寫出胎兒成長歷程；二大苦爲撫育小兒艱辛，於是由「一怕
孩兒身上冷」數至「十怕孩兒有災危」，〔註34〕紹興救母記本〈起解〉城隍唱
〔風入松〕以「十不該」數劉氏之罪：「一不該，背子開葷……十不該，欺天
昧地。」〔註35〕雖然都是穿插的小段文字，卻可看出計數曲文在民間受歡迎
情況。至於曲子有數字，內容卻未用及數字者，有糾合十種關於家庭、姻親、
社交的親近關係加以否定而成〔十不親〕。

以上僅是就合乎劇情內容中所表現的曲詞內容分類而論，烏丙安認爲在
遊藝民俗中探討民間口頭文學活動，主要強調有兩點：一是活動的表演性，
二是活動的娛樂性。〔註36〕倘若不談活動本身，而就民俗文學單純論其內容，
是無法得民俗活動的真實面貌。就目連戲演出時，俗曲演唱表演活動來看，

〔註33〕江蘇高淳兩頭紅本，頁103～104。
〔註34〕三大苦，鄭本置於〈三殿尋母〉齣。
〔註35〕《紹興救母記》，頁230。
〔註36〕烏丙安《中國民俗學》新版，頁360。

或唱或白，具有時而相互取代的自由性。這種情形，應是和俗曲常爲順口可歌的現象有關。

徐渭論南曲「本市里之談，即如今吳下山歌、北方山坡羊，何處求取宮調？」又稱永嘉雜劇以村坊小曲爲之，「本無宮調，亦罕節奏，徒取畸（疇）農、市女順口可歌而已。」〔註37〕江西巡撫郝碩於乾隆四十五年十二月二十五日〈查辦戲劇違礙字句案〉對流行於高腔評斷爲：

> 查江右所有高腔等班，其詞曲悉皆方言、俗語，俚鄙無文，大半鄉
> 愚隨口演唱，任意更改。〔註38〕

隨口演唱，民間演出目連戲有不少例證可見順口歌之的曲調，雖有鄭本曲詞爲範例，但民間常隨意轉曲唱爲對白，而將對白改爲唱的自由表演方式。

第一、將念白轉換爲曲唱

將念或白轉換爲曲詞，「念」的語言文字通常較爲工整，有韻律節奏存在於語言之間，以鄭本〈過滑油山〉爲例：

> 心頭火、心頭火，說起根因非小可。初生只是一星星，一團私慾來
> 包裹。發時燒破菩提心，燃時燬卻平安道。不顧君來不顧親，不顧
> 兄來不顧嫂。不顧他人毛髮焦，只要自家溫與飽。貪淫樂禍結業冤，
> 殺人放火爲強暴。燒著人時心便涼，燒人不著心偏惱。一把和柴一
> 例燒，陽間雲焰知多少？世人要點佛前燈，須先滅卻心頭火。

工整七言句，又押韻，語言節奏性強，安徽池州大會本註明「念」，〔註39〕超輪本則以「念板」作爲提示，〔註40〕浙江胡卜村本指「念〔撲燈蛾〕」以示和一般對白不同，〔撲燈蛾〕曲又見於〈假霸〉，係唱曲牌，〔撲燈蛾〕疾而無腔，但板眼自在，念唱需勻淨，〔註41〕辰河演出時將此段安置成〔課子〕曲。〔註42〕鄭本〈行路施金〉羅卜、益利唱〔得勝令〕曲：

〔註37〕徐渭（明），《南詞敘錄》（北京：中國戲劇出版社《中國古典戲曲論著集成》三，1959），頁240～241。

〔註38〕江西巡撫郝碩（清）〈查辦戲劇違礙字句案〉《史料旬刊》二十二集，（臺北：國風出版社，民國52年）頁「天793」。

〔註39〕安徽池州大會本，頁230。

〔註40〕超輪本，頁174。

〔註41〕魏良輔（明）《曲律》（北京：中國戲劇出版社《中國古典戲曲論著集成》五，1959），頁6。

〔註42〕辰河本，頁603～604。

（生白）呀！（唱）傷情對景有萬千般，如何能把程途趲。（末白）
東人看，（唱）山僧竹林下避暑盤桓。（生白）益利，朝臣待漏五更
寒，鐵甲將軍夜渡關。山寺日高僧未起，算來名利不如閑。（唱）怎
學得那山僧恁樣清閑。（行介，末白）東人，（唱）那漁翁柳陰下持
著絲竿。（生白）那漁翁一條絲線一條竿，名不貪分利不貪。醉臥沙
汀呼不醒，江山常在夢中看，我，（唱）怎學得那漁翁恁般疎散……

皖南本將說白改換一二字詞，使與原有曲文銜接成爲唱詞：

（正生唱）傷情對景有萬般，如何能把程途趲。（山僧暗上，即下。
末唱）那山僧竹林下，避暑盤桓。（正生唱）朝臣待漏五更寒，鐵甲
將軍夜渡關。山寺日高僧未起，算來名利不如閑。怎學得，那山僧，
恁樣清閑。（漁翁暗上，即下。末唱）那漁翁，柳陰下持著絲竿。（正
生唱）他那裡，一條線，一條竿，名不貪來利不貪。醉臥沙河呼不
醒，江山常在夢中看。怎學得，那漁翁，恁般疏散……（頁120）

上海目連全會本、辰河本於同齣同曲處理方式同於皖南本。安徽池州大會本
同樣將白改爲曲，文字卻比辰河、皖南本更爲接近鄭本。

鄭本中的曲中夾白，地方演出轉爲唱的例證不少，〈博施濟眾〉最後一曲
〔駐雲飛〕長短句曲詞內，插入整齊七言句「昔日螳螂去捕蟬，豈知黃雀在
身邊。黃雀又被金彈打，打彈人被虎來纏。老虎跑在山頭過，一交跌死石岩
前……」作爲夾白，此段夾白於辰河本、目連全會、超輪本、安徽池州大會
本等全被處理成唱詞的表演，形成長短句唱詞的曲牌體在前，七言整齊的板
腔體在後，兩者聯合組成完整一曲。豫劇本〈會仙濟貧〉處理方式又不同，
單取「螳螂捕蟬，黃雀在後」七言段落自成一曲，定爲〔流水〕。種種例證，
都是自由組搭、隨心入曲而不受拘束的民間演唱形式。

第二、將唱改爲念白

原爲鄭本唱詞，改爲「念板」的，〈社令插旗〉拐子、孝婦、惡婦、羅卜、
益利上場唱〔金錢花〕五曲，超輪本〈雷打〉改爲「念板」，先是白，而後爲
念，形式如下：

（淨上白）賢弟，燒酒喫多了，怎難過。我們做些經商買賣去罷。（淨
念板）經商買賣稀奇，稀奇。遇到一對痴迷，痴迷。銀子百兩人施
惠，與朋友，笑嘻嘻，笑嘻嘻。〔註43〕

〔註43〕超輪本念板文字大致與鄭本相同而有小差異，鄭本五曲〔金錢花〕，超輪本刪
去羅卜所唱其中之一，增寫拐子、打父逆子兩支，以「念板」處理，頁85。

〈趕妓〉齣目，超輪本有興寶數南京十三裏城門，為二百出頭字數的「念板」，安徽池州大會本為唱〔引〕，文字增出六百多字，數城門之前增添保兒生活與才華，之後增唱嫖妓與追騙詐嫖客情景，皖南高腔本與池州本曲文相同，僅註記為「唱」。〔註44〕以念板代替唱，超輪本有一例子可見唱、念相互轉換為目連戲表演方式之一，〈搭罐〉：

> （生白）今日家下得閑，有歌曲詞調唱一個上來。（淨白）格人歌一
> 套。（生白）就將格人歌唱上。（淨白）來了，（念板）格人歌，度營
> 生。咳咳蓮花唱幾聲，休笑化子穿破襖，挾竹棍，腳上草鞋沒得後
> 根……打一個蓮花勞，咳咳打一個蓮花勞咳咳。（生白）果然唱得好，
> 義兄，一錢銀子於〔與〕他。（頁 126～127）

明指為唱曲，卻以念板表現，曲文為蓮花落。〈拐子相邀〉鄭本由淨、丑唱〔三棒鼓〕、〔普賢歌〕、〔皀羅袍〕，高淳兩頭紅改為「念」，整齣表演方式為念、白兩種而無唱。

白、念、唱三者有別，唱詞韻字合調，韻律性強。「念」是介於白、唱之間，語言節奏性、韻字使用，使民間藝人演出時常相互轉換形式。鄭本〈博施濟眾〉啞背瘋三段「念」：

> （末）你且念箇詞、唱箇曲來。（占念詞云）我勸人家子女聽，子女
> 須是孝雙親，十月懷胎在娘肚裡，三年乳哺在母身……喫盡萬苦與
> 千辛。（唱）兒和女聽也麼聽，那慈烏也識報娘恩。

三曲勸世詞的念與唱，於各地演出時常改為唱，如湘劇《大目犍連》，念的節拍較唱來得快速。正因念介於唱、白之間，因此有些念詞於演出時改為唱，或改為白。部分目連戲班，粗識文字者較少，曲詞只求音同音近，無法求甚解，將念板和唱視為一事，郎溪目連〈拐騙〉註明：「淨唱唸板」、「丑唱唸板」為原鄭本〔三棒鼓〕、〔普賢歌〕二曲；「淨唸唱」、丑「唸板唱」為〔皀羅袍〕曲。「平身口內玉天廷，怪索人民中不知」兩句，實際為鄭本〔三棒鼓〕：「平生手段與天齊，拐殺人時總不知」的藝人記錄文字。〈削金板〉丑扮趙甲，「丑白唸板」、「念板唱」等等，〔註45〕實際上白、念、唱不同，「念板」可以「白」，也可以「唱」。念介於唱、白之間，表現方式略有不同，藝人對於三者表演方式為心知能行。

〔註44〕超輪本，頁 135～136；安徽池州大會本，頁 178～179；皖南高腔本，頁 190
　　　　～192。
〔註45〕郎溪目連戲〈拐騙〉、〈削金板〉，《民俗曲藝》87 期，頁 85～92。

佛經常能唱，亦能誦，皖南高腔本〈掛旛周濟〉「內唱」：「摩休摩休，清淨比丘，官事該散，私事休。休休休，消災離苦憂……」而於〈香山四景〉為誦經，此曲鄭本〈師友講道〉為唱，可見佛曲唱誦皆可。

第二節　民間目連戲的俗言文學類別

目連戲以民間語言說白，就俗文學領域區分為「俗諺」和「歇後語、對聯、謎語、酒令」兩類，因俗諺最多，後者運用較少緣故。

一、俗諺於目連戲中的使用

清人杜文瀾《古謠諺》「凡例」認為：「諺之體主於典雅，故深奧者必收。諺之用主於流行，故淺近者亦載。」〔註46〕諺語有典雅、淺近之分，都是傳世的常言熟語。或有將諺語、俗語作區隔：

> 諺語旨在推斷某條道理或經驗，而俗語則大多描述某種情狀或性質；諺語必是完整的句子，而俗語則不乏短語式的「殘句」，多需借助上下文，庶幾完整句意。〔註47〕

界定同時亦承認由於和俗語、成語、格言、歇後語同為熟語，有交叉現象，難以截然劃分清楚。因此不如採用唐人顏師古注《漢書‧五行志》：「諺，俗所傳言也。」〔註48〕將諺語和俗語等同視之，不再區分，同是俗所傳言，廣為民眾所運用。

諺語通常以一、兩句話，有時擴增為三至五句，總結人世經驗，提煉成最簡約具哲理、經驗性字句，內容廣博。〔註49〕句子簡短整齊，又以音韻諧和，辭句靈巧等方便記憶背誦而廣為流傳。目連戲的家庭生活、鬼戲，無非世態人情，大量民間俗語、慣用語和常言含括其中，時有「常言道」、「古人說」、「俗說」、「古言」、「有句古話」、「正所謂」、「人說」等詞，可見俗諺運

〔註46〕杜文瀾（清）《古謠諺》（臺北：世界書局《俗文學叢刊》第一集，民國49），頁4。

〔註47〕馬學良主編《中國諺語集成‧河北卷》〈總序〉（秦皇島：中國社會科學出版社，1992），頁4。

〔註48〕《漢書‧五行志》（臺北：鼎文書局，民國76），頁1381。

〔註49〕婁子匡、朱介凡《五十年來的中國俗文學‧導論》（臺北：正中書局，民國52）介紹各學者的俗文學分類，包含「諺語」；後出曾師永義《俗文學概論》一書提揭分類更為詳盡，頁25～46。

用於戲十分普遍。有時雖冠以「佛法云」、「佛經說」，但可視爲一般俗諺，如〈劉氏回煞〉「老身記得佛法云：門神門神，顯顯威靈，一年一換，好做人情。」當爲民俗信仰下的諺語。

（一）依內容分類

目連戲引用俗諺，大致可分爲數類，第一大類爲處世社交俗諺，點出來往相交的情況或準則，「受人之托，即當忠人之事」、「路遙知馬力，事久事人心」、「眾口鑠金，眾毀銷骨」、「人平不語，水平不流」、「酒中不語眞君子，財上分明大丈夫」、「天上人間，方便第一」等等都是。若是「明人不做暗事，公務不堪夜行」、「閉口深藏舌，安身處處樂」、「鐵因煉火方成劍，魚爲奔波始化龍」等，爲嚴謹約束要求的修身類型。

第二類爲家庭生活方面，關於夫妻相處和教育子女有以下諸語：「一婦一夫，一馬一鞍」、「公不離婆，秤不離鉈」、「惜金留與兒孫，未必能守。惜書留與兒孫，未必能讀」、「夫妻本是同林鳥，大限來時各自飛」。居家生活，「好事不出門，惡事傳千里」和「千孝不如一順」、「坐喫山崩，睡喫山空」。出門在外則是「在家千日好，出路一時難」、「家貧未是貧，路貧愁殺人」等等鮮明提煉的經驗準則。

第三類爲事理諺語，總結客觀事物的必然性、規律性的認知，及因果、是非、眞僞、善惡、禍福、愛憎的辯證，從而達到規誡、諷頌及行事準則的效果。如「尺霧遮天，不污于天，寸雲蔽日，何損於明」、「量大福也大，海深河也深」、「父子登山，各自努力」、「天不可瞞，法不可賣，惡不可長，路不容更」、「疑心生暗鬼，眼亂見虛邪」、「世間善惡不同流，禍福皆因自己求」、「心行慈善，何須努力看經？意欲損人，枉讀如來一藏」。

第四爲嘆世類型，指出人世間種種令人感慨現象，世態炎涼盡在其中，與社交處世的準則時有重疊處。「天可度，地可量，惟有人心不可防」、「莫信直中直，須防人不仁」、「畫虎畫皮難畫骨，知人知面不知心」、「虎生猶可近，人熟不堪親」、「屋漏更遭連夜雨，行船又被打頭風」、「人無混財不富，馬無野草不肥」、「閉門家中坐，禍從天上來」、「寧見閻羅王，莫見晚爹娘」等等。

第五類爲宗教信仰，「陽法易漏，陰網難逃。善惡報應，無差分毫」、「若問前世因，今生受者是。要知後世因，今生作者是」、「此身不向今生度，更向何生度此身」、「一子成道，九族登天」有些宗教俗諺以今日看來，有被質疑處，如「善惡報應，無差分毫」、「萬事勸人休碌碌，舉頭三尺有神明」等

語，但是在目連戲盛演時代，卻是百姓琅琅上口，奉行不悖的行事、修養準則。宗教俗諺有不少爲詩韻形式，簡單宣揚佛理、宗教觀，勸化世人修善，重因果報應，「看盡彌陀經，念盡大悲咒。種瓜還得瓜，種豆還得豆。經咒本慈悲，冤結如何救？照見本來心，做者還他受。」以及「佛經說，人人知道有來年，家家種取來年穀。人人知道有來生，何不種取來生福？」這類作品相當多，已爲「格言詩」，〔註50〕詩中部分文字如「種瓜得瓜，種豆得豆」等語經時間、百姓刪汰之後，保留下來再精煉成爲流傳普遍的俗諺。

以上五類型爲最多，關於時政諺語少，「人心似鐵非爲鐵，官法如爐果是爐」和「將相膊頭堪走馬，公侯肚裡好撐船」，兩則同出於鄭本。前一句實際爲民間常用俗諺，濃縮寫爲「人心似鐵，官法如爐」。〔註51〕時政俗諺，爲民間文學作品大致上無關於官府使然。另有一種可以定名爲「歹人俗諺」，將使壞、仇恨報復心態同樣以鏗鏘字句加以包裝，如「恨小非君子，無毒不丈夫」、「滿口排牙說不出，料他插協也難逃」、「天堂有路偏不去，地獄無門闖進來」等語，同樣廣泛流傳民間。

（二）目連戲俗諺的修辭技巧

俗諺廣用辭格，巧織句式，常見形式由兩句構成，有一句、三句、四句的，在技巧上常運用民間詩歌特有的排比、對偶、比喻、層遞、倒裝、設問等修辭技巧，以增強藝術上的感染又和論理中的說服力。〔註52〕目連戲俗諺表現手法，最簡單形式是一句或兩句組合成一個完整意思，或表達一種形象、情境，如「君子成人之美」、「一斟一酌，莫非前定」、「父子登山，各自努力」、「要知心腹事，但聽口中言」、「皇天不負孝心人」、「打人一拳，三日不得眠」等等。某些俗諺表現手法上有其特點，如排比、對稱、對比、比喻、興托等手法。

1、排比：目連戲俗諺，除了一句形式外，兩句或以上者，常以整齊形式流傳於外，而有「排比」特點。眾多形象優美的排比諺語，簡單有四言兩句，如「門戶雖破，骨格還在」、「人生一世，草生一春」。四言四句排比俗諺如：

〔註50〕格言詩一語借用高國藩〈敦煌諺語集——《太公家教》〉談四句以上的排比諺語給予的名稱，《敦煌民間文學》（臺北：聯經出版社，民國83），頁316。
〔註51〕鄭本〈城隍起解〉：「人心似鐵非爲鐵，官法如爐果是爐」，〈過金錢山〉、湘劇大目犍連本〈送女折租〉省爲「人心似鐵，官法如爐」。
〔註52〕《中國諺語集成・河北卷》，頁4。

「人間私語，天聞若雷。暗室虧心，神目如電」。五言兩句排比諺語如「餓莫看燒瓶，窮莫靠親情」、「要知心腹事，但聽口中言」；六言兩句排比如「人死不能復生，劈竹焉能轉合」、「天有不測風雲，人有旦夕禍福」；七言排比俗諺較多，「得勢狐狸強似虎，退毛鸞鳳不如雞」已為對句。十言兩句排比諺語，如「心行慈善，何須努力看經？意欲損人，枉讀如來一藏」。目連戲中的俗諺，大部分為兩句一組，少數有三句者，如「天可度，地可量，惟有人心不可防」。四句排比如「若問前世因，今生受者是。若問後世因，今生作者是。」已為格言詩形式。

2、對稱：為成雙提出，通過雙重肯定突出兩種同等事物的正確或相似評價。如：「忠言逆耳，良藥苦口」、「單絲不成線，獨木不成林」、「屋漏更遭連夜雨，行船又被打頭風」、「聚物則賤，用物則稀」、「量大福也大，海深河也深」、「疑心生暗鬼，眼亂見虛邪」、等等都是。

3、對比：此手法特點是用對比法，將一事物否定，肯定另一事物。如「千孝不如一順」、「黃金非為貴，安樂值千金」、「命好不用乖，心好不用齋」等。

4、比喻：用通俗易懂的形象比喻，說明一個發人深省的道理或現象。如：「但將冷眼觀螃蟹，看他橫行到幾時」、「虎生猶可近，人熟不堪親」、「鐵因煉火方成劍，魚為奔波始化龍」。

5、興托：以兩句式排比句，一句比喻，另一句點明意義。如「天有不測風雲，人有旦夕禍福」、「長江後浪推前浪，世上新人趕舊人」、「千年樹木在山林，世上難逢百歲人」，這些俗諺著重在於後句，前句為比喻。而「人死不能復生，劈竹焉能轉合」比喻是後句，點明意義是前一句。比喻常是詩意的，給予人充分美感和深刻印象，因人們樂於口傳，便於記憶，於是連帶成為目連戲中常引用的俗諺。

俗諺不少用於人物上下場時，與傳統戲曲人物上場時常先唱引子，或念詩、詞、俗語，下場時也常念誦下場句子的形式有關。引子之後的自報家門與下場所念誦，經常是整齊句式，而又講究押韻技巧的文字。鄭本〈過滑油山〉鬼卒押解劉氏，劉氏先唱〔金蕉葉〕曲述怨恨，唱完鬼使白：「善惡分明路兩條，相差原只在分毫。陰司法度無偏枉，據爾陽間事若何。你在陽間作惡多端，今到陰司受諸苦楚，理勢必然，休得埋怨。」先念詩句「定場」而後才是對口白，為傳統戲曲沿用模式。

目連戲小人物登場，常念二句俗諺或四句較通俗的整齊詩句，精煉概括

人物形象或行為動機，如〈劉氏開葷〉道人、和尚前來勸戒，上場時同念：「天可度，地可量，惟有人心不可防。」此處「不可防」與可度、可量相對而言，指無法度量、無法防範之意。尼姑前來勸諫劉氏，上場即以「路遙知馬力，事久見人心」俗語概括劉氏開葷事。同樣〈李公勸善〉李厚德勸劉氏，上場時說「山中有直樹，世上無直人」，表達勸解之行時又以「畫虎畫皮難畫骨，知人知面不知心」以評說劉氏，這些都是大眾喜聞常用諺語，形象生動傳遞表達的意涵。

作為下場時念，丑、淨扮二拐騙羅卜得逞，鄭本〈社令插旗〉匆遽過場時丑念：「人不無良身不貴」，淨念「火不燒山地怎肥」之後暫時下場，兩句俗諺表明惡人為非卻自認合乎事理的心態。而後丑扮惡婦謀作惡事，過場下，念：「只教你閉門屋裡坐，禍從天上來。」兩例子都是以俗諺總結惡行。

除了上下場時念俗諺，更多運用於對白情節之中，鄭本〈花園捉魂〉，益利對旁人訴說主母開葷事有「正是：好事不出門」，即為劉氏接說：「咄！有甚惡事傳千里？」呼喚兒子前來，羅卜上場依然先念「隔墻猶有耳，窗外豈無人」俗諺，才問母親為何焦躁？而後以「自古道：尺霧障天，不虧于大，寸雲點日，何損於明？」作為開解，對劇情有濃縮概括成為定論的意涵。〈五殿尋母〉遭惡婆婆誣蔑的賢媳婦於閻王面前得到公道審問後，惡婆婆以「混濁不分鱔共鯉，水清方見兩般魚」，賢媳婦以「多感，多感。人惡人怕天不怕，人善人欺天不欺」俗諺點出觀眾心目中天理昭彰無缺的認知。

目連戲運用俗諺，更能以民眾所熟悉，對情節、人物行為、想法有更精煉揭示。如為上下場所用，凝鍊出人物個性、想法與欲完成的行為；置於情節對白之中，則為前後相關情節的總結定評。

二、目連戲中的歇後語、對聯、謎語和酒令

歇後語起於文人的文字遊戲，將所熟讀經書或所熟用成言、語彙截去一部分以表達另一部分的修辭法，歸屬於俗語、諺語範圍。若就技法而論，則屬於遊戲文字。〔註53〕對聯和謎語，同為雅俗廣為喜愛的文字或口語遊戲活動。置於俗文學領域，獨立成兩大項。然而若存在於同屬俗文學領域的戲曲項目內，運用起來則是增添情節的趣味性，和歇後語一樣，和劇情有機融合一體，係內容的一小部分。

〔註53〕曾師永義《俗文學概論》，頁39～40、106。

（一）目連戲歇後語譬解方式

民間文藝廣爲運用歇後語，觀眾在語意和語音的雙重折衷獲得愉悅。〔註54〕諺語有效成分蓄於全句，歇後語只在後半句，諺語獨立成句，歇後語多作句子成分，或依附某語言環境。〔註55〕歇後語於民間以口語爲材料，表現手法通常可以記錄爲「四兩棉花——不談（彈）了」，前半是比喻，後半爲說明。有時只說前半，後半即可知曉，不必說出，〔註56〕但是重點總是在後半句。目連戲使用的歇後語，通常安排兩人對談，由說歇後語者自行說明要表達的意思，正是歇後語依附於某語言環境的事實，皖南〈見女託媒〉段公子至張媒（丑）家，先以歇後語進行對談：

> （淨白）來旺，看禮物過來。（丑白）無功不受祿。（淨白）受祿必有功。（丑白）如此攔胸一刀。（淨白）怎說。（丑白）破費。（淨白）麻雀行房。（丑白）怎道？（淨白）沒多一點。（丑白）公子，我笑談了。（淨白）有何笑談？（丑白）擀麵棍放在橋凳上。（淨白）那怎道？（丑白）光棍請坐。（淨白）我也有句笑談。鐃鈸放在凳上。（丑白）那是怎道？（淨白）兩片同楊。（頁319）

劇中說明歇後語爲「笑談」，足見具備高娛樂性，爲百姓所喜。「破費」即是「破肺」的諧音，待委託完說親事後，離去之時，依然採用「笑談」方式各抒想法，如以「麻繩下水」說此事爲「要緊，要緊」，媒婆答以「燈草做牌」以示「放心」，「磨房驢兒不見鞍」表示「出在你身上」，「三分銀子買張蘆席」指「我就包了你」，以示此事全包攬在身，答應做媒必然盡心盡力。

四川目連戲〈開葷〉是李狗的戲，表演上菜招數，一盤盤上菜時，每道菜都須用四川的歇後語繪聲繪影報出菜名，不外乎鄉下擺席的內容，像「和尚的腦殼——梳（酥）肉」之類，不乏低級庸俗之處，但可以專演一場戲，演來也別具風味。

目連戲歇後語運用四種方法以比喻說解，第一是「直取其義」，以人或事直接說明一個概念，這類型最多，超過其它三種譬解的總和。「蝦蟆跳在蛇頭上——自來之食」、「大閨女不絞臉——毛頭」、「快刀切蔥——一樣齊」、「菜籃裝泥鰍——一條條溜得乾乾淨淨」、「麵糊盆裡一條蛆——糊塗蟲」、「孝弟忠信禮義——沒有廉恥」。

〔註54〕劉禎《〈王婆罵雞〉與中國民間文化》《民間戲劇與戲曲史學論》，頁274。
〔註55〕《中國諺語集成・河北卷》，頁4。
〔註56〕曾師永義《俗文學概論》，頁108～109。

第二爲「用諧音字相關」的方法，「堂前中間一下響——斷了糧（梁）」、「包扁食不長鹽——且（淡）角」、「鞋兒旮裡長草——荒（慌）脚」、「外孫打燈籠——照舊（舅）」以及前列「破費」、「酥肉」數項而已。

第三種是「語意雙關」，以事物作比喻，引發聯想以獲得概念，僅「肉饅頭打狗——有去無回」、「八仙過海——各顯神通」兩例而已。

第四種爲「象聲見義」方法，僅「隔牆摺盆——不差（噗嚓）」一例。〔註57〕

由四種比喻說解的歇後語，直取其義佔絕大多數，顯見民間文學以淺白易解爲特色，使鄉里多數人能夠理解。作爲戲劇對白中的歇後語，總和情節內容搭鉤相關，密切結合某種語言環境以充分表現意義，以湘劇大目犍連〈兄弟求濟〉爲例：

> ……（付白）在臉上，一邊四個，你看，孝弟忠信，禮義廉恥，這八個字是根本，忘不得的。（丑白）大相公，你有八個，難道我只有七個半？我也有。（付白）你的在那裡？（丑白）我的胸前四個，背後四個，你看：孝弟忠信，禮義。（付白）還有廉恥。（丑白）我肚子餓了，不要廉恥，我要求周濟去。（下）（頁273）

（二）目連戲內外的對句、對聯

統計目連戲齣目內使用的對句、對聯，最爲工整而合乎對聯寫作規則爲〈劉假變驢〉，僅莆仙本和鄭本有此齣目。劉假之子追懷昔日父親聘請老師教他讀書對句時的情形，一再預示劉子未來淪落爲丐的命運。

莆仙本先由一字對起，進而增爲二、三、四、五、六、七字，將「師——生」對句、對聯書寫成爲「琴——枴」、「茶杯——漆碗」、「登虎榜——鑽狗洞」、「三層涼傘——雙肩布袋」、「百戶呀百戶——一家過一家」、「三杯美酒餞別——一碗冷飯就行」、「風打桂花香馥馥——日曝狗屎臭騰騰」。〔註58〕塾師出題爲典雅上聯，得到回應是粗俗下聯。鄭本寫出不同的對聯：「新銀盃——破漆碗」、「亭亭竹節高——哩哩蓮花落」、「桂花插鬢喜乘龍——竹杖隨身長打狗」、「九重殿上，列兩班文武官僚。——十字街頭，叫幾聲衣食父母。」文人口吻的上聯，對目連戲觀眾而言，最淺顯易懂是下聯語句，文雅與俚俗至極的對比，形

〔註57〕以上歇後語四項譬解方法，見曾師永義《俗文學概論》，頁109～111。
〔註58〕《莆仙戲目連救母》，頁178。

成師生語文程度反差上的語言樂趣，透過對聯，形象塑造劉子未來命運。

除了上二例之外，豫劇〈觀音點化〉觀音出上聯「西天去取經，大雪迷路徑。」目連對以「媽媽留我住，久後報恩情。」〔註59〕顯然「西天去取經」和「媽媽留我住」的詞性語彙對應不夠妥貼，「大雪」與「久後」亦難協調，雖有對聯之名，卻不夠精審。

若是湘劇大目犍連〈花子求食〉癩子老滿送花子老大的對聯，上聯十分文雅，飽含祝福語，使花子老大十分讚賞，待得下聯念出，首句尚屬對應工整雅致，而後日益粗俗不堪，最後連帶喪失對聯形式：

> 福如東海海龍王，王母蟠桃桃開花，花結子子孫滿堂，堂堂富貴；
>
> 壽比南山山果老，老奴才才得爲人，人心不好好似不似，似你這精老的烏龜。〔註60〕

此處安插不是爲了寫出恰當對聯，而是純粹科諢之體，取對聯作用加以變化成爲笑料、笑談，以博觀眾一笑，增添情節趣味性，製造娛樂效果。

目連戲外關於目連戲的對聯，屬文人創作，通常張貼於演出舞臺。儘管部分針對劇中人物荒謬取笑，卻與戲中將對聯利用作爲塑造人物形象的方式不同，平仄協調與詞性工整爲基本。依內容區分，目連戲外張貼於演出舞臺的對聯有以下三類：〔註61〕

1、以目連戲中人物情節爲對聯內容。這類型對聯由於取諸於戲齣情節內容，可見目連戲故事深入民心。以下錄正寫與反面質問情節不合理處各一聯：

其一：

> 壞婆娘也有半世修行，到後來背子開葷，丟了傳家體面；
>
> 好小姐真是一生清潔，想當初逃庵斷髮，添些曹氏風流。

其二：

> 聖賢言孝在傳宗，怪羅卜徒讀父書，一意孤行，縱然接武芳規，能承先，不能啓後；
>
> 周召齊家由化內，笑傅相養成婦悍，開葷破戒，雖有蓋愆合嗣，知教子，未知刑妻。

〔註59〕《豫劇目連救母》《民俗曲藝》87期，頁253。

〔註60〕《湘劇大目犍連》《目連戲曲珍本輯選》，頁280。

〔註61〕以下目連戲演出時舞臺張貼的對聯，見魏慕文、高慶樵、雷維新提供〈目連戲戲聯〉，見《安徽目連戲資料集》，頁166～173。

2、總寫目連戲演出與神道設教內容。此類著墨於目連戲的文字較少，卻提鍊出神道設教的勸世意涵，兼帶有娛樂或批判味道。如以下一聯，除了正寫內容外，兼及目連戲原始的酬神報賽功能：

> 古今一戲場，什麼慈悲濟世，羅卜挑經，果能於子友弟臣擔負綱常，
> 便算上臺真腳色；
>
> 秋冬多樂事，看那黃菊傲霜，紅梅映日，正好借衣冠文物演酬神願，
> 仍傳報賽舊風規。

3、適用一般演戲對聯。此類型的目連戲演出聯，總論神道設教，或只是表現登場演戲，較為普通平凡，欠缺凝聚焦點。

其一：

> 遇事強出頭，此中大有人在；
> 登臺便抽腳，天下其謂公何？

其二：

> 尊重神權，看當場賞罰分明，自由運動；
> 宏施法願，聽澈夜笙歌嘹亮，代表感情。

目連戲外對聯依內容區分為三類，前兩類針對戲劇情節、人物情感走向，切合神道設教主旨，較為特殊，勝過第三類普遍通用聯。

（三）目連戲少有的謎語和酒令

謎語發揮的智育作用是由講者出謎和對者猜謎雙方對應進行，由發展而出的多種謎題體例和做謎藝術，有專門說謎的藝人和猜謎場所，可見民間猜謎活動的娛樂性質是十分突出的。〔註62〕目連戲齣內的用以猜姓名的謎語有兩處，一見於前目連。湘劇大目犍連〈回營托夢〉指出「文而不武立功勳，一了干戈定太平。甫寸之人相助力，雙目之功奏朝廷。」此謎由神道透過夢境指涉平定亂事的關鍵人物為「傅相」或「傅林」。傅相與傅林為親兄弟，由傅相立功，因功擁有官位則讓與傅林。「雙目」同時指傅相、傅林，可見係以語言為主的謎語，係口頭流傳，而以文字寫定臺本時，取建功的傅相名義，此亦是最正解的謎底。

另一姓名謎見於〈劫金〉，僅見於池州青陽腔大會本馬吐人言，強盜詢問前生姓名，馬回答：「走盡天下路，消費十兩銀。少債還他債，目下已清完。」

―――――――――――――――――

〔註62〕烏丙安《中國民俗學》新版（瀋陽：遼寧大學出版社，1999），頁360。

宮廷本 1－21 謎面大同小異，〔註63〕覆射方式透過對白指出：「題頭四字，走肖少目，卻是趙省二字。你前生叫趙省麼？」可見此謎是以四句第一字為解謎關鍵，名為「題頭」。

鄭本〈化強從善〉並無趙省謎，卻有另一簡單「字謎」存在，並為各本目連戲所用，馬說話：「殺我一馬，人皆四馬」，以「四馬」猜「罵」字，比起前一謎語來得簡單容易多了。字謎為漢字所獨有，以四馬射罵字，為述形字謎，同是「鬼」字，辰河本以「田几厶」述形謎語表明身份，〔註64〕超輪本「姓魁名不斗」，以「魁不斗」拆解字謎，透過對白「魁字拿了斗字是個鬼」，將解謎關鍵告知觀眾。〔註65〕郎溪本〈打癱〉以「八字肚內加一個力字」來猜「分」字，癱子原猜「公」字，謎面、謎底將兩乞兒的識字度如實呈現。〔註66〕

目連戲內的姓名謎較字謎來得深奧文雅，連謎面都以四句整齊的句式寫出，甚至使用韻語。用韻語隱射事物的謎語，又與謠諺極為相似。謎語主要作用在隱射事物，形態毫無限制，因製謎者教育程度有高低之別，與猜謎對象不同，謎面文字雅俗深淺截然有別。〔註67〕謎語變化形音義成為巧思遊戲，化入戲曲之中，變成某幾齣情節的關鍵，或是為一段演出增加內涵，更增添娛樂性。

酒令是宴會時，以一人為令官定飲酒次序，眾人都須聽令官號令的風雅遊戲，可以呈機智、鬥才學，通常屬文人遊戲。明人殷啓聖編《堯天樂》、龔正我編《摘錦奇音》錄「時尚酒令」項目，可見這是相當受歡迎的文藝樂事。〔註68〕酒令置放於目連戲劇情之中，僅一見於莆仙本〈修整齋房〉，此齣鄭本名為〈三匠爭席〉。原為木匠、泥水匠、石匠爭說祖師爺的偉大事蹟以坐首席，莆仙本將之改為行酒令，規定，一要生的，二要熟的，三要三個頭一樣。於是三匠分別說出如下酒令：

〔註63〕宮廷本謎面：「走盡天涯路，消還十兩銀。少債來還債，目下轉回程。」
〔註64〕辰河本〈二奴下陰〉，頁 567。
〔註65〕超輪本〈打狗〉，頁 168。高淳兩頭紅本〈削金板〉以「魁北斗」釋「鬼」字，當為「魁不斗」之誤，「北、不」二字當是音近致誤，頁 95。
〔註66〕高淳兩頭紅〈打癱〉謎面為「八字下加一刀字」，頁 49。
〔註67〕臧汀生《臺灣閩南語歌謠研究‧論功用》（臺北：商務印書館，民國 73），頁 99。
〔註68〕殷啓聖（明）《堯天樂》（臺北：學生書局《善本戲曲叢刊》，民國 73），頁 105 ～196 中層；龔正我（明）《摘錦奇音》（臺北：學生書局《善本戲曲叢刊》，民國 73），頁 273～308 上層。

土匠：「生是土，熟是磚，馬駼、白甲、羅搥，這三個頭一樣。」

木匠：「生是栖，熟是楸，虎、豹、彪，三個頭一樣。」

石匠：「生是米，熟是糟，棉彈、鳥銃、礜鈎，三個頭一樣。」

木匠、土匠對石匠酒令有意見，認為三頭是鐵製，不合令規，應用有生命物件才合乎要求，於是石匠改為：

生是絲，熟是絨，麒麟、獬豸、龍，豈不是三個頭一樣嗎？今且不說麒麟、獬豸，單提那龍來，你們那些馬駼、白甲、羅搥、虎、豹、彪，還不夠我那龍一頓吃呢！

至少知道莆仙本此齣改定者，必然對酒令有所涉獵，由各本未出現酒令的事實，如非對酒令有一定認識與才學，鮮能加以編排運用入戲。

以上俗文學種類，以俗語、諺語等最容易安插於目連戲對白之間，數目也最多，對敷演情節有一語定論的效果。其次為歇後語使用，由於截去文句後文的方式，所得到的語言、文字趣味性較高，得更加費心安置於劇情之間，和內容產生密切關聯。對聯、謎語、酒令等文字講求又更進一層，於是能夠和情節產生聯繫又更具巧思，宜乎能夠運用於戲中又更少了一些。

類似於猜謎活動，目連戲中還可以找到另一種較簡單的方式：猜心事。毋須謎面，只有一而再、再而三的提示，引導猜者思考。猜不著的憨態對照被猜者內心無奈焦躁，形成強烈對比，而觀眾早已了然於心的答案，更能輕鬆欣賞表演者一來一往表演娛樂效果。〈見女託媒〉皖南本段公子（淨）和家童（小丑）對談：

（淨白）又講書。來旺，公爺一樁心事，你若猜得著，公爺有賞。（小丑白）賞我什麼？（淨白）賞你一個丫鬟。（小丑白）莫非是要買莊田？（淨白）烏鴉飛過坂。（小丑白）造樓房？（淨白）住不了的金屋也罷，把個油頭與你，總在洞房裡面猜。（小丑白）象牙牀？（淨白）牙牀裡面。（小丑白）銷金帳？（淨白）銷帳裡面。（小丑白）紅綾被？（淨白）被底下。（小丑白）氈條？（淨白）氈條上面。（小丑白）小被？（淨白）小被上面。（小丑白）大被？（淨白）大被裡面。（小丑白）大被裡臭蟲、蛇蚤？（淨白）頭對頭。（小丑白）腦箍？（淨白）嘴對嘴。（小丑白）尿壺？（淨白）鑽心溜膽。（小丑白）癆蟲？（淨打介）（淨白）公子一生受用的。（小丑白）千梆棺材？（淨白）踢死這狗才！棺材都猜了出來。（頁317～318）

對談至此，由年長的家院說出公子為郊外遇見的女子患相思。猜心事一段，將當時富貴人家床上層層被褥詳細寫來，其中不乏出題者提示，答題者荒謬作答形成的突兀笑料。越猜越俗氣、低下，連尿壺、臭蟲、癆蟲、棺材都被提上舞臺以製造笑果。這些科諢，已可歸類為「笑話」類型，而笑話卻也是民間喜聞的玩藝文學，用以調劑精神，使生活更富趣味。笑話通常具有戲謔嘲弄的特質，使聽者在笑聲中得到娛樂或啟示。〔註69〕目連戲各齣，只要是淨丑表演，經常具備玩笑科諢以引發觀眾笑的情緒，除了內容詼諧逗趣之外，還伴隨表演者肢體動作為輔助，使笑話的趣味性更能提揭而出，觀眾從而在視聽兩方面得到笑的娛悅。

第三節　目連戲俗文學特色

　　扣著劇情，塑造人物形象，為民間大眾所喜觀的目連戲，在戲曲領域之中，容納多種俗文學種類，僅以鄉土庶民的語言、想像力靈敏奔放、質勝於文的民間本色、內容與思想的繁雜性論其特色。

一、鄉土庶民的語言

　　俗文學存活於語言中，而非存活於文字上，為了流通於廣大群眾之中，所用語言為白話，明白通俗，以傳播廣遠和易感人心。因此口語性為目連戲語言特色之一。

　　目連戲固然有臺本記載，若仔細比對同一地區臺本，即能發現文字記載略有差別，而這些差別，正是存在於語言中的證據，如參看不同地區臺本，語言差異更是明顯。豫劇目連〈劉甲受審〉的「這聲音咋恁熟啊？可別是俺老姐呀，要是俺老姐，這官司可不好打了。」與安徽郎溪目連〈打癩〉「息著罷了，化子那有家的野的？」「呆碼子不懂乞口」，〔註70〕泉腔本〈會緣橋〉「稟員外，前面大官路有一死屍，並無棺木、衣服通收埋」等例，〔註71〕自是不同區域流傳的通俗話語。

　　唱詞語言通俗易懂，與對白如出一轍，只是加上鑼鼓等樂器伴奏，高淳兩頭紅本〈搭罐〉中的一曲：

〔註69〕鹿憶鹿編著《中國民間文學‧笑話》（臺北：里仁書局，民國88），頁145。
〔註70〕豫劇《目連救母》，《民俗曲藝》87期，頁243；郎溪目連戲見同一書，頁38。
〔註71〕《泉腔目連救母》，頁10。

（淨唱）悔當初不聽我姑娘之言，娶你這賤人到家。今日三來明日四，把我家業漸漸消了。思想起來好姑娘。（内打鑼介）聽齋堂畫鼓敲。（頁 132）

李開先曾論「市井戲謔之詞，亦不必拘韻。」〔註72〕此曲「了、敲」二字可算協韻，末句相當雅氣，與前五句的俚俗形成強烈對比，民間作品雅俗摻雜情形可見。

俗曲既不必拘韻，對白散說更毋須談用韻，然而民間戲劇的文學性表現手法，「押韻」卻是相當傳統的一種形式，不只是唱，對白有時亦講究用韻，因而表現更強的語言旋律。浙江目連戲有名的〈白神〉一齣，白無常自敘身世遭遇：

大王出了牌票，叫我去拿隔壁的癩子。問大起來呢，還是我勒個堂房阿姪。生啥個病呢？傷寒還帶痢疾。看捨個郎中呢？下方橋陳念義拉倪子。開啥個藥方呢？附子、肉桂、外加牛膝。頭煎吃落，冷汗發出；貳煎吃落，兩腳筆直。我道伢阿嫂哭得悲傷，暫放伊還陽半刻；大王道我是得錢買放，將我細打四十。

無常的念白，全用紹興方言土語，這裡的「子、姪、疾、膝、出、直、刻、十」紹興音全押韻，都讀入聲。〔註73〕演員因應時空不同與體會，常有相似但略有差別的臺辭，即使不懂得方言土語，亦能體會語言押韻下的節奏性，如紹興救母本的同一〈白神〉：

昨日閻君發下大牌，你道要拿啥人？要拿□□格癩則。你道癩則住在何處地方？住在城隍廟隔壁。我今走將進去一看，他在馬桶裡比比洞來哩刮跡。我不管三九廿七，將他一索吊出。仔細回頭一看，原來是嫡嫡親親堂房阿姪。見他苦苦哀求，我就放他還陽半日。不想癩則比娘不知死活，請格郎中前來診脈。你道何處郎中？就是□□□伲則。（頁 221）

普通念白押韻已然具有文學情味，若標註為「念板」，板的節奏性更高，語詞同時具備整齊形式，調腔本〈交租〉：

我種田地是魁首，糯晚早稻件件有。

缸綠細豆棉花湊，蒲瓜茄菜也是有。

〔註72〕李開先（明）《詞謔》（北京：中國戲劇出版社《中國古典戲曲論著集成》三，1959），頁 279。

〔註73〕裘士雄、黃中海、張觀達〈社戲〉，《浙江省目連戲資料匯編》，頁 393。

　　　嵌花秋，紅休休。旱花秋，圓兜兜。

　　　大力車，要利口。六十日，細扭扭。

　　　鵝黃白，白休休。處州早，糯稠稠。

　　　白洋糯，無花頭。竹絲糯，有花頭。

　　　黃殼糯，好做酒。紅殼糯，紅休休。

　　　種田地算我是上首（又）。（頁34）

十種稻米品種與其特性，出之於協韻文字、整齊句式，便於念白時塑造音節節奏，更富於文學表演性。民間文學並不避諱重複修辭用字，「紅休休」有兩處，與「白休休」是顏色略微差異，形容語彙相同。固定使用三字句，以整齊形式爲特色，配合富於節奏的念白，表演性相當高，念完後自敘身世家門，以戲曲演出而言，是屬於上場詩的念白類型。同樣類型方式，〈鬧茶坊〉傅金哥、銀哥至茶坊，喚出店家，店家出場時念板：

　　　來哉，來哉。喏！我開茶店有名頭，講茶葉，好路頭。

　　　清涼茶，好芽頭。穀雨茶，細扭扭。桂花茶，香鼻頭。

　　　薑芽茶，辣愁愁。南山茶，紅休休。北山茶，好汁頭。

　　　蓮子茶，補心頭。蜂糖茶，渾油油。雲霧茶，鮮味厚。

　　　陳皮茶，止咳嗽。梅桂茶，開胃口。我格茶店有名頭（又）。（頁46）

由於註明念板，其節奏性可見。說唱藝術中，用韻語半說半唱、似說似唱的品種爲韻誦類，其中打著板數唱各種快書、快板居於主導地位。〔註74〕由拿著板演唱，到戲曲以板爲節拍登場演唱，以「念板」註記，節奏強，速度快爲其特色。民間文學修辭特性之一「不避重複字押韻」，因此可以看到此處當地十一種茶葉特性，常以「頭」字押韻，比全篇僅協同一字的獨木橋體更爲靈活運用。依然是三字句的整齊句式，可見，念板應該就是適合於三字句以表現節奏感。

　　唱詞部分，如非鄭之珍所做，常以俚俗見長。辰河本〈李狗盜韓〉兩支〔鎖南枝〕，現只錄曲詞，而不錄中間夾白：

　　　見李狗，心冒火。見李狗，心冒火。你糊里糊塗我惱心窩，你做生意到我處，算來有年多。你這狗兒呀！你做生意我店坐，已有一年多。房間錢、伙食錢、燈油錢，全然不曾給一個。越思想，惱心窩，你今不送錢，叫你見閻羅，叫你見閻羅。

〔註74〕吳同瑞、王文寶、段寶林編《中國俗文學概論》（北京：北京大學出版社，1997），頁160。

> 王老兒，莫囉嗦，你的屎少屁又多。我做生意本錢多，你把我盤成
> 一個光田螺。王老板呃，老傢伙！下到你店來辦貨，我的銀錢帶得
> 多，老的盤算我，少的也盤算我，如今盤剩我人一個，你休想趕出
> 我。管叫你不得活，管叫你不得活。（頁 481）

村坊小曲，隨心入曲的情形大約如此類，二曲俚俗，以韻字收束。〈益利逐狗〉更有支山歌，李狗唱來，金奴幫腔：「唱隻山歌解憂愁，二人意合情又投。金奴愛我好人品，我愛金奴好風流。」（頁 548）四句七言整齊句式，詞意通俗白話，人人可懂。

　　就目連戲俗文學的口語性而言，其表現方式：第一，使用鄉土方言，形成不同地區的演出風格。第二，曲白內容如以鄉土名物為題，更易為鄉親觀眾所喜愛。第三，曲、白以通俗話語居多，為不拘韻的自由表現，但是有時講究押韻用字、強調排比、比喻等修辭技巧，從而創造出較高的文學性。

二、想像力靈敏奔放

　　鄭振鐸歸納俗文學特質，得出六項：一、大眾的。二、無名的集體創作。三、口傳的。四、新鮮，但粗鄙。五、想像力往往很奔放。六、勇於引進新的東西。〔註75〕勇於引進新東西，內容必然新鮮，加上創作上想像力奔放，因此俗文學常有出人意表的描述和比喻，此點於目連戲曲白時可看見。

　　皖南高腔本〈劉氏囑子〉有段臺詞：「古怪年年有，惟有今年多。板凳爬上壁，燈草打破鍋。老叔老叔，正好享福，一下死了益利哥。」板凳爬上壁、燈草打破鍋用來比喻古怪事，的確相當傳神生動。同一本〈濟眾度生〉眾乞丐名號由來，就事與情境來論，

> （淨白）你家這些乾叔子都有個號的。他家門前有個塘，就叫個前
> 塘叔。這個叔子後面有條溝，就叫後溝叔。這個叔子有些懶，叫作
> 守廟叔。這個叔子勤快，就叫撞街叔。這個叔子門前有堆沙，叫做
> 沙體叔。這個叔子門首有棵柳，以柳而取名，叫個柳絮叔。（眾白）
> 你家乾老子也有個號，門首有棵松，別人家松毛往上長，他家松毛
> 往下長，炎天暑熱，你家乾老子總在松陰底下乘涼，取名獨松。
>
> （頁 67～68）

〔註75〕鄭振鐸《中國俗文學史》，頁 4～6。

綽號取名，依人物居家環境、個性而來，原為人類相處慣常有的相處模式，通常形象化的捉住人物特質。〈罵雞〉將所養的雞分別取了名號，紹興舊抄本創造著錄了花雞、刺毛雞、蓬頭雞、荔子雞、瞎眼雞、烏腳雞、神仙雞等詞，調腔本除去相同者，還有反膀雞、癩毛雞、倒冠雞、碎毛雞不同名號依外在形象命名。和種種名色相較，豫劇〈眾鬼受差〉閻王對鬼的名號和形容，就顯得平凡多了：大鬼生裡惡，頭帶兩隻角；二鬼生裡滑，滿嘴帶獠牙；三鬼生裡鮮，張嘴冒狼煙；四鬼生裡蠢，張嘴賽血盆。五鬼是馬面，手拿鐵鎖鏈。（頁229）

即使以鄭本曲詞為定本依據，演出時也常隨時添加天馬行空的詞彙。〈行路施金〉拐子唱兩支〔念佛賺〕最後兩句：「修到神仙在物外遊。南無阿彌陀佛。」高淳兩頭紅本與鄭本詞相同，但改唱為白，末二句隨興添加一句成為「學到神仙物外遊，南無。青菜、豆腐、金針、木耳，阿彌陀佛。」〔註76〕對民間藝人而言，隨心意添加進去的文詞，可以不論邏輯性和種種因由，即能自由組合在一起。

最能展現想像力靈敏奔放的劇例，應是調腔本〈白神〉，小名夜排頭的活無常細數家中親戚個個姓活：父親活撮哄，弟弟活力絡、活笑殺、活亂話、活潑潑、活青顛、活把戲、活氣殺、活淘氣、活打殺、妹妹活禽殺，這些名詞俱為方言，「活撮哄」表示善於捉弄、哄騙，「活力絡」是十分靈活，「活亂話」為胡說八道，「活青顛」指瘋瘋顛顛，「活把戲」為善於變戲法。〔註77〕而後還有母親活出醜、妹妹活氣數、嫂子活倒竈、小嬸是活勿成、老太公活龍鍾，並逐一用形象物件形容長相，僅舉大媽媽活亂話一例：

> 頭像爛西瓜，頭髮好像散苧麻，眼睛有點蘿蔔花，眼屒像格豆腐渣，鼻頭涕拖到下巴下，耳朵像格破瓶垭，嘴色像格破風車，雙手像絲瓜，雙腳像蒲瓜，記身像冬瓜，屁股好像倒開南瓜，屒出屁來吹梅花。吃飯勿用話，吃酒吃斗把，走路仆倒爬，講話好像討相罵。

（頁295）

似這類形象以民間常見植物、物件逐一描繪人體各部位，以及飲食、行動、談話特徵，而且還得創造六位人物不同形容，不得不為之感嘆佩服。介紹完親族後嘆世、罵狗，所罵狗種類繁多，同樣給予日常生活常見的形象比喻：

〔註76〕高淳兩頭紅本，頁97。
〔註77〕調腔本〈白神〉肇明注釋，頁303。

短氣狗，好像道士先生拜北斗。長氣狗，好像後場接臺口。彈蚤狗，
好像弦鑼鼓板手。尖嘴狗，好像目連吹號頭。嗡鼻狗，好像小旦唱
子喉。硬牙狗，好像大淨唱闊口。嗅大狗，好像班子做成頭。趕獵
狗，像格剃頭師傅剃包頭。吃屙狗，好像缺嘴吃饅頭。偷糠狗，像
格鬍子吃白酒。歎氣狗，像格平調先生唱灘頭。慢牙狗，好像教書
先生讀春秋……（頁297）

共計85種狗類給予如同上列的形象比喻，尚有14種只提及狗名，相信觀眾
對於創作者聘其豐富奔放想像力，以及演員能夠唸出這麼多形象生動的狗
名，而且講究押韻形成的韻律美，配合念板表演，必然崇敬萬分。

超輪本〈焦先生扛轎〉醫劉氏眼瞎的藥名：「半天裡烏鴉屁，急水裡鱧魚
尿，蠓蟲子眼睛，虱子舌條，臭蟲牙齒，蚊子心肝，蒼蠅肚肺，虼蚤卵子。」
似此類天馬行空、無拘無束的想像，不難於目連戲曲白中尋訪到蹤跡。

三、質勝於文的民間本色

鄭本問世後，成為目連戲演出的重要範本，以科場困頓文人改編，曲白已
然較為文雅。若就各地目連戲，尤其為鄭本所無齣目相參看，或者注目於以鄭
本為基礎所添加的表演型關目，這類關目通常以對白居多，曲唱較少，曲通常
較白更具表演性，念板的白又比普通對話的表演性高，「白多曲少」的現實，
為曲較難創作的真實反映，大量鄉土方言口白，質樸本色多過於文雅氣息。鄭
本〈主婢相逢〉劉氏過孤悽埂，皖南高腔本以〈孤埂多盜〉、〈打落孤埂〉、〈主
僕相會〉、〈馬郎醫眼〉四齣演出，增添、縮減原有曲詞、對白如下：

（一）〈孤埂多盜〉只有一曲，眾人攙祿媽媽上場唱：「陽間人，癡不修，
待怎的？花花轎，真果去如飛。」短短十七字唱詞，其餘長達三頁全以對白
進行強盜打劫衣物情節。

（二）〈打落孤埂〉唱詞為鄭本〔水底魚兒〕、〔鶯集御林春〕、〔換韻古水
仙子〕、〔餘文〕，對白相近。

（三）〈主僕相會〉增添改編較多，以鄭本〔三棒鼓〕、〔玉山頹〕為基本
唱詞，卻於兩曲之間增添大量對白關目和少量曲詞：金奴唱〔三棒鼓〕，「增
添」一段純對白的完整關目。而後金奴、劉氏輪唱〔玉山頹〕曲子，鄭本原
有曲詞再「添加」劉氏追悔開葷往事曲詞。「增添」眾乞鬼追憶生前受劉氏恩
關目，全為對白，之後眾乞兒唱「聽吾訴語」曲，「增添」感嘆劉氏生前如何

享福，死後受苦曲詞，再「增添」眾乞兒認得金奴對白，結束整齣表演。

　　（四）〈馬郎醫眼〉具鄭本原曲文為〔撲燈蛾〕、〔半天飛〕各一支，刪去一支〔撲燈蛾〕「生承賜肉糜」，增添大量對白情形如下：「增添」鬼醫馬郎自敘身世，以及醫聾子、駝子的必死醫法，對劉氏瞎眼的診斷、開藥方，眾乞鬼央求馬郎共同擡轎情形，這段增添的對白，足足佔了八頁之數。而後才是唱〔撲燈蛾〕「當初覓食時」曲，曲畢，為劉氏登轎、眾鬼擡轎過孤埂，金奴被撇下唱〔半天飛〕「轎去如飛」曲作為結束。

　　複雜的改編過程，民間藝人於此齣的改編增添多而縮減少，增添部分又是白多過於曲，鄉土口語的「對白」大量增加，形成濃厚質樸本色。

　　再以曲為例作說明質樸性高於文雅。鄭本所無齣目的曲詞通常質樸性多，池州穿會本〈施環〉耿氏所唱曲，通俗平淺，為民間文人所編寫曲詞，內容想法為通俗大眾所能理解。

> （唱）我想人家積善，皆因是心上緣。上寫著萬善同歸，廣種福田。
> （白）見此二句呵，（唱）不由人慈心頓起，善念重生。一念慈悲，只在方寸間。本當要略施惻隱，奈我家道貧寒，舉手分文無措。思量起，我也難上難。哎！二位師父，若論布施之中，三五兩不爲多，三五錢也不爲少。奈我丈夫不在家中，奴乃女流之輩，只有耳環一付，輕微不好出手，正是心有餘力不足。我這裡望師父且隨緣，些小禮物休嫌少，寸土能成萬重山。（頁87）

似此曲文已算是稍微文雅些了。〈罵雞〉是受歡迎的穿插小戲，各劇種演出各具不同風味情調。〔註78〕紹興舊抄本〈回罵〉部分曲詞，太過質樸，以粗鄙惡毒加以定論亦不爲過：

> 賊婆娘，歹狗猖，你養雞兒吃了我家糧。雄的養來當漢子，雌的養來當你娘。吃了我家菜，爬壞我家牆。反將惡言惡語罵鄰廂。若還告到官司裡，管叫你縱畜傷鄰，才認得你娘（又）。（頁104）

與質樸性共存為原始性慾的淫藝浪語，如同〈回罵〉隨時於曲文、對白、情節中見到。陽腔本罵雞圍繞僅有的一名男性王老頭，言語動作之間，充滿性暗示、欲的挑逗和情的恣縱。〔註79〕〈追悔埋骨〉辰河本將犧牲骨頭埋於土

〔註78〕劉禎〈《王婆罵雞》與中國民間文化〉《民間戲劇與戲曲史學論》（臺北：國家出版社，2005），頁263～281。
〔註79〕劉禎〈《王婆罵雞》與中國民間文化〉，頁276。

地公婆面前，連同土地公婆一併埋葬，欺滅神像所講對白；超輪本〈齋堂〉商議作弔，鄰舍對談夾雜葷腥；池州大會本〈弔慰〉曹府家僮對金奴的調戲對白，〈馱少〉老夫少妻被要求「碰個嘴」才給與銀米，〈趙甲打父〉談娶妻；皖南高腔本〈趕妓歸空〉妓女生涯等等都夾雜猥褻話語。

　　曲子部分，皖南高腔本〈濟眾度生〉乞丐唱「一個大姐本姓鄔，一嫁嫁了個窮丈夫」；目連全會〈濟眾〉「豆芽菜，翠蓬蓬，誰家媳婦打公公」曲；豫劇目連〈劉甲逃棚〉有篇小大姐挑水看蛤蟆交配、未出閣閨女懷孕，以及嫖妓、窺女浴唱詞。以齣目而言，〈思凡〉一齣被評爲「多淫蕩，有傷風化」〔註80〕，如池州本〈四殿〉被妻某氏與外遇對象劈死的耍兒郎，閻王細審時，著重於耍兒郎不懂雲雨事而審出的笑料，教導凡人如何享慾。最後的判決完全忽略「殺人」大罪，只論陰陽反覆顛倒，定妥來生：「某氏做男，耍兒郎做女。」即使被認爲嚴肅的喪葬場合演出目連戲，也一再出現諧謔性，尤其與性相關的俚俗、露骨口白，多少引發部分喪家家屬質疑，李豐楙認爲這類隱喻，是生命延續的本能：

> 從作功德到作改運，都是生命禮儀中的轉換儀式。在圓道循環的觀點下，生命的頻於死亡或死亡，其實也就是一種再生——家族、人類大生命的無窮延續。所以這種人生大關卡標明轉換、過渡的儀式，在戲劇化的行爲、動作中，被視爲「粗鄙」或低俗的表演，一再觸及性器、性交的隱喻，其實就是潛存在人類意識深處的原始本能，也就是原性，它與生命的危殆或結束，外表看起來是觝觸的，而從根源處觀察，其實是生命的延續。〔註81〕

原始欲望的宣洩，民間文學無法回避猥褻粗鄙，充滿性意識的一面，是戲內容的一部分，同時爲達到諧謔活潑風格的手段。恣情縱欲的原始性，隨文明進步，禮教規範限制下，統治者無不視爲傷風敗俗而加以禁絕，眾多目連戲禁令與衛道之士抨擊的婦女雜沓往觀，自夜達旦，以至生事，〔註82〕或民間

〔註80〕胡樸安《中華全國風俗志》下編卷五〈涇縣東鄉佞神記・目蓮戲〉（臺北：東方文化書局復刊北京大學、中國民俗學會婁子匡編校《民俗叢書》第八輯 1933年著本），頁 26。

〔註81〕李豐楙〈台灣儀式戲劇中的諧謔性——以道教、法教爲主的考察〉《民俗曲藝》71 期，民 80 年 5 月，頁 174～210。

〔註82〕李亨特總裁，平恕（清）等修，《紹興府志》（臺北：成文出版社《中國方志叢書》據乾隆五十七年刊本影印），頁 491；清，劉開兆，《芸菴詩集》卷八〈消夏雜詩〉「懺罪添罪」條。（臺北：新文豐《叢書集成續編》本），頁 631。

俗曲、花鼓淫詞傷風敗俗的評語，[註83]都難以禁絕廣泛民間人性人欲的表現。民間戲劇的猥褻性，表現粗俗而原始，卻能疏緩洩導受壓抑的本能。

四、內容與思想的繁雜性

俗文學的繁雜性可由內容和思想性兩方面看出來。[註84]就內容來論，目連戲除了傅相行善、劉氏開葷、目連救母等主軸關目之外，尚容納了《梁傳》、《西遊》、《香山》、《金牌》、《封神》等不相關戲劇，以因應四十九天羅天大醮演出的規模。即使局限於目連本傳，也不能完全排除〈尼姑思春〉、〈和尚下山〉、〈耿氏上吊〉、〈搭罐〉、〈罵雞〉、〈老人誑僧〉、〈訓妓〉、〈疊羅漢〉、〈啞背瘋〉、〈匠人爭席〉等受歡迎齣目，雖冠以「花目連」名號，不能否認與本傳無關內容納入演出所形成的繁雜性。

曲白配合劇情而來，內容繁雜，相關曲子、諺語、歇後語、對聯等俗文學等自然隨劇情而繁雜多樣。前述諸多宗教俗曲、勸善以及藉濟眾濟貧演唱世俗曲子，盡皆容納於目連戲演出之中。以〈罵雞〉一齣為例，所容納民間受歡迎俗曲即相當多，罵者與回罵者各用相同曲牌對罵，註明曲子有〔浪淘沙〕、〔粉紅蓮〕、〔清江引〕、〔駐雲飛〕，沈德符談明代嘉、隆間流行的時尚小令就有〔粉紅蓮〕，[註85]演唱曲詞與劇情相銜接為如下形式：[註86]

> 平生號波喳，鬢邊斜插一枝花。站立門前罵一回，轉到家中吃杯茶。
>
> 潤潤喉嚨接接氣，改腔罵你個〔浪淘沙〕：貧寒老人家，養雞做生涯。
>
> 自從丈夫身亡過，柴米油鹽靠著他。不知那個賊淫婦，歪臘骨，偷
>
> 我雞兒吃，自有天鑒與天察。

「改腔而罵」一詞，所演唱為大家所熟悉的民間曲調，「貧寒老人家」即為〔浪淘沙〕曲，而後又以曲牌名、生藥名、四書名、古人名各兩支應對罵與回罵者，這類型的文字遊戲為百姓所喜，創作者為民間文人，想像力豐富靈活。

〔註83〕李仲丞總修（民國），《寧國縣誌》（安徽）卷四「政治志‧風俗」（台北：成文出版社《中國方志叢書》243 號據民國 25 年鉛印本影印，頁 469；沈德符《顧曲雜言》（北京：中國戲劇出版社《中國古典戲曲論著集成》四，1959），頁 213。

〔註84〕曾師永義《說俗文學》，頁 55。

〔註85〕沈德符《顧曲雜言》（北京：中國戲劇出版社《中國古典戲曲論著集成》四，1959），頁 213。

〔註86〕此處罵雞以池州大會本曲詞為本，頁 326。

演唱曲牌名、古人名、骨牌名、藥名、紙牌名、骰子名、花名、鳥名的創作曲子，曾經很流行，以致刊布成帙，舉世傳誦。〔註87〕這是屬於不分南北、男女、老幼良賤都喜唱喜聽的民間俗曲。以生藥名回應罵雞者爲例，池州大會本：

> 劉寄奴曾把雞兒養，你今原何不細辛？桃仁偷你雞兒吃，反賴當歸與杏仁。你的命似黃連苦，身子猶如黃柏根。茴香思想雞兒吃，寄生悶在麥冬門。待等天南星下□，拿回家去刀割根。甘草把他來煎炒，大腹皮兒冷熱吞。吃雞的好似天仙子，罵雞的火燒烏龜肚裡疼。

〔浪淘沙〕曲子受歡迎，偶而即能得其蛛絲馬跡，湘劇《大目犍連》〈朝陽施金〉道士上場所念「四七言」爲一篇骰子文：

> 若論賭錢，我的手段果不差。三顆骰子，活龍一樣手中拿。別人擲我，丟下碗紅五六；我擲別人，便是兩六抱西瓜。心中不忍，買他一骰打馬邊。他買我的，骰子下碗小穿花。他的武藝，看來實在不如我。仔細想來，我的時運不如他。到了年底，從頭用心打一算。
> 一年到頭，又是一個浪淘沙。（頁193）

以「花名」演唱，川劇目連〈請巫禳解〉送花盤和童子數花，語言風趣，表演滑稽，喜劇味很濃。常做單折演出，又有些不成文規矩，由老端公打鼓，當家小旦扮師娘子，當家小花臉扮童子哥。是當地民俗活動一問一唱形式：「（童子）高高山上插黃旗，那個名叫什麼花？（仙娘）高高山上插黃旗，那個名叫荼子花。」包含南天花、龍爪花、木槿、菀豆、高粱、核桃等真實花朵，亦包括鬧楊花、畫的花、紮的花、刀花等有花之名而無其實的花字詞。

以上所舉諸例，都是受歡迎民間俗曲演唱安插於目連戲中的例子，這類帶著濃厚遊戲性質文字，無不運用靈活奔放想像力而成，製造娛樂效果，從中得到愉悅，深受百姓喜愛。

思想上的繁雜性，又因納入演出的內容眾多而來。就整本大方向正面論，目連戲融合儒釋道三者，既宣傳儒家的忠孝節義，又宣揚佛家因果輪迴、戒殺生與樂善布施，也宣倡道家的清靜無爲。鄭本〈齋僧齋道〉：「儒釋道本一

〔註87〕嘉靖癸丑（1553）《風月錦囊》收錄有嵌骨牌名、嵌曲牌名、嵌藥名、嵌官名等「時興雜科法曲」；萬曆三十九年（1611）《摘錦奇音》有以〔劈破玉歌〕演唱曲牌名、古人名、骨牌名、藥名、紙牌名、骰子名、花名、鳥名等。以上二書俱見《善本戲曲叢刊》（臺北：學生書局，民國76）。

流，名並三光誠不偶。」「承高誼賜款留，三教一家古未有。」「昭昭三教皆天授，善事天時在自修。」分別爲〔孝順歌〕、〔尾〕的曲詞。就反面論，鬼神雜出情節，招來不少「迷信」的評語，〔註88〕變質爲愚忠愚孝愚貞愚節宣揚。現今學者認爲目連戲吸引羣眾不在勸善懲惡的輪迴說教，而在於穿插其間的民間文藝的璀璨珠玉。〔註89〕勸善輪迴說教指思想，穿插的民間文藝兼指內容與流露情感，給與正面肯定。然而所穿插是否都具有思想上的正面性？並未盡然。

鄭本〈過耐河橋〉因諫主忤權臣，「臣死不敢辭」的光國卿，和父親聽信繼母之言，「賜死冥途」的安于命，片言隻語透露了愚忠愚孝的本質。辰河本「花目連」演出這兩個故事：〈匡國卿盡忠〉五齣，兵討醜奴獲勝的匡國忠，因奸相陷害誣告私通蠻奴，皇上震怒而賜藥酒令自盡，死前依舊「忠心一片，虔城頂禮，至死不彷徨」，是愚忠。〈打子投江〉因繼母設陷，致使鄭虜夫依循父親惱怒命令自殺言語下選擇投江自殺，死前思索言語「又道：君要臣死，不死不忠；父要子亡，不亡不孝。」以及「萬惡淫爲首，百行孝爲先。晚母雖有過，敢怒不敢言。虜夫身死後，留得孝名傳。」成爲不明是非輕重的愚孝。雖然兩齣情節最後安插了金童玉女接引的善報，終是無法彌補宣揚糟粕思想的遺憾。

前述穿插目連戲中的璀璨珠玉是人情世態戲的演出，只能取其「情感眞摯」反映世情，難以論述所反映思想究竟是屬菁華或糟粕。以廣大民間，有羅卜之孝，自然也有趙甲打父的逆子存在，兩相對比，觀眾心中自有對「孝」的尺度存在。〈訓妓〉鴇兒教妓女賽芙蓉怎樣引誘和欺騙嫖客，〈罵雞〉爲市井小民偶而出現的場景，〈三匠爭席〉等情景一般人並不陌生，調腔本〈白神〉對官迷心竅的達官貴人、富豪財主的醜惡嘴臉、窮書生、美色四種加以嘲諷，藉罵狗以歎炎涼，甚至連藝術同行，連目連戲本身也不放過，盡入調侃之列，如此內容，觀眾多多少少於生活中有所體會，只是集中在戲裡表現。揭露世態炎涼，展現風情，對觀眾即具備教育作用。最後，鴇兒與賽芙蓉同時受羅卜勸解而落髮修行，思凡下山僧尼二人落得地獄報應，偷雞婆受地獄懲處，

〔註88〕以下諸篇皆有批評目連戲爲「迷信」者：徐珂（清）《清稗類鈔·戲劇類·新戲》，頁 20；胡樸安《中華全國風俗志》下編卷五，頁 26；《湖陰曲初集》，見《目連資料編目概略》，頁 169。

〔註89〕徐朔方〈目連戲三題〉《民俗曲藝》99 期，民國 85 年 1 月，頁 194。

這樣的結局是依附於目連戲因果報應下方便而必要收束，能夠導出〈趕妓〉、〈訓妓〉戒人不淫，〈罵雞〉教人不犯惡罵等相當冠冕堂皇的教育目的，然而對應之前演得絲絲入扣，盡情合理，果報結局顯得相當無力也是事實。因此，插演人情戲，主要在於世情的披露，而不在於思想上的宏偉與否。

第四節　宮廷修潤民間目連文學

　　進入宮廷之後的目連戲，在統治者能夠接納的思想主題之下，去除粗鄙的鄉土語言和陌生的鄉土名物，依然保留不少民間風味。整體來看，修飾精巧手法，已使宮廷目連和民間目連的文學性有所不同。反應在四個方面，第一是關目情節前後嚴密照應，第二為對民間語言的修潤變化，第三為重新寫作文雅曲詞與對白，第四為戲曲宮調曲牌等格律的嚴格講求。

　　第一項關目情節照應已於第二章論題材內容時加以分析，前後照應謹嚴係文人精心安排結果。和民間本相參看，即能了解李漁（1611～1680？）論編戲如縫衣的「密針線」手法，每編一折，必須前後看顧數折，以便照映、埋伏：

　　　　照映、埋伏，不止照映一人，埋伏一事，凡是此劇中有名之人，關

　　　　涉之事，與前此、後此所說之話，節節俱要想到。〔註90〕

民間插演各種劇目，大多以天馬行空的「思想」進行聯繫，而不講究「人為」邏輯串插功夫：以「陰司審判」將偷雞婦、忠臣、孝子、僧尼下山等各種情節納入演出；或是以「輪迴轉世」作為聯繫方式，如川目連將王魁負桂英故事納入其中。以陰司審判將各種善惡關目情節置於齣目，不論民間或宮廷皆然，只是宮廷大多數能兼顧關目前後照應，民間一任自由想像力發展而無拘束。現僅就另外三項分別說明。

一、對民間目連戲語言的刪減修潤

　　原為道地民間文學，進入宮廷之後，依然保留許多百姓用語，顯然這些語彙為宮廷所能接受而未刪除或改正。「馬無夜草不肥，人無橫財不富」和「人不無良身不富，火不燒山地不肥」兩個相似的俗諺，〔註91〕宮廷保留前者，

〔註90〕李漁（清）《閒情偶寄‧密針線》（北京：中國戲劇出版社《中國古典戲曲論
　　　　著集成》七，1959），頁16。
〔註91〕「馬無夜草不肥，人無橫財不富」見鄭本〈化強從善〉，「人不無良身不富，
　　　　火不燒山地不肥」見紹興舊抄本〈四景〉。

後者「火不燒山」農業生活對宮廷是陌生的，因而不加援用。「夫妻本是同林鳥，大限來時各自飛」、「恨小非君子，無毒不丈夫」、「天堂有路偏不去，地獄無門闖進來」等民間常用語彙，也不合宮廷富貴文雅氣氛而被刪去。

某些齣目曲文對白係承襲自民間，而作部分改寫變動，以劇中少出現的對聯來看，塾師和劉保對對子，承襲自鄭本，「亭亭竹節高——哩哩蓮花落」、「斟玉醑——跌金磚」、「九重殿上，列兩班少俊，惟賢惟才——十字街頭，叫一聲老爺，剩菜剩飯」，「斟玉醑」的富貴堂皇氣息非民間得以想像。

宮廷見識口吻隨時透顯而出，羅卜濟貧中朱子貴賣身，辰河本問「是官升還是小升」的官、民對比，宮廷本問「賣的是關東升？是通州升？」（4－22）涵括各地區的問語，為官府統治口氣。〈三匠爭席〉益利對三匠問：「你們語言不同，聲音各別，如何相敘一處？」（4－20）不同省籍匯聚一堂的現象反映，對民間而言，一地演出的目連戲只有當地方言，自然無語言不同的臺辭。

既有俗諺、熟語、常言，民間運用時常一字不更，置入曲詞、對白之中，宮廷雖然也常一字不變援引常言、俗語，但是加以修潤比民間來得多而廣泛。修潤雖小卻見變化，也更富於文學性，宮廷變化方式有以下兩種類型。

第一、增添改變部分文字以變化句式

鄭本同時有「人心似鐵非為鐵，官法如爐果是爐」和「人心似鐵，官法如爐」兩種俗諺，〔註92〕顯然當時民間尚未凝煉成較簡潔句式，宮廷 1－10〈恃富豪陷夫謀妻〉官員李不達下場白改為「饒你人心似鐵，難逃官法如爐」增加類似曲子襯字，使意義更為明白清楚。「相逢不下馬，各自奔前程」不論熟識或萍水相逢分別即用此語，鄭本〈七殿見佛〉兩鬼吏分別回轉六殿、八殿時念，就熟言套語表達兩人分別景況，本無「下馬」事。超輪本僧尼〈相會〉：

> （占白）相逢不下馬，請。（丑唱）各自奔前程。南無！南無阿彌陀
> 佛。（頁115）

顯然兩句俗語意義著重點在末句，而非前句。宮廷 2－19 羅卜、益利於客店救助落魄行乞的張佑大，張下場前即念此二句，而 9－15 目連神燈放走地獄餓鬼，和獄官分別時下場念「正是將軍不下馬，果然各自奔前程，請了」，「將

〔註92〕鄭本〈城隍起解〉、〈過金錢山〉。

軍」一詞其實並不合乎目連和獄官身份，做此更動，應該僅是藉用民間俗語改動之後合乎宮廷氣氛，添加的文字，已和民間使用的習慣有別。

　　鄭本〈主婢相逢〉「惶恐灘頭說惶恐，孤恓埂上受孤恓」，轉換自文天祥〈過零丁洋〉，民間本或將「受孤恓」改爲「叫孤恓」，〔註93〕都是對句形式，宮廷 8－8 長解都鬼解釋孤恓埂名義由來與險惡，以「纔知道惶恐灘頭未爲惶恐，直到那孤恓埂上方是孤恓」爲總結，8－9 成爲「惶恐灘頭實惶恐，孤恓埂上好孤恓」，文人修飾變化字句，已成習性，與民間用既有俗言陳語而不加以改變的慣習有相當大的不同。民間目連戲臺本錯訛字多，顯現演員不識或略識之無者較多，沿用既有口頭成誦俗諺最爲妥當，僅以鄭本〈才女試節〉〔尾聲〕和皖南高腔本相參看：

　　　　（旦唱）恩情盡付東流水，（生唱）你急轉家庭且三思，人不知時，
　　　　除非是我莫爲。（鄭本）

　　　　（正生唱）恩情付與東流水，急轉家庭且三思，（小旦白）君子，黑
　　　　夜無人知道。（正生唱）若要人不知，除非己莫爲。（皖南高腔本）

鄭本配合曲牌格律，辰河本、安徽池州大會本、皖南高腔本則同以「若要人不知，除非己莫爲」常用俗語而歌，較爲順口易記。1－11 禁子下場所念：「正是：獄裡催人命，如同殺隻雞」，後句爲民間所用詞彙，而前句較爲文雅，當有所改易。紹興舊抄〈大會〉的「三寸氣在千般用，一旦無常萬事休」俗諺，5－24 劉氏死亡哀求放還，照錄其語，7－12 劉賈接受族兄託孤，接銀兩料理後事，則將前句完全改易成爲「正是人生在世如春夢，一旦無常萬事休」，屬文學性更高的語句。

　　第二、爲吻合曲牌格律而改易、顛倒文字，但意義不變

　　宮廷調整民間俗諺文字以合乎所需的曲牌格律，「閻王註定三更死，斷不留人到五更」的熟語話言，5－19〔五方鬼〕曲子改寫爲「閻王註定三更死，定不留人四更半」，以合乎末二字「平仄」規律，「半」與「般、亂」字同屬桓歡韻。「疑心生暗鬼」民間、宮廷「對白」俱加以運用，〔註94〕是相當普遍的俗語，5－16 爲配合曲牌格律、用韻而調整文字，北曲雙調套曲〔駐馬聽〕曲文有句：「常言道疑心暗鬼生」，全曲「驚、停、情、生、定、聽、省」韻字爲庚青韻。前述僧尼相調，鄭本「和尚下山爲師尊，尼姑下山爲母親，正

〔註93〕皖南高腔本〈主僕相會〉，頁 291，安徽池州大會本〈相會〉，頁 275。
〔註94〕皖南高腔本〈花園埋骨〉，宮廷本 5－12。

是相逢不下馬，<u>各自奔前程</u>」唱詞，宮廷本 5－11 改爲「尼姑下山爲母親，和尚下山爲師尊，正是相逢不下馬，<u>前程各自奔</u>。南無阿彌陀佛。」顛倒末句部分文字，意涵不變，卻能使韻字更爲妥協，〔註95〕宮廷文人不會拘執於俗諺的慣用性，於意義不變情形下，但求韻協以見文學素養。相對而言，民間則是求俗言常語的習慣用法，較不講究整曲中的韻字是否協調一致。

二、依內容重新創作文雅語句

除去承襲改變民間語言之外，宮廷本更多專屬於官宦者語詞和文人創作的語言字句，可謂俯拾即是：2－4「正是蛟龍豈是池中物，自有風雲際會」、3－22「好鳥擇樹而棲，君子見幾而作」、1－9「柳絮三冬先北地，梅花一夜偏南枝」、1－11「傷心千點淚，點點斷人腸」、4－5「易漲易退山溪水，易翻易覆小人心」、8－24「相逢纔衮衮，話別又匆匆」等等，這些詞句是民間本所未見。

浙江胡卜村本和調腔本有〈九蓮燈〉一齣，九支曲子由「一盞紅燈」唱至「九盞紅燈」，以數字計燈，簡單無比，對照宮廷 9－13 如來佛賜與目連神燈，各類神燈之名有：葡萄朵燈、新卷荷燈、雙垂瓜燈、初偃月燈、腰鼓頰燈、幽室見燈、熱金丸燈、塗毒鼓燈、憨龍氣燈、蜜塗刀燈、臥師子燈、入室盜燈、眼識燈、耳識燈、鼻識燈、舌識燈、身識燈、意識燈，無一不是精心刻劃、或是帶著學問味的名詞。民間以物取譬，直接且大量用周圍可見植物命名：葡萄、荷葉、荷花、南瓜、蒲瓜等，鮮少加上形容語彙成「葡萄朵燈」、「新卷荷燈」、「雙垂瓜燈」等項。文人多修飾用字，宮廷目連與民間本對比鮮明。

曲文創作上，除合乎曲牌格律之外，一般而論曲文偏向於雅致風格，以副腳扮劉賈爲例，2－2 透過〔西江月〕自報家門：

家住清溪鎮上，性情暴戾乖張。四鄰八舍懼吾行，誰敢將咱違抗？

稍有語言觸犯，霎時攪海翻江，揮拳鬥勇勝剛強，慣使粗豪伎倆。

〔註95〕此曲顛倒文字，主要爲求韻協，宮廷本註明爲四平調曲〔頌子〕，按 5－9、5－10、5－11 計有五支四平調曲〔頌子〕，其中三曲爲四句七言體，第五句爲「南無阿彌陀佛」；一支較長，七言五句，兩句五言，每隔兩句或一句夾雜著「南無」或「南無佛、阿彌陀佛」佛號。三齣俱註明「古風韻」，表示換韻多。另整本以〔頌子〕爲曲牌名而未註明四平調曲者有 2－22 一曲，五句，前四句爲七言，末句爲佛號。以六支〔頌子〕來看，七言句爲常態，五言句較少。

如此性情，又為副扮反面人物，上場唱中呂引子〔遶紅樓〕配以優美典雅的文學語句，讀來頗有違和感受：

> 習習和風拂面前，楊柳外花影秋千。荏苒光陰，暗中流轉，人生行樂及韶年。

清內府抄本《傅羅卜傳奇》恰有〈劉賈借銀〉一齣，以淨扮，上場唱〔普賢歌〕，雖文雅，卻不如《勸善》典麗：

> 春來和氣刮耳邊，輕暖輕寒二月天。人生在世間，誰肯死前閒。撚指光陰似去川。（頁85）

或為另一搜羅入清宮的民間本。類似〔遶紅樓〕風格曲文，3－17劉賈與沈大娘偷情疊唱數支中呂〔駐雲飛〕，無一不是具高度文學性詞句，依然舉劉賈所唱：

> 舉酒談心，兩下相偎情意深。我與你三生留笑，兩意相投、一刻千金。半年間別換光陰，今朝拚把杯深飲。（合）不用沉吟，休教閒却、鴛衾鳳枕。

此等曲文，如與明清文人傳奇曲文相參看，文學性或者不是最高，但與民間目連戲相比，無不散發濃厚文人氣息。莆仙、豫劇本對劉假反面形象刻劃屬於較為飽滿的，兩者所唱曲詞風格皆為質樸無比的民間口吻，各錄其中一曲以和宮廷本相參看。

> 盡日奔忙、奔忙，為財利走四方，急性又猖狂，敢誇劉假正英豪。世人難做田舍翁，平時不合無半句，任從平地起風波。敢誇名譽、名譽，治人見我、見我敢怀相欽敬。欠戶遇自我，受苦無春風。去見仰獻，看伊乜話嘛、話嘛。（莆仙〈討銀傳店〉，頁42）

> 〔非板〕有劉甲在後熬正來受罪，忽聽得閻王爺喚我一聲，人人說閻王爺甚是難看，大料他不跟我劉甲的面容，來至在森羅殿偷眼觀看。〔前腔〕呲著牙咧著嘴沒有個人形。喊三聲屈死鬼劉甲告進，閻王爺你喚我哪裡脫生？（豫劇〈劉甲受審〉，頁242）

莆仙本與宮廷劉賈自報家門文字內容相似，一為唸，一為唱，民間本質樸口語為唱詞，與宮廷濃厚文人氣息明顯不同。

基本架構是目連救母，齣目內容不變，宮廷對其間曲文有些是重新填寫，已為新曲，不同於民間。以劉氏過血湖地獄，訴三大苦詩讚系〔七言詞〕，字字為民間口吻，大多數不合宮廷氣氛，因此被刪去，新填三曲以替代。僅節

錄鄭本一段夜間母親照顧兒女辛苦之狀，為宮廷觀戲者無法親身感受的滋味：

> ……兒睡熟時娘不睡，心心又怕我兒醒。若是夜啼兒吵鬧，三更半
> 夜起吹燈。左邊溼了娘身睡，右邊乾處與兒臨。右邊溼了娘又睡，
> 左邊乾處把兒更。若是兩邊都溼了，抱兒在胸上到天明。這是乳哺
> 三年苦，兒！噯！養子方知父母恩……

母親處理小兒尿床溼了又乾，夜間難以安眠的體驗，文字質樸，為口語直陳。
宮廷 8－23 以詞曲系三支曲牌寫完三大苦，中呂〔石榴花〕對應的一大苦，
曲詞為：

> （唱）若提起那養兒育女苦難言，為母的艱辛有萬千。自從那懷孕
> 起便受憂煎，看看的十月臨，好容易無災無害剛分娩。還恐怕血光
> 腥臭上衝天。（白）自生產之後，（唱）晨昏裡勤勞保護心無倦。這
> 的是乳哺有三年。

民間本詳細刻畫養兒育女所有細節，不嫌瑣碎，感人處也在此，為庶民百姓
親身體驗的酸甜苦辣，透過演員唱出，臺下觀眾隨之而唱，情感自然真摯。
與民間本相比，宮廷用字典雅，韻字更為妥協，曲詞為籠統概括式的「架構」，
上段所錄民間三大苦只是「片段」，宮廷濃縮為「這的是乳哺有三年」一句，
何其簡單！遠不如民間血肉豐富感人。

　　沿用民間齣目時，宮調曲牌有所改變，曲詞亦隨之修改以合格律。宮廷
本與鄭本相關齣目作一比對，有沿用原來曲牌，或修正曲牌，刪改部分曲詞，
或是重寫曲詞。〈元旦上壽〉鄭本使用曲牌為：〔新水令〕三支──〔清江引〕
三支──〔降黃龍〕二支──〔皂角兒〕二支──〔尾聲〕，宮廷1－3〈宴佳
辰善門集慶〉使用雙調北套：〔新水令〕三支──〔雁兒落〕三支──〔折桂
令〕二支──〔瓊林宴〕──〔太平令〕──〔慶餘〕，曲數相同，但鄭本為
南曲，宮廷本改用北曲，音樂情調與格律自然有別。比對曲文之後，第一支
〔新水令〕為羅卜所唱，曲文完全相同，第二、三支分別為傅相、劉氏所唱，
只有第一句曲文和鄭本相似，其餘皆異，僅以傅相所唱〔新水令〕相互參看：

> （鄭本）平生學詣貫天人，愧庸才無由入聖。雲山俱是樂，寵辱不
> 須驚。為善齋僧，盡當為承天命。

> （宮廷）平生學誼貫天人，淡功名溪山高隱。烟霞成痼疾，富貴等
> 浮雲。得失紛紜，不縈我閒方寸。

「無由入聖」詞語總不合乎宮廷情調，兩曲同看，除卻首句相同外，其它諸

句已是重新填寫成爲新詞新曲。可以說宮廷本只依照鄭本情節、曲詞內涵和歌唱人物順序重新填寫新曲，內容依舊而曲詞嶄新。鄭本此齣以寫富貴人家宴慶佳辰景象，有濃厚文人口吻，宮廷使用更多更爲富麗語詞，又遠非鄭本氣象可比，試看此齣以北調所填兩曲曲詞：

〔瓊林宴〕東風滿座春，笑語宴佳辰。玉液瓊漿仙醴進，鶯花鬥新，
怎能夠舞天花不沾身。

〔太平令〕繡屏前椒花色觀，金爐裡柏子香焚。眞箇是神仙風韻，
眞箇是神仙風韻。禁不住留春、惜春、愛春，難辜負韶光一瞬。

三、曲牌格律與曲文考訂講究

只要比對民間各臺本的曲詞唸白，將曲改爲唸，將唸改爲白或曲唱的現象相當普遍，唱詞未註明曲牌，僅標註爲「唱」，或記爲「七言詞」、「觀音詞」也是常見現象，由臺本錯字訛字漏字眾多現象，宮調遺失只保留師承唱法，或是以順口而歌，都可看出民間隨興發揮演唱的自由性和不考究。宮廷對民間目連戲進行修潤，在音樂、曲牌格律上進行嚴密考訂，而於曲文方面已如上述講究修辭，發揮文學特長。

第一、詞曲必合乎宮調曲牌格律

民間臺本時而只註明一二曲牌名，更多連曲牌名亦不存，只錄唱詞的，《目連全會》本〈飄雪〉即是。鄭本對曲牌標註已然十分詳細，若是對照宮廷本卻又顯得粗疏，爲免歌者斷句錯誤，因此標註出「句、讀、韻」和「疊、格、合」，齣目下標註所用韻部，如有換韻命名爲「古風韻」。每一詞曲一一遵從宮調，絕不似文人逞能或隨興所至而不依規矩寫作，卷首「凡例」：

詞曲必按宮調，而文人游戲，惟興所適，往往不依規矩，如湯若士
之《牡丹亭》，其尤甚者也。是集悉遵宮調，無所出入。

以南曲爲主，逐一註出引子、正曲、尾聲，9-10〈多方便贈尺情深〉目連上場唱小石調引〔粉蛾兒〕，而後與班頭各唱一支中呂宮正曲〔駐雲飛〕，分唱〔慶餘〕結束全齣。註明「古風韻」，因全齣不拘於一個韻部。

有別於南曲唱腔，北曲聯套於宮調上註明「北」、「套曲」字樣，6-23〈堆戰骨眾鬼哀號〉，江陽韻，所用宮調爲北曲正宮，註明「高宮套曲」，依序曲牌聯套爲〔端正好〕、〔滾繡毬〕、〔倘秀才〕、〔滾繡毬〕、〔白鶴子〕、〔煞尾〕諸曲。

如為南北合套，註明「南北……合曲」，於齣目之下註明所押韻部。以 2
－4〈段秀實奮志誅奸〉為例，江陽韻，宮調為「南北仙呂入雙角合曲」，其
曲牌使用如下：

〔北新水令〕——〔南步步嬌〕——〔北折桂令〕——〔南江兒水〕—
—〔北雁兒落帶得勝令〕——〔南僥僥令〕——〔北收江南〕——〔南園林
好〕——〔北沽美酒帶太平令〕——〔南慶餘〕

北曲由末扮段秀實所唱，南曲由丑扮姚令言、淨扮朱泚、末源休輪唱或
同唱。「悉遵宮調，無所出入」的考究，絕非虛語。民間本曲牌如有誤，宮廷
本沿用必考訂清楚，〈花園燒香〉鄭本〔甘州歌〕三支，宮廷 2－8 定為〔八
聲甘州〕：

月鉤新樣，寶爐內焚著、一炷名香。花香馥馥，和爐香直透穹蒼。
願得皇王萬壽三才順，天地無私品物昌。(合) 安康，祝我皇福壽無
疆。(宮廷本)

因末三句並不用〔排歌〕三三七的句式，依格律而改正曲牌名。〔註96〕兩本
曲文除了一二文字更動外，餘全同。〈化強從善〉因白馬不行，且曲文之間有
馬不行句，而將曲牌訂為〔馬不行〕，宮廷本書寫為〔駐馬聽〕，第二支曲首
句：「馬說不行，我和你還須駐馬聽」，《傅羅卜傳奇》亦載為〔駐馬聽〕，曲
詞同於鄭本，宮廷 1－21 則依格律修改部分曲文，轉為文雅高深，如鄭本「合」
所唱二句為「大哥不可慈心，定教老畜難逃命」，宮廷改為「不可留停，似這
等獸形人語成災眚。」

第二、偶用民間腔調，詳加記錄曲牌名，曲文保有民間風味

與民間本時因應某些情節演唱小曲、小調，常有「小調不書」的記錄相
同，宮廷本 2－23「雜隨意扮四車夫推車全從上場門上，隨意唱山歌，遶場，
從下場門下」。除了這些隨意發揮情節之外，宮廷本如使用及地方腔調演唱，
則詳加註明，5－9、5－10、5－11 僧尼下山相會齣目，計有五支四平調曲〔頌
子〕。兩齣註明為吹腔，4－14〈烟花隊慷慨償金〉即民間本〈趕妓歸空〉內
容，計唱〔羅衣濕〕、〔金水歌〕、〔晚風柳〕等十曲，8－12〈嚴旌別案主分明〉
女案主審眾女犯，唱〔秦州女〕、〔黑霧漫〕、〔顛倒歌〕等七曲，眾曲牌名為
詞臣編纂時通常依照曲文一句摘錄而成，〔羅衣濕〕以「濕透羅衣雙淚垂」而

〔註96〕《傅羅卜傳奇》校記3，頁111。

來，〔黑霧漫〕由「沉沉黑霧覆重泉」，〔顛倒歌〕取自「我生前、做事多顛倒」一句曲文。不知是所唱曲詞內容與運用的吹腔曲牌相對應，當為原調，或是原有唱法卻無曲牌名，因此依內容、曲文摘錄其意成為曲牌名，[註97] 而有統一規範，不似民間諸本漏失曲牌名為常事。此二齣恰好呈現吹腔曲牌體至板腔體的轉換：4-14 的句式結構為三五七曲牌體吹腔，8-12 絕大多數為七言上下句，已是板腔體的形式，三五句式僅保留少數，而且大多置於曲子開頭前兩句的位置。[註98]

皖南高腔本〈趕妓歸空〉長篇唱詞，卻僅註明兩支〔清江引〕和一支〔半天飛〕，部分曲文同於鄭本〈齋僧濟貧〉，而增出大段唱詞，雖然鄭本追妓部分同樣以〔清江引〕、〔半天飛〕多支組合而成，卻難以確定皖南本增出大段唱詞亦是此二曲牌。超輪本〈趕妓〉只錄曲文而無曲牌名，都可以看出民間自有相傳唱腔唱法，不明曲牌名稱的現象相當普遍。

然而，宮廷本部分未註明所用宮調，僅具曲牌，最多為宗教誦讚如〔香讚〕〔水讚〕〔吉祥咒〕之類，共十六支曲，[註99] 其它未錄腔調只有兩齣六支曲子，即 2-22〔頌子〕一支、4-21〔雪風景歌〕一支、〔勸世詞〕四支，除了第一支〔勸世詞〕為宮廷仿作民間曲詞之外，保留濃厚民間本色。極為喜愛眾乞兒唱〔雪風景歌〕，保留眾多民間口吻風味：

[註97] 曲牌名以一句曲文而來，4-14〔金水歌〕「我是那、慣打這金生麗」，〔晚風柳〕「垂柳被那晚風吹」，〔搖錢樹〕「恨生生、失去一棵搖錢樹」，〔紅顏歎〕「堪歎紅顏空自美」，〔褪花鞋〕「行褪了花鞋、緊緊提」，〔羊腸路〕「無奈這羊腸路」，〔開籠鶴〕「我怎肯、籠鶴輕開一任飛」，〔繁華令〕「倒不如盡把繁華棄」，〔念阿彌〕「二六時、念阿彌」；8-12〔貞烈引〕「九烈三貞重理倫」，〔暗銷魂〕「此湯尤勝蒙汗藥，到口須臾魂魄消」，〔醉夢令〕「渺渺猶如醉夢顛」。劉禎〈京劇《目連救母》〉認為「具有濃厚的民間色彩，所唱曲詞內容與運用的吹腔曲牌相對應，當為原調。」《民族藝術》1996 年第 3 期，頁 60～67。論述合乎情理，然而 8-12 兩曲牌命名卻非依曲詞內容而來：〔秦州女〕係因掌孟婆湯、審案者為女性，〔誅四凶〕依審問四女惡鬼犯而定為曲牌名。再加上民間曲牌名經常被遺漏，曲牌名所依據全部曲詞中最典雅之句，因為這些原由，傾向於曲牌名為館閣大臣編纂者所加，非民間原有調名。

[註98] 何為〈梆子聲腔與板式變化體〉謂吹腔這一聲腔是由長短句過到上下句的過渡形式，其句式結構為三五七，即一曲字數分別為三字、五字、七字的句子所組成，是長短句形式；後來受上下句「滾調」的影響，三字句與五字句合併，乃逐漸發展成為上下句形式。如果在節奏上予以變化，則曲牌的吹腔就變成了板腔體的吹腔了。《戲曲音樂散論》(北京：人民音樂出版社，1986)，頁 94。

[註99] 2-11、2-12〔香讚〕等法事曲六支、〔歎孤調〕六支、6-7〔香讚〕等法事曲二支、9-24〔佛偈〕一支、10-7〔佛偈〕一支。

殘疾的乞丐可憐，病廢身癱，夫妻雙瞽總前緣，你扯我拽兩牽連。誰道、駝背從來醫得直，只怕麻繩松板、夾我在中間。矮人不滿三尺長，也向人前胡廝纏。啞子喫黃連，有苦向誰言？腿瘸足跛猶還可，看我那膝行的、日日跪街前。哈吧狗，到處牽。精皮膚，慣要打金磚。成羣逐隊街頭去，一齊唱出哩囉嗹。女乞兒、更可憐。襁褓的孩兒、揣在胸前。這箇小猴猻，一溜觔斗打得歡。攜竹籃、提瓦罐。討得殘羹併剩飯。生涯四季蓮花落，家當一條秧草薦。出入不離漏澤園，住居只在卑田院。

盛演於民間的目連戲進入宮廷之後，經精通音樂臺閣詞臣修訂之後，僅守曲牌格律，以便於歌唱，與民間時而遺漏曲牌情形成為對比。在曲文、對白有所刪修潤飾，甚至依原來劇情架構重新寫作曲子，不免於逞文人長技而將質樸為主的民間特色轉換為文雅，將侷限一地視野擴展成為宮廷立場。但是植基於民間的立場不變，依然保留許多民間常用熟言常語，只是宮廷時而加以變化，添加虛實文字，或為曲牌格律而更動文字、顛倒次序，雖維持原義，總非民間慣用不變的常言套語。宮廷目連使用崑、弋以外的聲腔並不多，但只要是其他聲腔曲子，常保留更多民間味道。

小結

作為勸善戲，目連戲出現大量宣揚宗教善惡與勸化世人的曲白。插演、吸納的情節內容眾多，連帶將不少民間文藝放入表演之中，反映民俗生活面貌。

以曲而言，除了宗教勸善，三教一家思想隨時置入曲牌之內，標註為〔佛賺〕、〔觀音詞〕的曲子，多支賑孤曲，為民間宣念佛號、演唱佛曲等俗曲的應用。而利用民間既有曲調，卻加上佛號結尾的曲子，帶有民間小曲性質，是藝人們自由創作的活潑表現。對婦女、家庭關係以及生活價值的勸化俗曲，插演與目連本傳不相關的戲齣，不時配合關目情節而演唱受歡迎曲子，含隨口謳唱蓮花落、行乞演唱，五更、十二月等含數字曲子，以及嵌曲牌、人名、藥名、花名等，都是民間喜歡且流行，帶濃厚遊戲性質曲子，於戲中時而可見，為民俗遊藝活動的表現。

以對白語言看目連戲俗言文學，含藏數字創作不僅見於曲，亦安置於對

白，正如俗諺於曲白皆能容納。俗諺運用較廣，用於人物上下場時，對即將開展劇情有濃縮、提示作用，或作爲劇情結束的概括。更普遍用於對話之中，利用觀眾所熟知、既定意義的常言熟語，迅速傳達人物言行、思想。

就技巧方面屬文字遊戲的歇後語，需配合情節的語言環境而來，因此無不與劇情扣合，配合成爲一小段對話，而且定名爲「笑談」，以示較俗諺更具娛樂性質。對句、對聯，字謎、謎語、猜心事和酒令等，爲鋪陳趣味情節的方式，同樣具備文學性。

娛樂性爲目連戲演出相當重要目的之一，於表演中得到觀賞樂趣。含藏的俗文學具有鄉土庶民語言的特質，演出多以各地方言口語進行，若更講究方言韻律節奏，形成較高的文學性。第二特質是想像靈活奔放，即使不相關的，有、無生命，捉住一點苗頭都能天馬行空組合在一起，表現在於各種名色物件外在形象的描述上。第三爲質勝於文，與較高文學素養的鄭本相參看，特別是穿插的鄭本所無的齣目、關目中的曲、白，可見白多曲少，曲子部分文雅和質樸皆有，但以質樸居多數，白又比曲更具民間直言其事風格，再摻雜無法避免的猥褻、露骨的粗鄙內容，質樸爲俗文學重要特質之一。第四，因容納的劇情眾多，形成內容上的繁雜性。思想亦隨穿插的人情世態戲而有不同呈現，有正面的三教理念以激發向善學習，亦有變質的愚忠、愚孝和因果輪迴的迷信宣傳。

進入宮廷之後，目連戲文學性展現於四方面，其一是情節內容前後銜接嚴密，與民間雜湊眾多不相關戲齣共同演出的鬆散結構有別。第二，對民間慣用語言的修改潤色，相同詞彙不只出現一次時，經常略微添加虛詞或改變其中某些文字以免相同。置於曲牌中的熟言常語，民間一概維持本來面貌，宮廷則依照曲牌格律改動字句，雖然意義未變，總非原來慣用語彙。第三，有時在原有情節架構之下重新創作較爲文雅的曲牌，上下場對句，至於特有齣目爲民間所無，自然得重新寫作。整體而言，宮廷曲文偏向於典雅。第四，將民間不妥或未列的曲牌名考訂列出，包含曲文如有未協字句亦一併改正。即使如崑弋腔之外的地方聲腔，同時註出韻協、句讀所在。這些曲子，通常保留更多民間味道。